OS PIRATAS DA MALÁSIA

Emilio Salgari

OS PIRATAS DA MALÁSIA

Tradução
Maiza Rocha

Apresentação
Regina Rocha e Maiza Rocha

livros da tribo
ILUMINURAS

livros da tribo
divisão infanto-juvenil

Copyright © 2008 desta edição e tradução
Editora Iluminuras Ltda.

Capa e projeto gráfico
Michaella Pivetti

Revisão
Leticia Castello Branco

(Este livro segue as novas regras do Acordo Ortográfico da Língua Portuguesa.)

CIP-BRASIL. CATALOGAÇÃO-NA-FONTE
SINDICATO NACIONAL DOS EDITORES DE LIVROS, RJ

S159p

Salgari, Emilio, 1862-1911
    Os piratas da Malasia / Emilio Salgari ; tradução Maiza Rocha ; apresentação Regina Rocha e Maiza Rocha . – São Paulo : Iluminuras, 2009.
    il.

Tradução de: I pirati della Malesia
Cronologia do autor
ISBN 978-85-7321-304-1

1. Piratas - Literatura infanto-juvenil. 2. Índia - Literatura infanto-juvenil. 3. Histórias de aventuras. 4. Literatura infanto-juvenil italiana. I. Rocha, Maiza. II. Título.

09-4334.   CDD: 028.5
                          CDU: 087.5

25.08.09   01.09.09   014729

2009
EDITORA ILUMINURAS LTDA.
Rua Inácio Pereira da Rocha, 389 - 05432-011 - São Paulo - SP - Brasil
Tel./Fax: 11) 3031-6161
iluminuras@iluminuras.com.br
www.iluminuras.com.br

Índice

Apresentação, 9
Regina Rocha e Maiza Rocha

Primeira parte
O Tigre da Malásia

1. O naufrágio do *Young-India*, 17
2. Os piratas da Malásia, 24
3. O Tigre da Malásia, 30
4. Um drama terrível, 39
5. A caça à *Helgoland*, 48
6. De Mompracem a Sarawak, 55
7. A *Helgoland*, 64
8. A baía de Sarawak, 72
9. A batalha, 79

Segunda parte
O rajá de Sarawak

1. A taberna chinesa, 93
2. Uma noite na prisão, 99
3. O rajá James Brooke, 105
4. Nos bosques, 112
5. Narcóticos e venenos, 117
6. Tremal-Naik, 127

7. Kammamuri é libertado, 136
8. Yanez cai em uma armadilha, 144
9. Lorde James Guillonk, 150
10. No cemitério, 158
11. O combate, 166
12. A ressurreição de Tremal-Naik, 174
13. As duas provas, 184
14. A vingança do rajá Brooke, 196
15. O iate de Lorde James, 211
16. O governador de Sedang, 217
17. A fuga do príncipe Hassin, 229
18. A derrota de James Brooke, 236
Conclusão, 242

Emilio Salgari — uma cronologia, 243

Apresentação

Regina Rocha e Maiza Rocha

Escrever é viajar sem o aborrecimento da bagagem.
Emilio Salgari

A UNIFICAÇÃO DA ITÁLIA, apesar de representar uma importante luta histórica ao longo do século XIX, não conseguiu criar imediatamente uma identidade cultural do povo italiano. Além das diferenças de caráter histórico, linguístico e social, a desigualdade do desenvolvimento econômico observado nas regiões norte e sul foi outro entrave na consolidação do país.

A popularização de livros e revistas, até então acessíveis apenas à elite, propagou os ideais nacionalistas entre a população. Grupos de ativistas republicanos, com o objetivo de resgatar o passado nacional e colocá-lo em evidência para o maior número possível de pessoas, a fim de estabelecer o desenvolvimento da consciência de sua história, divulgavam os princípios do nacionalismo através de publicações.

É nesse contexto que nasce Emilio Salgari, em Verona, no dia 21 de agosto de 1862, em uma família de comerciantes modestos. Seu tio, um marinheiro dálmata que gostava de narrar aventuras e histórias do mar e de piratas, despertou no sobrinho o entusiasmo e a curiosidade pelas viagens e pelos lugares exóticos da Terra. Além disso, Salgari passou grande parte da juventude lendo os romances de aventuras de Thomas Mayne-Reid, Gustave Aimard e James Fenimore Cooper. Logo percebeu que também queria ser um escritor de histórias emocionantes como aquelas que lera e, como aqueles autores que admirava, quis que essas histórias fossem baseadas em experiências reais. Planejou então ser, um dia, o capitão de seu próprio navio, o que o levou, nos anos de 1878 a 1882, a frequentar o curso náutico no "Regio Istituto Tecnico e Nautico Paolo Sarpi" de Veneza, porém não conseguiu obter as notas necessárias para obter o título de capitão.

Como "homem do mar" fez poucas viagens de treinamento a bordo de um navio-escola e uma viagem, provavelmente na qualidade de passageiro, no navio mercante Italia Una, que navegou pelo Adriático durante três meses, abordando a costa dálmata e indo até o porto de Brindisi.

Vendo naufragar a esperança de conhecer o mundo, Emilio Salgari decidiu escrever, começando a trabalhar como escritor na revista ilustrada La Valigia, *de Milão, em 1883. No mesmo ano, foi contratado como editor do jornal* La Nuova Arena, *de Verona. Nesse jornal foram publicados em folhetins os primeiros romances salgarianos:* Tay-See *(que só mais tarde se tornou* La Rosa del Dong-Giang, *depois de passar por diversas modificações), uma aventura que se desenrolava na Cochinchina. O sucesso dessa primeira obra marcou seu estilo: muita ação, mudanças drásticas de situações, personagens fortes e cenários exóticos. De acordo com o escritor italiano Vittorio G. Rossi, "acima de tudo, ele proporcionou excitação e estimulou a imaginação dos leitores italianos, ao produzir um forte contraste com a literatura estagnada da época".*

Depois do primeiro romance, veio La Tigre della Malesia *(primeira edição de* Le Tigri di Mompracem*), cujos protagonistas, o sanguinário pirata Sandokan, o português Yanez, seu fiel amigo e companheiro, e a amada, Marianna, a Pérola de Labuan, inspiraram filmes e desenhos animados e ainda hoje arrebanham uma legião de fãs incondicionais, com direito até a sites e blogs na Internet.*

Após a publicação do terceiro livro, La favorita del Mahdi, *o jornal* La Nuova Arena *foi comprado pelo concorrente,* L'Arena, *e Salgari ficou trabalhando na nova redação até 1893.*

Em 1892 casou-se com Ida Peruzzi, que por toda a vida será chamada por ele afetuosamente de "Aida", em referência à heroína da ópera de Verdi. Apesar das frequentes mudanças e das enormes dificuldades financeiras, foi um casamento feliz a seu modo, até o dia em que ela morreu internada em um manicômio. No mesmo ano em que se casaram, nasceu a primeira filha, Fátima, e depois vieram três meninos: Nadir, em 1894, Romero, em 1898, e Omar, em 1900.

Em 1898 o editor Donath o convence a se mudar para Gênova. Foi lá que Salgari fez amizade com Giuseppe "Pipein" Gamba, que será o seu primeiro grande ilustrador. Foram anos bons, interrompidos por uma nova mudança, dessa vez para Turim, em 1900, onde trabalhou para a Speirani, editora de livros infantis. As condições da família ficaram precárias, apesar do trabalho incessante para manter um decoro burguês respeitável; ele acabou rompendo o contrato com Donath e passou a trabalhar para Bemporad, para o qual escreveu dezenove romances de 1907 a 1911. O sucesso continuava, principalmente entre as crianças, e diversos títulos chegaram ao número de cem mil cópias, apesar de os críticos ignorarem a sua produção.

Considerado o pai do romance de aventuras e da ficção científica na Itália, Salgari foi um dos mais produtivos escritores já vistos. Sua imaginação não conhecia limites. Inspirando-se nos jornais estrangeiros, nos livros e diários de viagens e nas enciclopédias, construiu os enredos que marcaram os quatro primeiros ciclos da sua produção: Piratas da Malásia, Corsários das Antilhas, Corsários das Bermudas e Faroeste.

Depois de algum tempo, Salgari criou uma aventura para ele mesmo: adotando o título de capitão, espalhou o boato de que as suas histórias eram baseadas em experiências reais. Afirmava ter viajado pelas florestas do Ceilão, ter explorado Sudão e ter conhecido Búfalo Bill durante uma viagem ao Nebraska.

Os heróis que criou eram geralmente bárbaros, foras da lei ou exilados, perseguidos por colonizadores europeus e vencedores de lutas e batalhas sanguinárias, conquistadores do oeste americano, exploradores da África, da Índia, da Austrália e dos Polos Norte e Sul. Se muitas vezes faltou precisão geográfica na descrição das distâncias percorridas ou na localização exata de um ou outro acidente, sobrou capacidade de provocar expectativa nos leitores. Mesmo marginalizado pela crítica e considerado um escritor menor, foi lido apaixonadamente por sucessivas gerações de jovens, entre os quais se encontram Federico Fellini, que adorava as aventuras salgarianas, Umberto Eco, Gabriel García Márquez, Isabel Allende, Carlos Fuentes, Jose Luis Borges e Pablo Neruda, para citar apenas alguns. Paco Ignácio Taibo II, biógrafo de Che Guevara, observou que o anti-imperialismo do revolucionário poderia ser considerado de origem salgariana, já que Che Guevara leu, pelo menos, sessenta e dois romances desse autor. Suas obras também agradaram a família real da Itália e, em 1897, o Rei Umberto o consagrou Cavaleiro da Coroa.

A enorme produção de Emilio Salgari acabou sendo ultrapassada por centenas de títulos falsos, publicados por editores muitas vezes inescrupulosos, preocupados apenas com o enriquecimento rápido, que se aproveitavam da popularidade de Salgari e do fato de que muitas de suas obras saíam com pseudônimos. Até hoje, muitos textos ainda estão sendo analisados para que se possa afirmar se foram efetivamente escritos por ele. Mas cerca de oitenta romances são unanimemente atribuídos a esse escritor, sendo que alguns foram divididos por ciclos, enquanto outros representam romances únicos.

Paralelamente ao grande número de romances de Salgari, existe uma produção menos lembrada, mas também interessante. Trata-se dos quase cento e cinquenta contos publicados em várias editoras, sempre sob pseudônimos para escapar dos contratos assinados, e dos artigos publicados em jornais. Na realidade, Salgari foi jornalista antes de ser um romancista, trabalhando como redator para os dois jornais de Verona, La Nuova Arena e L'Arena, e dirigindo o jornal Per Terra e Per Mare *na época em que trabalhou para a editora Donath, de Gênova.*

Vale lembrar ainda a sua incursão no universo da ficção científica, com um de seus livros mais interessantes: As maravilhas do ano 2000 [Le meraviglie del duemila], *que fez voar a imaginação de muitas gerações de leitores. Muitas das previsões feitas por ele, como a velocidade das viagens aéreas, ocorreram muito tempo antes do profetizado. Outras, como a transmissão de notícias pela televisão em tempo real, acabaram se revelando bastante corretas. A história termina em Lisboa, com heróis enlouquecidos pela "saturação elétrica" de um mundo dominado pelas máquinas.*

Apesar de ter criado personagens quase imortais e de ter conquistado milhões de leitores, Salgari nunca conseguiu obter sucesso financeiro e estabilidade. Aproveitando-se da sua falta de tino comercial, seus editores o deixaram praticamente na miséria. Após a morte da esposa, oprimido por dívidas e pelo sofrimento dos filhos, ele se suicidou em Turim, no dia 25 de abril de 1911, cometendo esse ato de forma dramática, como se possuído por um de seus personagens: rasgou o pescoço e o ventre com uma faca, de acordo com o cerimonial suicida dos samurais japoneses. Na carta que deixou para os editores, desabafou:

> *Aos meus editores: A vocês que enriqueceram com a minha pena, mantendo a mim e à minha família em uma contínua quase penúria, ou mais do que isso, só peço que, para compensar os lucros que lhes proporcionei, se encarreguem do meu funeral. Despeço-me, quebrando a minha pena.*
>
> Emilio Salgari

Logo após a sua morte, seus romances começaram a ser adaptados para as telas de cinema e o seu estilo se propagou. Foram feitas mais de cinquenta adaptações cinematográficas e muitas outras histórias de corsários, de aventuras na selva e de capa e espada foram inspiradas em sua obra.

As obras de Salgari estão sendo revisitadas. A editora italiana Fabbri publicou em 2001 sua obra completa. A primeira tiragem, uma nova edição de Os mistérios da Selva Negra [I misteri della Jungla Nera], *vendeu, sozinha, mais de cem mil cópias. Também estão sendo produzidas novas traduções na França, em Portugal, na Espanha e nos países da América do Sul, inclusive esta primeira tradução no Brasil.*

Como ele certa vez escreveu a um amigo: "Meus livros triunfam em todos os cantos do mundo." E continuam triunfando quase um século depois da sua morte.

Os piratas
da Malásia

Um ataque feroz dos piratas do Arquipélago.

Primeira parte

O Tigre da Malásia

Um praho, *a rápida embarcação dos piratas da Malásia.*

1. O naufrágio do Young-India

— **M**ESTRE BILL, ONDE é que nós estamos?
— Em plena Malásia, meu caro Kammamuri.
— Ainda falta muito tempo para chegarmos ao nosso destino?
— Seu malandro, você já está tão entediado assim?
— Entediado, não, mas estou com muita pressa e parece que o *Young-India* anda devagar demais.

O mestre Bill, um marinheiro de seus quarenta anos, com cerca de um metro e meio de altura, puro-sangue americano, espreitou seu companheiro com olhos sinistros. Tratava-se de um belo indiano, de vinte e quatro ou vinte e cinco anos, bastante alto, com uma pele muito bronzeada, feições harmoniosas, nobres e refinadas, orelhas enfeitadas com brincos, e o pescoço, com colares de ouro que caíam com leveza sobre o peito nu e robusto.

— Por todos os tiros de um canhão! — gritou o americano, indignado. — O *Young-India* anda devagar demais? Isso é um tremendo insulto, meu caro marata.
— Para quem está com pressa, mestre Bill, até um cruzador, navegando a quinze nós por hora, anda devagar.
— Com mil diabos, e por que toda essa pressa? — perguntou o mestre, coçando furiosamente a cabeça. — Pode me contar, seu malandro, está indo receber algum tipo de herança? Nesse caso, você bem que podia me pagar uma garrafa de gim ou de uísque.
— É muito diferente de uma herança!... Se o senhor soubesse...
— Então me conte, meu jovem.
— Não escuto bem deste lado.

— Já entendi, você está querendo se fingir de surdo. Hum!... Quem sabe o que tem escondido aí!... Aquela moça que está com você... Hum!...

— Mas!... Diga logo, mestre, quando vamos chegar?

— Aonde?

— A Sarawak.

— O homem põe, Deus dispõe, meu rapaz. Um tufão pode vir para cima de nós e nos mandar beber da grande taça.

— E o que mais?

— Os piratas podem nos alcançar e nos mandar para o diabo, com dois metros de corda servindo de gravata e um cris plantado no meio das costelas.

— Ei! — exclamou o indiano, fazendo uma careta. — Tem piratas por aqui?

— Tantos quanto estranguladores no seu país.

— Fale a verdade.

— Olhe ali, na direção do gurupés. O que está vendo?

— Uma ilha.

— Pois bem, aquela ilha é um ninho de piratas.

— Qual é o nome dela?

— Mompracem. Fico arrepiado só em falar esse nome.

— Isso é verdade?

— Naquele local, meu velho, vive um homem que ensanguentou os mares da Malásia, de norte a sul, de leste a oeste.

— Qual o nome dele?

— Tem um nome terrível. Chama-se o Tigre da Malásia.

— O que aconteceria se ele nos atacasse?

— Seria um massacre completo. Aquele homem é ainda mais feroz que os tigres da selva.

— E os ingleses não conseguem destruir o seu bando? — perguntou o indiano, surpreso.

— Destruir os filhotes do Tigre de Mompracem é uma coisa muito séria — disse o marinheiro, colocando um pedaço de tabaco na boca. — Há alguns anos, em 1852, os ingleses bombardearam a ilha com uma frota poderosa, dominaram tudo e prenderam o terrível Tigre. Mas antes mesmo de chegarem a Labuan, não se sabe como, o pirata escapou.

— E voltou a Mompracem?

— Não imediatamente. Durante dois anos, ninguém soube dele. E então, no início de 1854, ele apareceu de novo, à frente de um novo bando de piratas malaios e de *dayachi*, uma das raças mais assustadoras. Depois de massacrarem os poucos ingleses que estavam estabelecidos na ilha, se apossaram dela e recomeçaram suas atividades sanguinárias.

Naquele instante, o silvo de um apito soou na ponte do *Young-India*, acompanhado de um golpe de vento fresco que fez os três mastros gemerem.

— Opa, opa — fez o mestre Bill, levantando rapidamente a cabeça e tirando o cachimbo da boca. — Daqui a pouco vamos começar a dançar como loucos.

— O senhor acha mesmo, mestre? — perguntou o indiano, inquieto.

— Estou vendo ali uma nuvem negra com bordas cor de cobre que, com certeza, não está prometendo nenhuma calmaria. Vamos engolir umas boas rajadas.

— O senhor acha que vamos correr algum perigo?

— Meu jovem, o *Young-India* é um navio sólido que pouco se incomoda com os humores do mar. E agora, para o massame; a grande taça está começando a ferver.

O mestre Bill não estava enganado. O mar da Malásia, até então liso como um espelho, começava a encrespar, como se estivesse sendo sacudido por um abalo submarino, e a assumir uma cor cinzenta que não prometia nada de bom.

A leste, na direção da grande ilha de Bornéu, se erguia uma nuvem negra como o alcatrão, com as bordas tingidas de um vermelho ardente que, aos poucos, ia escurecendo o sol que se aproximava do poente. No ar, albatrozes gigantescos e bastante inquietos planavam, chegando a tocar nas ondas e emitindo gritos roucos.

O primeiro golpe de vento foi seguido por uma espécie de calmaria, que só fazia aumentar a apreensão de toda aquela gente, e, em seguida, começaram os ruídos surdos dos trovões.

— Desocupem a ponte! — gritou o capitão Mac Clintock aos passageiros.

Todos obedeceram muito contra a vontade, descendo pelas escotilhas da proa ou da popa. Mas um deles continuou na ponte. Era o indiano Kammamuri.

— Você aí, desocupe a ponte! — trovejou o capitão.

— Capitão — disse o indiano, dando um passo firme à frente —, estamos correndo perigo?

— Você só vai saber quando a tempestade acabar.

— Tenho de desembarcar em Sarawak, capitão.

— E vai desembarcar, se não formos a pique.

— Mas eu não posso ir a pique, meu capitão. Tem uma pessoa em Sarawack que...

— Ei, mestre Bill, tire este homem daqui. Não é o melhor momento para ficarmos perdendo tempo.

O indiano foi arrastado dali e empurrado pela escotilha de proa.

Foi bem a tempo. O vento estava começando a soprar do leste, com grande violência, rugindo com toda a intensidade sobre a aparelhagem do navio. A nuvem negra agora tomara proporções gigantescas, cobrindo quase completamente a abóbada celeste. De dentro dela brotavam relâmpagos que percorriam os ares sem parar, do levante até o poente.

O *Young-India* era uma embarcação magnífica de três mastros, que ainda carregava muito bem os seus quinze anos.

Com sua construção leve, mas sólida, o rendimento verdadeiramente enorme das velas, o casco à prova de arrecifes, lembrava um daqueles audaciosos furadores de bloqueios que tiveram uma participação tão importante, considerada até legendária, na guerra americana.

Tendo partido no dia 26 de agosto de 1856 de Calcutá, com uma carga de trilhos de ferro destinados a Sarawak, tripulada por catorze marinheiros e dois oficiais e levando alguns passageiros, em menos de treze dias chegara às águas do mar malaio e, mais exatamente, perto da temida ilha de Mompracem, um covil de piratas que devia ser evitado a todo custo.

Infelizmente a tempestade estava prestes a desabar. O mar estava exigindo o seu tributo antes que a travessia se completasse, e logo se verá que tipo de tributo!

Às oito horas da noite, a escuridão estava quase completa. O sol desaparecera no meio daquela massa de vapor e o vento estava começando a soprar com extrema veemência, fazendo ouvir rugidos assustadores.

O mar, sacudido até os limites extremos do horizonte, subia rapidamente. Enormes vagalhões cobertos de espuma se formavam como por encanto, se chocando e depois despencando, ou então se despedaçando raivosamente contra Mompracem, que erguia sua massa ameaçadora e sinistra entre as trevas.

O *Young-India* corria, bordejando, ora se lançando sobre as montanhas móveis, rasgando com seus mastaréus a densa massa de vapor, ora se precipitando nas depressões, das quais custava a sair.

Os marinheiros, descalços, com os cabelos ao vento e os rostos crispados, manobravam no meio da água, que não encontrava vazão suficiente nos embornais. Comandos e imprecações se misturavam aos ruídos da tempestade.

Às nove horas, o navio de três mastros, sacudido como um joguete como se fosse uma simples pena, se encontrava nas águas de Mompracem.

Apesar de todos os esforços do mestre Bill, que fraturara as mãos na barra do leme, o *Young-India* foi arrastado para tão perto da costa repleta de rochedos, de ilhas madrepóricas e de baixios, que já estavam achando que ela iria se despedaçar contra ela.

O capitão Mac Clintock, com grande terror, avistou diversas fogueiras acesas entre as curvas da praia e, ao clarão de um relâmpago, viu também um homem de alta estatura, com os braços cruzados no peito, inabalável no meio dos elementos desenfreados da natureza, em pé na margem extrema de um penhasco gigantesco que descia perpendicularmente ao mar.

Os olhos daquele homem, que brilhavam como duas brasas, se fixaram sobre ele de maneira estranha. Parecia até ter erguido o braço para fazer um gesto amigável. A aparição, de resto, durou poucos segundos. As trevas voltaram a se adensar e um golpe de vento afastou rapidamente o *Young-India* da ilha.

— Que o bom Deus nos salve! — exclamou o mestre Bill, que também avistara o homem. — Aquele era o Tigre da Malásia!

A sua voz foi sufocada por um trovão, que repercutiu, de eco em eco, pelas profundidades do céu. Aquele estrondo parecia o sinal de uma música ensurdecedora e indescritível. O espaço ficou incandescente de norte a sul, de leste a oeste, como se o universo inteiro estivesse se incendiando, iluminando sinistramente o mar tempestuoso.

Choviam raios fulgurantes, que descreviam no ar mil ângulos bizarros, mil curvas diferentes, se precipitando entre as ondas ou girando vertiginosamente em volta do navio, seguidos de estrépitos que cresciam de intensidade e atingiam os tons mais altos.

O mar, como se estivesse querendo competir com aqueles trovões, se ergueu de forma assustadora. Não eram mais ondas, mas montanhas de água, que cintilavam sob o brilho intenso dos raios, se lançando furiosamente para cima, na direção do céu, como se fossem atraídas por uma força sobrenatural, e que se amontoavam umas sobre as outras, mudando de forma e de tamanho.

De vez em quando o vento passava a fazer parte daquela assustadora competição, rugindo furiosamente, empurrando à frente nuvens de chuva morna.

A embarcação, adernando de forma assustadora, ora a bombordo, ora a boreste, fazia um enorme esforço para enfrentar os elementos furiosos da natureza. Gemia como se estivesse reclamando daqueles golpes terríveis do mar, que a cobriam da proa à popa e derrubavam a tripulação; se erguia, cambaleava, fustigava a água com o gurupés, que em um momento apontava para o norte e no outro, para o sul, apesar dos esforços desesperados do timoneiro.

Havia instantes em que os marinheiros não sabiam se ainda estavam flutuando ou se já tinham ido a pique, tamanha era a massa de água que caía sobre os costados quase totalmente despedaçados.

Para o cúmulo da infelicidade, à meia-noite, o vento que soprava cada vez mais forte do norte mudou inesperadamente para leste.

Não era mais possível lutar. Ir em frente, com aquele tufão atacando a proa, seria tentar a morte. Embora não se apresentasse nenhum lugar para atracar a oeste, a não ser as margens da temível Mompracem, o capitão Mac Clintock foi obrigado a se resignar e pôr a embarcação à capa para poder se afastar com a maior velocidade que permitiam as poucas velas que ainda continuavam abertas.

Já haviam transcorrido duas horas desde que o *Young-India* virara de bordo, seguido pelos vagalhões que pareciam ter jurado destruí-lo com uma fúria sem igual.

Os relâmpagos estavam ficando cada vez mais raros, e a escuridão, tão densa que não se podia ver nada a duzentos passos de distância.

De repente, chegou aos ouvidos do capitão aquele estrondo característico das ondas quando investem contra os arrecifes, estrondo que os marinheiros conseguem distinguir mesmo no meio da borrasca mais assustadora.

Embora ele avaliasse que ainda se encontravam muito distantes dos arrecifes de Mompracem, começou a suspeitar que a ilha devia estar bem mais próxima do que pensara.

— Olhe à proa! — trovejou ele, dominando o estrépito das ondas e o assobio do vento com a sua voz.

— Mar quebrado! — gritou uma voz.

O capitão Mac Clintock correu para a proa, agarrando o estai da vela de traquete para subir na amurada.

Não se via nada; no entanto, através das rajadas de vento se ouvia distintamente o estrondo da ressaca. Não era possível se enganar. A poucas amarras da embarcação se erguia uma cadeia de arrebentação, talvez uma ramificação da de Mompracem.

— Preparados para a guinada! — berrou ele.

O mestre Bill, reunindo toda a sua força, puxou rapidamente para si a barra do leme.

Quase no mesmo instante, o navio tocou a terra.

Mas o choque mal se fez sentir. Apenas uma parte da falsa quilha foi arrancada pelas pontas agudas das madréporas que formavam o cume da arrebentação.

Desgraçadamente, o vento continuava soprando de popa e as ondas, empurrando a embarcação cada vez mais para frente.

A tripulação, que conservava extraordinário sangue-frio naquela difícil situação, conseguiu virar de bordo. O *Young-India* se fez ao largo com um bordejo de duzentos metros, escapando dos arrecifes em volta dos quais as ondas rugiam como cães esfaimados. Parecia que tudo ia acabar bem. A sonda jogada às pressas mostrou catorze braças de profundidade. A esperança de salvar a nave começava a nascer no coração da tripulação.

De repente, o fragor da ressaca voltou a ser ouvido bem na haste de proa.

O mar se erguia com mais violência do que antes, assinalando uma nova barreira de arrebentação.

— Tudo a sotavento, Bill! — trovejou o capitão Mac Clintock.

— Arrebentação sob a proa! — berrou um marinheiro que descera até a rede do gurupés.

A sua voz não chegou até a popa. Uma montanha de água desabou de boreste, rechaçando violentamente o navio de três-mastros para bombordo, derrubando a tripulação agarrada nos braços das velas e destroçando a embarcação contra os guindastes.

Ouviu-se um rugido assustador, um estrondo como o de navios despedaçados e, a seguir, uma colisão espantosa que fez oscilar os mastros da popa à proa.

O ventre do *Young-India* foi rasgado por um golpe das pontas agudas das arrebentações, e seis marinheiros, arrancados pelas ondas, se esfacelaram nos arrecifes.

2. Os piratas da Malásia

ENCRAVADO ENTRE DUAS rochas, que mal punham suas pontas escuras para fora da água, serrilhadas de mil formas diferentes pelo eterno movimento das águas, com os costados rasgados e a quilha despedaçada, o *Young-India* não passava de destroços impossíveis de serem reparados que, cedo ou tarde, sem dúvida seriam triturados e levados embora pelo mar.

O espetáculo era grandioso e, ao mesmo tempo, assustador. Ao redor, o mar espumava furiosamente com milhares de bramidos, arrebentando e tornando a arrebentar nos arrecifes, arrastando consigo fragmentos das amuradas, das cavernas, da estrutura e dos botes, que se chocavam com mil estalidos.

No três mastros, os sobreviventes, quase todos completamente aterrorizados, corriam da proa à popa, soltando milhares de gritos, imprecações e invocações. Um subia nas enfrechaduras, outro corria para os cestos de gávea, um terceiro subia até os vaus. Um quarto, por sua vez, saltava como se estivesse pisando em brasas, clamando por Deus e Nossa Senhora, enquanto um quinto se apressava em enfiar um salva-vidas no corpo e um sexto, em preparar uma boia para usar assim que a nave fosse destroçada.

O capitão Mac Clintock e o mestre Bill, que já haviam visto situações piores, eram os únicos a conservar um pouco de calma.

Tendo em vista que o três mastros continuava imóvel como se estivesse pregado nos arrecifes, se apressaram em descer à estiva. Logo perceberam que não havia mais esperança de mantê-lo na superfície, pois a água já invadira tudo.

— É uma pena — disse o mestre Bill com voz emocionada. — O infeliz exalou seu último suspiro. Nenhum estaleiro vai ser capaz de consertar essa mutilação terrível.

— Você tem razão, Bill — respondeu o capitão ainda mais emocionado. — Este vai ser o túmulo do nosso valente *Young-India*.

— E o que vamos fazer?
— Temos de esperar o sol nascer.
— Ele vai resistir aos golpes da água?
— Espero que sim. Os arrecifes penetraram no ventre do nosso navio como uma cunha no tronco de uma árvore. Não acho que alguém consiga removê-los.
— Vamos dar um pouco de coragem aos homens que estão na ponte. Estão morrendo de medo.

Os dois lobos-do-mar subiram de novo para a ponte. Os marinheiros e passageiros, com os rostos transtornados pelo terror, se precipitaram ao encontro deles com grande ansiedade.

— Estamos perdidos? — perguntavam alguns.
— Vamos afundar? — perguntavam outros.
— Existe alguma esperança de nos salvarmos?
— Onde estamos?
— Calma, minha gente — disse o capitão. — No momento não estamos correndo nenhum perigo.

O indiano Kammamuri, que demonstrara estar com muita pressa para chegar a Sarawak, se aproximou do comandante.

— Capitão — disse ele com uma voz tranquila — nós vamos conseguir chegar a Sarawak?
— Você está vendo muito bem que isso é impossível, Kammamuri.
— Mas eu tenho de ir para lá.
— Não sei o que dizer. O barco está imóvel como um pontão.
— O meu patrão está lá, capitão.
— Ele vai ter de esperar.

O olhar vivo e brilhante do indiano se anuviou e a sua expressão, que tinha um não sei quê de selvagem, se fechou.

— Que Kali o proteja — murmurou.
— Nem tudo está perdido, Kammamuri — disse o capitão.
— Então não vamos afundar?
— Eu já disse que não. Vamos lá, calma, minha gente. Amanhã vamos saber em que ilha ou arrecife naufragamos e então ver o que pode ser feito. Por enquanto, eu só posso garantir a vida de vocês.

As palavras do capitão tiveram um ótimo efeito no ânimo dos marinheiros, que começaram a achar que podiam ser salvos. Aqueles que estavam trabalhando nos botes salva-vidas abandonaram suas funções, e os que haviam subido nos mastros deslizaram para baixo depois de um momento de hesitação. A calma não tardou a reinar na ponte do navio naufragado.

De resto, depois de ter chegado à sua intensidade máxima, a tempestade começava a diminuir. As nuvens, fendidas aqui e ali, de vez em quando deixavam entrever o trêmulo brilho dos astros. Também o vento, após silvar, bramir e rugir, estava se acalmando.

O mar, no entanto, continuava bastante agitado. Vagalhões gigantescos corriam em todas as direções, investindo em fúria extrema contra os arrecifes e arrebentando sobre eles com estrondos amedrontadores. O navio, chacoalhado, batido à popa e à proa, gemia como um moribundo, deixando cair pedaços da amurada e fragmentos da quilha despedaçada. Em alguns momentos, oscilava da proa à popa com tanta força, que a tripulação receava que ele fosse arrancado do banco madrepórico e levado para o meio do turbilhão. Por sorte, conseguiu se manter firme, e os marinheiros puderam gozar de algumas horas de sono, apesar do perigo iminente e dos vagalhões que se arremessavam de vez em quando na coberta.

Às quatro horas da manhã, começou a clarear no oriente. O sol surgia com aquela velocidade própria das regiões tropicais, anunciado por uma magnífica cor vermelha. O capitão, de pé no cesto de gávea do mastro principal e com o mestre Bill ao lado, mantinha os olhos fixos na direção norte, onde surgia a menos de duas milhas uma massa escura que devia ser terra.

— E então, capitão — perguntou o mestre, mastigando raivosamente um pedaço de tabaco —, o senhor conhece aquela terra?

— Acho que sim. Ainda está escuro, mas os arrecifes que a rodeiam por toda parte me levam a suspeitar que aquela seja a ilha de Mompracem.

— *By God!* — murmurou o americano, fazendo uma careta horrível. — Mas em que belo lugar nós fomos encalhar.

— Também acho, Bill. A reputação da ilha não é das melhores.

— Dizem que é um ninho de piratas. O Tigre da Malásia voltou, capitão.

— O quê? — exclamou Mac Clintock, que sentiu um arrepio correr pelos ossos. — O Tigre da Malásia voltou a Mompracem?

— Voltou.

— Isso não é possível, Bill! Faz tantos anos que aquele homem desapareceu.

— Mas eu tenho certeza de que voltou. Há mais ou menos quatro meses ele atacou o *Arghilah*, de Calcutá, que só conseguiu escapar com muito esforço. Um marinheiro, que conheceu o pirata sanguinário, me contou que o viu na proa de um *praho*.

— Então estamos perdidos. Ele não vai demorar muito para nos atacar.
— *By God!* — gritou o mestre, ficando completamente pálido de repente.
— O que houve?
— Olhe, capitão! Olhe ali!...
— *Prahos, prahos!* — gritou uma voz na ponte.

O capitão, tão pálido quanto o mestre, olhou para a ilha e avistou quatro embarcações dobrando um cabo a apenas uma milha.

Tratava-se de quatro grandes *prahos* malaios, de cascos baixos e muito leves, velozes, com velas longas, de cerca de quarenta metros de altura, sustentadas por mastros triangulares.

Aqueles barcos, que correm com uma rapidez surpreendente e são capazes de desafiar as piores tempestades graças ao flutuador lateral de sotavento e à sustentação de barlavento, geralmente são utilizados pelos piratas malaios, que, com eles, não temem atacar os grandes navios que se aventuram nos mares da Malásia.

O capitão sabia disso, tanto que correu para a ponte assim que os avistou. Em poucas palavras informou a tripulação sobre o perigo que a ameaçava. Somente uma resistência encarniçada poderia salvá-los.

Infelizmente, o arsenal de bordo não estava bem abastecido. Não havia sequer um canhão, os fuzis eram suficientes apenas para armar a tripulação e, mesmo assim, a maioria estava em mau estado. Havia, contudo, sabres de abordagem — enferrujados, sim, mas ainda em condições de uso —, algumas pistolas, revólveres e um bom número de machados.

Os marinheiros e os passageiros se armaram da melhor forma possível e correram para a popa, que, por estar submersa, poderia ser escalada com facilidade. A bandeira dos Estados Unidos foi majestosamente hasteada para o alto da vela de carangueja, e o mestre Bill a fixou.

Foi bem a tempo. Os quatro *prahos* malaios, que corriam como pássaros, estavam a setecentos ou oitocentos passos e se preparavam para atacar com muita energia o pobre três mastros.

O sol que se erguia no horizonte permitia ver claramente as pessoas a bordo dos veleiros.

Eram oitenta ou noventa homens seminus e armados com carabinas fantásticas, incrustadas de madrepérola, e pequenas lâminas de prata, com enormes facões de aço finíssimo, chamados *parangs*, com cimitarras, cris serpenteantes, sem dúvida com a ponta envenenada com suco de upas, e com clavas imensas, chamadas *kampilang*, que manuseavam como se fossem pequenos bastões.

Alguns deles eram malaios, de cor olivácea, vigorosos e com feições ferozes; outros eram belíssimos *dayachi*, de estatura alta e com braços e pernas cobertos de pulseiras de cobre. Havia também alguns chineses, reconhecíveis por causa do crânio nu e reluzente como marfim, javaneses, *bughisi* e *macassaresi*. Todos aqueles homens mantinham o olhar fixo na embarcação encalhada e agitavam furiosamente as armas, dando gritos ferozes que fariam estremecer mesmo os mais corajosos. Parecia que estavam tentando assustar os náufragos antes de começar a luta.

A quatrocentos passos de distância, um tiro de canhão ecoou no primeiro *praho*. A bala, de calibre considerável, despedaçou o mastro do gurupés, que vergou e mergulhou a ponta no mar.

— Ânimo, rapazes — gritou o capitão Mac Clintock. — Se o canhão falou é sinal de que a dança já começou. Façam fogo!

Alguns tiros de fuzis se seguiram ao comando. Gritos assustadores explodiram a bordo dos *prahos*, sinal infalível de que nem todo o chumbo fora perdido.

— Ali deu certo, rapazes! — urrou o mestre Bill. — Vamos bater com força, bem ali, no meio do grupo. Aquelas caras feias não vão ter coragem de vir para cima de nós. Agora! Fogo!

A sua voz foi encoberta por uma série de detonações medonhas que vinham do largo.

Eram os piratas que começavam a atacar.

Os quatro *prahos* pareciam crateras acesas, expelindo saraivadas ininterruptas de balas.

Os canhões atiravam, as balistas atiravam, as carabinas atiravam, todas as armas explodiam, aterrissando e destruindo com uma precisão milimétrica.

Em questão de minutos, havia náufragos jazendo sem vida sob a coberta. O mastro de traquete, atingido sob o cesto de gávea, se precipitou sobre a ponte, obstruindo vergas, velas e amarras. Aos gritos de triunfo sucederam berros de espanto e de dor, gemidos e estertores de agonia.

Era impossível resistir àquela tempestade de balas que chegava com uma rapidez apavorante, fazendo saltar os mastros, as amuradas e as cavernas.

Os náufragos perceberam que estavam perdidos. Depois de descarregar sete ou oito vezes os mosquetões sem obter muito sucesso, apesar das imprecações do capitão e do mestre Bill, abandonaram as posições e fugiram para boreste, onde se protegeram atrás dos destroços dos equipamentos e dos botes. Alguns deles estavam perdendo sangue e davam gritos dilacerantes. Os piratas, protegidos pelos canhões, ao cabo de quinze minutos chegaram à popa do navio para tentar subir a bordo.

O capitão Mac Clintock correu para aquele lado a fim de rechaçar a abordagem, mas uma descarga de metralha o desanimou, juntamente com os três homens que o acompanhavam.

Um grito terrível ecoou no ar:

— Viva o Tigre da Malásia!

Os piratas largaram as carabinas, empunharam as cimitarras, os machados, as clavas, os cris e se lançaram intrepidamente à abordagem, subindo pelas amuradas, pelos patarrás e pelas enfrechaduras. Alguns se lançaram para cima dos mastros dos *prahos*, correram como macacos pelas vergas e caíram sobre o equipamento do três mastros, deslizando pela coberta. Em pouco tempo, os raros defensores, superados em números, estavam caídos na proa, na popa, no tombadilho e no castelo.

Perto do mastro principal permanecia ainda um único homem, armado com um pesado sabre de abordagem.

Esse homem, o último sobrevivente do *Young-India*, é o indiano Kammamuri, que estava se defendendo com um leão, partindo as armas do inimigo insistente e golpeando à direita e à esquerda.

Um golpe de clava despedaçou a sua arma. Dois piratas se arremessaram sobre ele e o derrubaram, apesar da sua resistência desesperada.

— Socorro! Socorro!... — urrou o pobre, com voz estrangulada.

— Parem! — trovejou uma voz de repente. — Esse indiano é um bravo!...

3. O Tigre da Malásia

O HOMEM QUE DERA AQUELE grito num momento tão oportuno devia estar com cerca de trinta e dois ou trinta e quatro anos.

Era alto, tinha pele clara, feições finas e aristocráticas, olhos azuis suaves e bigodes negros, que sombreavam lábios sorridentes.

Estava vestido com extrema elegância: casaco de veludo marrom com botões de ouro, ajustado nos quadris por uma larga faixa de seda azul, calças de brocatel, botas longas de couro vermelho com as pontas levantadas e um amplo chapéu de palha de manilha verdadeira na cabeça. Levava a tiracolo uma carabina indiana magnífica, e do quadril pendia uma cimitarra com empunhadura de ouro com um diamante do tamanho de uma noz e com um brilho admirável incrustado no alto.

Com um sinal ordenou que os piratas se afastassem e chegou perto do indiano, que nem pensara em se levantar, tamanha era a sua surpresa ao ver que ainda estava vivo, e olhou para ele com profunda atenção.

— O que você disse? — perguntou finalmente ao indiano, em tom alegre.

— Eu?... — exclamou Kammamuri, que se perguntava quem poderia ser o homem de pele clara que comandava aqueles terríveis piratas.

— Está surpreso por ver que a sua cabeça ainda está em cima dos ombros?

— Tão surpreso que ainda me pergunto se estou mesmo vivo.

— Não duvide disso, meu jovem.

— O senhor não vai me decapitar, então?

— Se não permiti isso antes, não sei por que eu o faria depois.

— Por quê? — perguntou ingenuamente o indiano.

— Porque você não é um homem branco, em primeiro lugar.

Kammamuri fez um gesto de surpresa.

— Ah! — exclamou. — O senhor odeia os brancos?

— Odeio.

— Então o senhor não é branco?
— Por Baco, sou um puro-sangue português!
— Então não entendo por que o senhor...
— Pode parar, meu jovem. Esse discurso não me agrada.
— Está certo, mas e agora?
— Agora acontece que você é um bravo e que eu gosto dos bravos.
— Sou marata — disse o indiano com orgulho.
— Uma raça que tem ótima fama. Diga uma coisa, você gostaria de ser um dos nossos?
— Eu, um pirata?
— Por que não? Por Júpiter! Você seria um companheiro valente.
— E se eu recusar?
— Eu não poderia mais responder pela sua cabeça.
— Se é uma questão de salvar a minha pele, vou ter de me tornar um pirata. Quem sabe talvez seja até melhor.
— Parabéns, meu jovem. Ei, Kotta, vá buscar uma garrafa de uísque. Os americanos nunca navegam sem uma boa provisão.

Um malaio de cerca de um metro e meio de altura, com braços enormes, desceu à cabine do pobre Mac Clintock e poucos instantes depois voltou com dois copos e uma garrafa empoeirada, da qual fizera saltar o gargalo.

— Uísque — leu o homem branco no rótulo. — Esses americanos realmente são homens fantásticos.

Encheu duas taças e estendeu uma ao indiano, perguntando:
— Como você se chama?
— Kammamuri.
— À sua saúde, Kammamuri.
— À sua, senhor...
— Yanez — disse o homem branco.

E esvaziaram os copos de um único gole.
— Agora, meu jovem — disse Yanez, sempre de bom humor —, vamos procurar o capitão Sandokan.
— Quem é esse senhor Sandokan?
— Por Baco! É o Tigre da Malásia.
— E o senhor vai me levar até esse homem?
— Isso mesmo, meu caro, ele vai ficar feliz em receber um marata. Vamos, Kammamuri.

Paisagem da Malásia.

O indiano não se mexeu. Parecia confuso e olhava ora para os piratas, ora para a popa da nave.

— O que você tem? — perguntou Yanez.
— Senhor... — disse o marata, hesitando.
— Fale.
— Não vão tocar nela?
— Em quem?
— Tem uma mulher comigo.
— Uma mulher! Branca ou indiana?
— Branca.
— Onde está ela?
— Eu a escondi na estiva.
— Traga-a para a ponte.
— Não vão tocar nela?
— Você tem a minha palavra.
— Obrigado, senhor — disse o marata com voz emocionada.

Correu para a popa e desapareceu pela escotilha. Poucos instantes depois, voltou à ponte.

— Onde está a mulher? — perguntou Yanez.
— Está chegando, mas não diga nada, senhor. Ela é louca.
— Louca?... Mas quem é ela?
— Chegou!... — exclamou Kammamuri.

O português olhou para a popa.

Uma moça de uma beleza inacreditável, envolta em uma grande capa de seda branca, saiu inesperadamente pela escotilha e parou perto do mastro de mezena.

Devia ter quinze anos. Tinha uma figura graciosa, elegante e sinuosa, a pele rosada, de uma maciez incomparável, olhos grandes e negros, infinitamente doces, nariz pequeno e arrebitado, lábios delgados, vermelhos como o coral, entreabertos em um sorriso inexplicável que deixava entrever duas fileiras de dentes pequenos, de uma brancura ofuscante. Uma cabeleira farta, muito escura, repartida na testa por um grande diamante, caía pelos ombros em uma desordem graciosa até a cintura.

Ela olhou para todos aqueles homens armados, para os cadáveres que obstruíam a ponte e para todos aqueles destroços sem que a menor expressão de medo, ou de horror, ou de curiosidade se desenhasse em seu rosto gentil.

— Quem é essa mulher? — perguntou Yanez, com uma estranha entonação, agarrando e apertando com muita força a mão de Kammamuri.

— A minha patroa — respondeu o marata. — A *Virgem do templo* do Oriente.

Yanez deu alguns passos na direção da louca, que continuava na mesma imobilidade de estátua, e olhou fixamente para ela.

— Que semelhança extraordinária!... — exclamou, empalidecendo.

Voltou rapidamente para perto de Kammamuri e, segurando de novo a mão de Kammamuri, perguntou com voz alterada:

— Aquela mulher é inglesa?

— Ela nasceu na Índia, mas seus pais são ingleses.

— Por que ficou louca?

— É uma história muito longa.

— Você vai contar tudo ao Tigre da Malásia. Vamos embarcar agora, marata, e vocês, filhotes, limpem bem tudo o que tem nesta carcaça e depois ponham fogo. De hoje em diante o *Young-India* não existe mais.

Kammamuri se aproximou da louca, pegou a sua mão e a ajudou a descer até o *praho* do português. Ela não opôs nenhuma resistência, nem pronunciou uma palavra sequer.

— Podemos partir — disse Yanez, tomando a barra do leme.

Aos poucos o mar se acalmara. Somente em torno da arrebentação ele continuava espumante e barulhento, formando imensos vagalhões.

O *praho*, guiado por aqueles intrépidos marinheiros, passou pelos arrecifes, saltando pelos vagalhões como se fosse uma bola elástica, e se distanciou a uma velocidade fantástica, deixando atrás de si uma esteira muito alva, no meio da qual brincavam imensos peixes-cão.

Ao cabo de dez minutos, chegaram à ponta extrema da ilha e a contornaram sem diminuir a velocidade, navegando em direção a uma ampla baía que se abria diante de um gracioso vilarejo, composto de vinte e tantas cabanas sólidas e protegido por uma linha tripla de trincheiras, armadas com grandes canhões e numerosas balistas, por muralhas altas e fossos profundos cheios de agudas pontas de ferro.

Uma centena de malaios seminus, mas todos armados até os dentes, saíram das trincheiras e correram para a praia, dando urros selvagens e agitando loucamente cris envenenados, cimitarras, machados, espadas, carabinas e pistolas.

— Onde estamos? — perguntou Kammamuri, inquieto.

— No nosso vilarejo — respondeu o português.
— É aqui que mora o Tigre da Malásia?
— Ele mora lá no alto, onde está ondulando aquela bandeira vermelha.

O marata ergueu a cabeça e avistou no alto de um penhasco gigantesco, que descia verticalmente para o mar, uma grande cabana protegida por diversas muralhas, em cima da qual se agitava majestosamente uma grande bandeira vermelha enfeitada com a cabeça de um tigre.

— Nós vamos até lá? — perguntou com alguma emoção.
— Vamos, amigo — respondeu Yanez.
— Qual vai ser a recepção daquele homem terrível?
— A recepção que deve ser dada a qualquer homem corajoso.
— E a *Virgem do templo* do Oriente, ela vem conosco?
— Por enquanto, não.
— Por que não?
— Porque essa mulher se parece demais com...

Ele se interrompeu. Uma rápida emoção alterou suas feições e seus olhos inesperadamente ficaram úmidos. Kammamuri percebeu.

— Parece que o senhor ficou emocionado — disse.
— Você está enganado — respondeu o português, puxando a barra do leme para evitar a extremidade de um arrecife que protegia a baía. — Vamos desembarcar, Kammamuri.

O *praho* parara com a proa apontada para a costa.

O português, Kammamuri, a louca e os piratas desembarcaram.

— Conduzam esta mulher para melhor cabana do vilarejo — disse Yanez, indicando a louca aos piratas.

— Não vão fazer nenhum mal a ela? — perguntou Kammamuri.
— Ninguém vai ousar tocar nela — disse Yanez. — Aqui as mulheres são muito respeitadas, talvez até mais do que na Índia e na Europa. Venha, marata.

Dirigiram-se para o penhasco gigantesco e subiram por uma escada estreita, escavada na própria rocha, com algumas sentinelas armadas com carabinas e cimitarras e postadas a intervalos regulares.

— Por que tanto cuidado? — perguntou Kammamuri,
— Porque o Tigre da Malásia tem mais de cem mil inimigos.
— Então ele não é um homem amado?
— Nós o idolatramos, mas os outros... Se você soubesse como os ingleses o odeiam, Kammamuri... Chegamos. Não precisa ter medo.

De fato, haviam chegado diante de uma grande cabana protegida, também ela, por trincheiras, gabiões, fossos, canhões, morteiros e balistas do século anterior.

O português empurrou com cuidado uma grossa porta de teca, capaz de resistir às balas de um canhão, e introduziu Kammamuri em um cômodo revestido de seda vermelha, abarrotado de carabinas europeias, mosquetes indianos e persas, bacamartes, pistolas, cimitarras, escudos, cris malaios, iatagãs turcos, punhais, garrafas, rendas e tecidos, porcelanas chinesas e japonesas, montes de ouro, lingotes de prata, potes cheios de pérolas e diamantes.

No meio, semiestendido em um rico tapete persa, Kammamuri viu um homem bronzeado, vestido suntuosamente à moda oriental, com roupas de seda vermelha bordadas de ouro e longas botas de couro vermelho e ponta levantada.

Aquele indivíduo não parecia ter mais de trinta e quatro ou trinta e cinco anos. Era alto, muito musculoso, com uma cabeça soberba coberta por uma cabeleira farta, cacheada, negra como a asa de um corvo, que caía em uma desordem atraente sobre os ombros largos.

Tinha testa alta, olhos brilhantes, lábios finos que mostravam um sorriso indefinível e uma barba magnífica que dava às suas feições um ar de selvageria, capaz de incutir medo e respeito ao mesmo tempo.

Pelo conjunto era fácil deduzir que aquele homem tinha a ferocidade de um tigre, a agilidade de um quadrúmano e a força de um gigante.

Assim que viu os dois personagens entrando, sentou e fixou sobre eles um daqueles olhares que penetram fundo no coração.

— O que você está me trazendo? — perguntou ele com voz metálica e vibrante.

— A vitória, antes de mais nada — respondeu o português. — Mas trago também um prisioneiro.

A expressão daquele homem se fechou.

— O homem que você poupou talvez seja esse indiano? — perguntou ele, depois de alguns instantes de silêncio.

— É ele mesmo, Sandokan. Algum problema para você?

— Você sabe que eu respeito os seus caprichos, meu amigo.

— Sei disso, Tigre da Malásia.

— E o que quer esse homem?

— Ser um dos seus filhotes. Eu o vi em combate: é um herói.

O olhar do Tigre relampejou. As rugas que sulcavam a sua testa desapareceram como nuvens sopradas por uma forte rajada de vento.

— Chegue mais perto — ordenou ao indiano.

Kammamuri, ainda surpreso por se encontrar em frente ao legendário pirata, que fez o povo da Malásia tremer durante tantos anos, se aproximou.

— Qual é o seu nome? — perguntou o Tigre.

— Kammamuri.

— E você é?

— Marata.

— Um filho de heróis, então.

— O senhor disse uma verdade, Tigre da Malásia — disse o indiano com orgulho.

— Por que saiu do seu país?

— Para ir a Sarawak.

— Por causa daquele cachorro do James Brooke? — perguntou o Tigre com uma entonação de ódio.

— Não sei quem é esse James Brooke.

— Melhor assim. O que tem em Sarawak para que você queira ir até lá?

— O meu patrão.

— O que ele faz? É um soldado do rajá, talvez?

— Não, é prisioneiro do rajá.

— Prisioneiro? Mas por quê?

O indiano não respondeu.

— Fale — disse o pirata brevemente. — Quero saber de tudo.

— O senhor vai ter paciência de me escutar? A história é longa e horripilante.

— O Tigre gosta de histórias horripilantes e sanguinárias; sente e comece a contar.

4. Um drama terrível

KAMMAMURI NÃO PRECISOU ouvir a ordem duas vezes. Sentou no meio de um monte de veludo amarrotado, respingado de manchas aqui e ali, acendeu um cigarro microscópico que o português lhe estendeu e, depois de ficar em silêncio por alguns instantes, como se estivesse ordenando as ideias, disse:

— Tigre da Malásia, o senhor já ouviu falar dos *Sunderbunds* do sagrado Ganges?

— Não conheço aquelas terras — respondeu o pirata —, mas sei o que é o delta de um rio. Você está querendo se referir aos bancos que obstruem a foz do grande rio.

— Isso mesmo, aos grandes e incontáveis bancos de caniços gigantes e habitados por animais ferozes, que se estendem por muitas milhas desde a foz do rio Hugly até a do Ganges. O meu patrão nasceu bem ali no meio, em uma ilha chamada de Selva Negra. Era um homem bonito, forte, um bravo, o mais corajoso que já encontrei na minha vida de aventuras. Não tinha medo de nada: nem do veneno da cobra-de-capelo, nem da força prodigiosa da píton, nem das garras do grande tigre de Bengala, nem do laço dos seus inimigos.

— Qual o nome dele? — perguntou o pirata. — Quero conhecer esse herói.

— O nome dele era Tremal-Naik, o *Caçador de tigres e serpentes* da selva negra.

Ao ouvir aquele nome, o Tigre da Malásia se levantou, olhando fixo para o marata.

— Você disse caçador de tigres? — indagou.

— Disse.

— Por que esse apelido?

— Porque ele caçava os tigres da selva.

— Um homem que enfrenta os tigres só pode ser corajoso. Já comecei a gostar desse indiano antes mesmo de conhecê-lo. Continue, estou ficando curioso.

— Certa noite, Tremal-Naik estava voltando da selva. Era uma noite fantástica, uma verdadeira noite de Bengala; o ar estava doce e perfumado, o horizonte, ainda chamejante e o céu começava a ficar estrelado. Ele já tinha percorrido um bom trecho sem encontrar uma alma viva, quando surgiu diante dele, no meio de um arbusto de mussenda, uma jovem de uma beleza incrível.

— Quem era ela?

— Era uma criatura de pele rosada, cabelos negros e olhos enormes. Olhou para ele por alguns instantes, com uma expressão triste, e desapareceu. O coração de Tremal-Naik foi atingido com tamanha força, que se inflamou de amor por aquela aparição. Alguns dias depois, um crime foi cometido na margem de uma ilha chamada Raimangal. Encontramos o cadáver de um dos nossos homens, que tinha ido até lá para caçar um tigre, e ele estava com um laço em volta do pescoço.

— Oh!... — exclamou o pirata, no auge da surpresa. — Quem iria estrangular um caçador de tigres?

— Tenha mais um pouco de paciência, pois vou contar tudo. Tremal-Naik, como eu disse ao senhor, era um homem corajoso. Pediu que eu o acompanhasse, e desembarcamos em Raimangal à meia-noite, decididos a vingar nosso infeliz companheiro. Primeiro, ouvimos diversos ruídos misteriosos saindo da terra, depois apareceram vários homens nus, com uma tatuagem bizarra, saindo de dentro do tronco de uma figueira-da-índia gigantesca. Aqueles eram os assassinos do pobre caçador de tigres.

— E o que aconteceu depois? — perguntou o pirata com olhos brilhantes de alegria.

— Tremal-Naik não hesitou mais. Um tiro de carabina bastou para derrubar o chefe daqueles indianos, e depois nós fugimos.

— Bravo Tremal-Naik! — exclamou o Tigre, entusiasmado. — Continue. Estou me divertindo mais ouvindo essa história do que abordando um navio carregado do metal amarelo.

— Para despistar aqueles homens que estavam nos perseguindo, o meu patrão se separou de mim e se refugiou em um grande templo, onde encontrou... adivinhe quem?

— A jovem, talvez?

— Isso mesmo, a jovem que era prisioneira daqueles homens.
— Quem eram eles?
— Os adoradores de uma divindade feroz, cujo único anseio é o sacrifício de vítimas humanas. O nome dela é Kali.
— A deusa terrível dos tugues indianos?
— Ela mesma, a deusa dos estranguladores.
— Aqueles homens são mais ferozes do que os tigres. Ah! Eu conheço muito bem esses fanáticos — disse o pirata. — Tinha um no meu bando.
— Um tugue no seu bando? — exclamou o marata, estremecendo. — Estou perdido.
— Não precisa ter medo, Kammamuri. Tive um tugue no meu bando há algum tempo, mas não tenho mais. Continue a sua história.
— A jovem, que já amava o meu patrão, conhecendo os perigos que o ameaçavam, implorou para que ele partisse no mesmo instante, mas ele não era homem de ter medo. Ficou lá, esperando os tugues ferozes, decidido a lutar contra eles e, se fosse possível, raptar a prisioneira. Infelizmente ele confiou demais na própria força. Um pouco depois, doze homens armados com laços entraram e foram para cima dele. Apesar de resistir com bravura, acabou sendo derrubado, amarrado e apunhalado pelo chefe dos estranguladores, o feroz Suyodhana.
— E não morreu? — perguntou Sandokan, cada vez mais interessado.
— Não — continuou Kammamuri — não morreu, porque um pouco mais tarde eu o encontrei no meio da selva, ensanguentado, com o punhal ainda cravado no peito, mas vivo, apesar de tudo.
— E por que o jogaram na selva? — perguntou Yanez.
— Para que fosse devorado pelos tigres. Eu o levei para a nossa cabana, e ele sarou depois de muitos cuidados, mas o coração continuava ferido pelos olhos negros da jovem, e não era possível curá-lo. Um dia, depois de ter escapado de várias armadilhas preparadas pelos tugues, resolveu ir a Raimangal, decidido a tudo para ver a criatura amada. Embarcamos à noite, durante uma tempestade, descemos o rio Mangal e chegamos à ilha. Não havia nenhum homem de guarda na entrada da figueira-da-índia, e nós nos embrenhamos terra adentro, por aqueles corredores escuríssimos. Sabíamos que os tugues, não conseguindo arrancar do coração da jovem de olhos negros o amor que ela sentia por Tremal-Naik, tinham decidido queimá-la viva para acalmar a ira da deusa monstruosa, e então corremos para salvá-la.

— Mas por que essa mulher estava proibida de amar? — perguntou Yanez.

— Porque ela era a guardiã do templo consagrado à deusa Kali e, como tal, tinha de se manter pura.

— Mas que raça de covardes!

— Vou continuar a história: depois de termos atravessado vários corredores compridos e matado algumas sentinelas, acabamos chegando a uma sala imensa, sustentada por cem colunas e iluminadas por uma infinidade de candeeiros que irradiavam uma luz cadavérica por toda parte. Duzentos indianos com laços na mão estavam sentados em um círculo. No meio, estava a estátua da deusa, com uma bacia na frente, onde nadava um peixinho vermelho que, segundo eles, contém a alma da deusa e, um pouco mais longe, havia uma pira. À meia-noite, apareceram o chefe Suyodhana e os seus sacerdotes, arrastando a pobre jovem, já embriagada de ópio e de perfumes misteriosos. Ela já não estava opondo nenhuma resistência. Já estavam bem perto da pira, um homem já tinha acendido um archote, e os tugues já tinham cantado a prece dos defuntos, quando Tremal-Naik e eu nos arremessamos como leões no meio da horda, descarregando as nossas armas a torto e a direito. Romper aquela muralha humana, arrancar a jovem das mãos dos sacerdotes e fugir pelas galerias escuras foi coisa de um instante. Para onde devíamos fugir? Nenhum de nós tinha a menor ideia, mas nem pensávamos nisso naquele minuto decisivo. Só pensávamos em abrir a maior distância possível entre nós e os tugues que, assim que se recuperaram do susto, vieram atrás de nós. Corremos durante uma boa hora, nos embrenhando cada vez mais nas entranhas da terra, até que encontramos um poço, descemos por ele e chegamos a uma caverna sem saída. Quando tentamos subir de novo, já era tarde demais: os tugues tinham nos fechado lá dentro!

— Maldição! — exclamou Sandokan. — Por que eu não estava lá com os meus filhotes? Eu teria feito uma geleia com todos aqueles indianos sanguinários. Mas vá em frente, marata, porque a sua história está interessantíssima. Diga uma coisa: vocês conseguiram fugir?

— Não.

— Com mil trovões!

— Eles nos cercaram completamente, nos deixaram morrendo de sede, acendendo em volta da caverna fogueiras enormes que estavam nos assando vivos, depois deixaram cair sobre nós um jato de água, onde tinham misturado não sei que espécie de narcótico. Assim que matamos a sede, desabamos no chão, como se estivéssemos tendo uma síncope, e caímos sem a menor resistência nas mãos dos nossos inimigos. Já estávamos conformados com a morte, pois nenhum de nós ignorava que os tugues não conhecem a palavra piedade. No entanto, fomos poupados. A morte seria um castigo muito suave para aqueles homens, e na cabeça do infernal Suyodhana, o chefe dos estranguladores, um plano terrível já tinha se formado, com o objetivo de arrancar do coração da jovem o amor que ela sentia por Tremal-Naik e de se livrar do meu patrão, que poderia se tornar um inimigo perigoso demais para eles. O senhor deve saber que, naquela época, um homem corajoso, decidido, cuja filha tinha sido raptada pelos tugues, estava comprometido em um combate feroz contra eles. Aquele homem era um inglês e se chamava capitão MacPherson. Centenas e centenas de tugues morreram nas suas mãos, e ele perseguia os outros dia e noite, sem dar a menor trégua, com a ajuda poderosa do governo inglês. Nem os laços dos estranguladores, nem os punhais dos sectários mais fanáticos conseguiram atingi-lo, nem os planos mais infernais tiveram sucesso contra ele. Suyodhana, que tinha muito medo dele, pediu que Tremal-Naik o matasse, prometendo, como recompensa, a mão da *Virgem do templo do Oriente*, como se chamava a jovem de cabelos negros, tão amada pelo meu patrão. A cabeça do capitão deveria ser o presente de núpcias!

— E Tremal-Naik aceitou? — perguntou o Tigre, bastante aflito.

— Ele amava demais a *Virgem* e aceitou o terrível pacto de sangue imposto pelo *Filho das águas sagradas do Ganges*, o desumano Suyodhana. Não vou contar tudo o que aconteceu depois, todos os perigos que precisou correr para poder chegar perto daquele pobre capitão. Uma combinação imprevista de acontecimentos lhe proporcionou o meio de poder se tornar um dos servos dele, mas um dia acabou sendo descoberto e teve de se esforçar muito para recuperar a liberdade e salvar a vida. Mesmo assim, não desistiu do projeto imposto pelos tugues e um belo dia conseguiu embarcar em uma nave que o capitão MacPherson conduzia aos *Sunderbunds*, para atacar os sequazes da deusa sanguinária no próprio covil. Naquela mesma noite, acompanhado por alguns cúmplices, entrou na cabine do capitão para decapitá-lo. A sua consciência gritava para que ele não cometesse aquele crime, que o homem adormecido devia ser sagrado para ele, e o seu sangue se rebelava contra aquele assassinato, mas ele estava decidido, porque somente matando o adversário temido poderia recuperar a noiva. Pelo menos, era o que achava, pois ainda não conhecia a perversidade infernal do fanático Suyodhana.

— E ele o matou? — perguntaram Sandokan e Yanez com grande ansiedade.

— Não — disse Kammamuri. — No último minuto, o nome da mulher amada escapou da boca do meu patrão e foi ouvido pelo capitão, que estava começando a acordar.

Aquele nome caiu como um raio entre os dois: evitou um assassinato, um crime horripilante, já que o capitão era o pai da mulher que o meu patrão tanto amava.

— Por Júpiter!... — exclamou Yanez. — Que história incrível você nos contou.

— É a verdade, senhor Yanez.

— Mas o seu patrão não sabia o nome da noiva?...

— Sabia, mas o pai dela adotara um novo nome para evitar que os tugues soubessem que ele estava lutando para recuperar a filha e porque receava que, sabendo disso, eles a matassem.

— Continue — disse Sandokan.

— O que aconteceu depois, vocês podem imaginar. O meu patrão confessou tudo; finalmente compreendera a astúcia de Suyodhana. Ofereceu-se para guiar o capitão pelas cavernas dos sectários. Desembarcaram em Raimangal, o meu patrão entrou no templo subterrâneo, fingindo que estava trazendo a cabeça do capitão e, quando conseguiu rever a jovem amada, os ingleses caíram sobre os tugues. Suyodhana, contudo, escapou vivo do ataque inesperado dos inimigos, e quando o meu patrão, o capitão, a noiva e os soldados ingleses saíram dos subterrâneos para voltar ao navio, ouviram a voz ameaçadora dele, gritando: "Ainda vamos nos encontrar de novo na selva!...". E aquele homem sinistro manteve a palavra. Várias centenas de estranguladores se reuniram em Raimangal assim que foram informados da expedição do capitão MacPherson. Guiados por Suyodhana e vinte vezes mais numerosos, caíram sobre os ingleses. A tripulação do navio correu inutilmente em socorro do capitão. Caíram todos entre as plantas gigantescas da selva, esmagados em número, e o capitão foi o primeiro. No final, capturaram, incendiaram e mandaram o navio pelos ares. Apenas Tremal-Naik e a sua noiva foram poupados. Será que Suyodhana estava com remorsos de acabar com o meu patrão, que havia feito tanta coisa por aquele homem infame, ou ele tinha a esperança de transformá-lo em um tugue?... Eu nunca soube. Mas três dias depois, o meu patrão, que ficou louco depois de engolir o licor que forçaram em sua boca, acabou sendo capturado perto do Forte

William. Foi denunciado com sendo um tugue e não faltaram testemunhas, já que aquela seita conta com diversos sequazes também em Calcutá. Foi poupado porque estava louco, mas o condenaram à deportação perpétua na ilha de Norfolk, em uma terra que fica ao sul de uma região chamada Austrália, segundo me contaram.

— Mas que drama terrível! — exclamou o Tigre depois de alguns instantes de silêncio. — Esse Suyodhana odiava tanto assim o pobre Tremal-Naik?

— Obrigando o meu patrão a decapitar o capitão, o chefe dos sectários queria destruir para sempre a paixão que ardia no coração da *Virgem do templo*.

— Esse chefe dos tugues era mesmo um monstro feroz.

— Mas o seu patrão ainda está louco? — perguntou Yanez.

— Não, os médicos ingleses conseguiram curá-lo.

— E ele não se defendeu?... Não contou tudo?...

— Bem que ele tentou, mas não acreditaram e ainda está sendo tratado com quase louco.

— Mas por que ele está em Sarawak agora?

— Porque o navio que o transportava para Norfolk naufragou perto de Sarawak. Desgraçadamente, ele não vai ficar muito tempo nas mãos do rajá.

— Por quê?

— Porque uma nave já saiu da Índia e dentro de seis ou sete dias, se os meus cálculos estiverem corretos, deve chegar a Sarawak. E essa nave vai para Norfolk.

— Como se chama essa nave?

— *Helgolang*.

— Você a viu?

— Vi, antes que ela saísse da Índia.

— A aonde você estava indo com o *Young-India*?

— A Sarawak, para salvar o meu patrão — disse Kammamuri com firmeza.

— Sozinho?

— Sozinho.

— Você é um rapaz corajoso, marata — disse o Tigre da Malásia. — E o que esse terrível Suyodhana fez da *Virgem do templo* do Oriente?

— Ele a manteve prisioneira nos subterrâneos de Raimangal, mas a infeliz, depois do ataque sanguinário dos tugues na selva, enlouqueceu.

— Mas como ela fugiu das mãos dos tugues? — perguntou Yanez.

— Então ela fugiu? — perguntou Sandokan.

— Fugiu, irmãozinho.

— E onde ela está agora?

— Você vai saber daqui a pouco. Conte como vocês fugiram, Kammamuri — disse Yanez.

— Vou contar em poucas palavras — disse o marata. — Eu tinha ficado com os tugues, mesmo depois da terrível vingança do Suyodhana, e estava cuidando da *Virgem do templo*. Depois de algum tempo, soube que o meu patrão tinha sido condenado a ir para a ilha de Norfolk, e que a nave que o transportava havia naufragado em Sarawak; comecei então a planejar uma fuga. Consegui uma canoa e a escondi no meio da selva. Em uma noite de orgia, quando os tugues estavam bêbados como gambás e não tinham mais capacidade de sair dos subterrâneos, fui ao templo sagrado, apunhalei os indianos que estavam de guarda, peguei a *Virgem* nos braços e fugi. No dia seguinte, estava em Calcutá e, quatro dias depois, a bordo do *Young-India*.

— E a *Virgem*? — perguntou Sandokan.

— Está em Calcutá — se apressou a responder Yanez.

— É bonita?

— Lindíssima — disse Kammamuri. — Tem cabelos negros e olhos magníficos, como carvões.

— E qual é o nome dela?

— É *Virgem do templo*, eu já tinha dito.

— Mas ela não tem outro nome?

— Tem.

— E qual é?

— Ela se chama Ada Corishant.

Ao ouvir aquele nome, o Tigre da Malásia deu um salto e um grito.

— Corishant!... Corishant!... O nome da mãe adorada da minha pobre Marianna!... Meu Deus!... Meu Deus!... — urrou, desesperado.

Depois caiu no tapete, com o rosto terrivelmente transtornado e as mãos agarradas no peito.

Assustado, surpreso, Kammamuri se levantou para ir ajudar o pirata, que parecia ter recebido um golpe mortal, mas duas mãos robustas o seguraram.

— Mais uma coisa — disse o português, que o mantinha seguro pelos ombros. — Como se chamava o pai daquela jovem?

— Harry Corishant — respondeu o marata.

— Bom Deus!... E ele era?

— Capitão dos sipais.
— Saia daqui!
— Mas por quê?... O que aconteceu?...
— Quieto, saia daqui.

E agarrando de novo os ombros do marata, o empurrou bruscamente pela porta e depois a fechou com um giro da chave.

5. A caça à Helgoland

O PIRATA DE MOMPRACEM se recuperou rapidamente daquela emoção estranha e terrível. Seu rosto, embora ainda alterado, retomara a expressão habitual de ferocidade, que incutia respeito e temor mesmo nos homens mais corajosos; em seus lábios ainda um pouco pálidos pairava um sorriso melancólico.

Grossas gotas de suor perolavam a sua testa larga e ligeiramente crispada, enquanto uma chama sinistra brilhava naquele olhar que penetrava até o âmago do coração.

— A tempestade passou? — perguntou Yanez, sentando ao lado dele.

— Passou — disse o Tigre com voz surda.

— Todas as vezes que ouve os nomes que o fazem se lembrar de Marianna, você fica agitado e nervoso.

— Eu amei demais aquela mulher... Yanez. Quando a recordação chega de uma forma assim tão brusca, fico pior do que se tivesse recebido uma bala de carabina no peito... Marianna, minha pobre Marianna!...

Outro soluço dilacerou o peito daquele homem aterrorizante.

— Coragem, irmão — disse Yanez, também muito comovido. — Não esqueça que você é o Tigre da Malásia.

— Algumas lembranças são penosas até mesmo para um tigre.

— Você prefere falar da Ada Corishant?

— Prefiro, Yanez.

— Você acredita na história que o marata contou?

— Acredito, Yanez.

— E o que vai fazer?

— Yanez — disse Sandokan com voz triste —, você se lembra do que minha mulher disse uma noite, embaixo da sombra fresca de um durião majestoso?

— Lembro, sim. "Sandokan, meu bravo amigo", disse ela, "tenho uma prima que eu adoro e que mora muito longe, na Índia. Ela é filha de uma irmã da minha mãe."

— Continue, Yanez.

— Vou continuar, irmãozinho. "Ela desapareceu, ninguém tem ideia de onde possa estar. Dizem que os tugues indianos a raptaram, Sandokan. Meu bravo amigo, você tem de tentar salvá-la. Precisamos restituí-la ao seu sofrido pai."

— Chega! Acho que agora chega, Yanez! — exclamou o pirata com voz dilacerada. — Oh! Essas recordações me rasgam o coração. Saber que nunca mais vou ver aquela pobre mulher!... Marianna, minha adorada Marianna!...

O pirata pegou a cabeça entre as mãos, enquanto soluços abafados sacudiam o seu peito atlético.

— Sandokan — disse Yanez —, seja forte.

O pirata reergueu a cabeça.

— Eu sou forte — disse.

— Quer continuar a falar disso?

— Quero.

— Contanto que você fique calmo.

— Vou ficar calmo.

— O que pretende fazer por Ada Corishant?

— O que eu pretendo fazer? E você ainda pergunta? Vou correndo salvá-la e depois vou a Sarawak para libertar o noivo dela.

— Ada Corishant está salva, Sandokan — disse Yanez.

— Salva?... Salva?... — perguntou o pirata, ficando em pé de um salto. — E onde está ela?

— Aqui.

— Aqui?... E por que você não me disse antes?

— Porque essa jovem se parece demais com a sua falecida mulher, apesar de não ter cabelos dourados nem olhos azuis como o mar. Fiquei com medo de que você tivesse uma reação muito forte ao vê-la.

— Quero vê-la, Yanez, quero vê-la!...

— Vai vê-la agora mesmo.

Abriu a porta. Kammamuri, dominado por uma ansiedade indescritível, estava sentado em um cestão sem fundo, esperando o momento de ser chamado.

— Senhor Yanez! — exclamou com voz trêmula, correndo para o português.

— Calma, Kammamuri.
— Vão salvar o meu patrão?
— Espero que sim — disse Yanez.
— Obrigado, senhor. Muito obrigado!...
— Você só deve agradecer quando ele estiver a salvo. Agora, desça até o vilarejo e traga a sua patroa aqui.

O marata desceu desabaladamente a escada estreita, dando urros de felicidade...

— Bom rapaz — murmurou o português.

Entrou de novo na cabana e se aproximou de Sandokan, que tinha voltado a sentar e mantinha o rosto escondido nas mãos.

— No que está pensando, irmãozinho? — perguntou com voz afetuosa.
— No passado, Yanez — respondeu o pirata.
— Não pense mais no passado, Sandokan. Você sabe que isso traz muito sofrimento. Diga uma coisa, irmão, quando vamos partir?
— Logo.
— Vamos a Sarawak?
— Vamos.
— Vai ser um osso duro de roer. O rajá de Sarawak é poderoso e tem um ódio mortal pelos piratas.
— Sei disso, mas os nossos homens se chamam filhotes de tigre de Mompracem, e eu, Tigre da Malásia.
— Você pretende ir diretamente a Sarawak ou vai cruzar perto da costa?
— Vamos cruzar na baía larga. Antes de desembarcar, temos de afundar a *Helgoland*.
— Acho que estou entendendo o seu plano.
— E aprova?
— Aprovo, Sandokan, e...

Calou-se de chofre. A porta se abriu inesperadamente e Ada Corishant, a *Virgem do templo do oriente*, apareceu na soleira.

— Olhe para ela, Sandokan! — exclamou o português.

O pirata se virou. Ao ver aquela mulher de pé na soleira da porta, deu um grito e recuou, vacilando, até a parede.

— Como são parecidas!... — exclamou. — Como são parecidas!

A louca não se movera. Conservava uma imobilidade absoluta, mas olhava fixamente para o pirata.

De repente, deu dois passos à frente e pronunciou uma palavra.

— Tugues?

— Não — disse Kammamuri, que a acompanhava. — Não, patroa, eles não são tugues.

Ela sacudiu a cabeça, se aproximou de Sandokan, que parecia incapaz de descolar da parede, e pôs a mão no peito dele. Parecia estar procurando alguma coisa.

— Tugues? — repetiu ela.

— Não, patroa, não — disse o marata.

Ada abriu a grande capa de seda branca, descobrindo uma couraça de ouro crivada de grandes diamantes, no meio da qual se destacava em alto relevo uma serpente com cabeça de mulher. Olhou bastante tempo para aquele símbolo misterioso dos estranguladores indianos e depois voltou a olhar para o peito de Sandokan.

— Por que não tem uma serpente? — perguntou com voz ligeiramente alterada.

— Porque esses homens não são tugues — disse Kammamuri.

Uma luz brilhou nos olhos da louca, mas logo se apagou. Será que entendeu o que Kammamuri explicara? Talvez.

— Kammamuri — disse Yanez em voz baixa. — E se você dissesse o nome do noivo dela?

— Não! Não! — exclamou o marata aterrorizado. — Ela desmaiaria na mesma hora.

— Ela é sempre assim, tranquila?

— Sempre, mas não deixe que ela ouça o toque de um *ramsinga* ou de um *taré*, nem que veja um laço ou uma estátua da deusa Kali.

— Por quê?

— Porque se isso acontecer, ela vai fugir e ficar delirando durante vários dias.

Naquele instante a louca se virou e foi para a porta a passos lentos. Kammamuri, Yanez e Sandokan, que tinha se recuperado da enorme emoção, a seguiram.

— O que ela vai fazer? — perguntou Yanez.

— Não sei — respondeu o marata.

Assim que saiu, a louca se deteve, olhando com curiosidade para as trincheiras e para as cercas que protegiam a cabana, depois caminhou para a beira do penhasco gigantesco e olhou o mar que rugia sem parar sobre os arrecifes da ilha.

De repente ela se inclinou como se quisesse ouvir melhor os rugidos das ondas e soltou uma risada cristalina, exclamando:

— O Mangal!

— O que ela disse? — perguntaram Sandokan e Yanez a uma só voz.

— Acho que está confundindo o mar com o rio Mangal, que banha a ilha dos tugues.

— Pobre moça! — exclamou Sandokan, suspirando.

— Você tem esperança de que ela recupere a razão? — perguntou Yanez.

— Espero que sim — respondeu Sandokan.

— E o que pretende fazer?

— Vou dizer depois que libertarmos Tremal-Naik.

— Essa infeliz vai conosco?

— Vai, Yanez. Os ingleses podem atacar Mompracem durante a nossa ausência e levá-la daqui.

— Quando vamos partir? — perguntou Kammamuri.

— Logo — disse Sandokan. — Temos uma longa distância a percorrer e talvez a *Helgoland* não esteja muito longe.

— Vamos descer para o vilarejo.

Kammamuri pegou a mão da moça e desceu a escada, seguido pelo Tigre da Malásia e por Yanez.

— Qual a sua impressão sobre essa infeliz? — perguntou o português a Sandokan.

— Uma impressão muito dolorosa, Yanez — disse o pirata. — Ah! Se eu pudesse fazê-la feliz algum dia!

— Você também acha que ela é parecida com a falecida Marianna?

— Acho, Yanez, acho! — exclamou Sandokan com voz emocionada. — Tem as mesmas feições da minha pobre Marianna!... Chega, Yanez, não vamos mais falar da morta. Isso me faz sofrer, sofrer insuportavelmente!

Haviam chegado às primeiras cabanas do vilarejo. Naquele exato momento, os *prahos* carregados com o butim conquistado no *Young-India* entravam na baía.

Ao ver o chefe, as tripulações fizeram uma saudação entusiasmada, agitando freneticamente as armas.

— Viva o invencível Tigre da Malásia! — bradavam.

— Viva o nosso valente capitão! — respondiam os piratas que estavam no vilarejo.

Com um único gesto da mão, Sandokan chamou para perto dele todos os piratas, que eram mais de duzentos, sendo a maior parte composta de malaios e de *dayachi* de Bornéu, homens corajosos como leões, ferozes como tigres, sempre prontos a morrer pelo seu chefe, que adoravam como a um deus.

— Ouçam todos vocês — disse ele. O Tigre da Malásia está prestes a empreender uma expedição que, talvez, possa custar a vida de muitos de nós.

Meus filhotes, na costa de Bornéu reina um homem, o filho de uma raça que tanto mal fez a nós e que odiamos tanto, um inglês, enfim. Esse homem, que é o inimigo mais feroz da pirataria malaia, tem nas mãos um amigo meu, o noivo desta pobre mulher enlouquecida, que é prima da falecida rainha de Mompracem.

Um urro estrondoso se ergueu em volta de Sandokan.

— Temos de salvá-lo!... Temos de salvá-lo!...

— Filhotes de tigre de Mompracem, quero salvar o noivo desta infeliz.

— Nós vamos salvá-lo, Tigre da Malásia, nós vamos salvá-lo!... Quem é o homem que o mantém prisioneiro?

— O rajá James Brooke, o exterminador de piratas.

Desta vez não foi um urro que se ergueu do peito dos piratas, foi um rugido irado capaz de fazer tremer um homem valente.

— Morte a James Brooke!...

— Morte ao exterminador de piratas!

— Para Sarawak!... Todos para Sarawak!

— Vingança, Tigre da Malásia!...

— Silêncio! — trovejou o Tigre da Malásia. Karà-Olò, dê um passo à frente.

Um homem gigantesco, de cor amarelada, com os braços carregados de pulseiras de cobre e o peito enfeitado de pérolas de vidro, dentes de tigre, conchas e mechas de cabelo, se aproximou, empunhando um sabre enorme e pesado que se alargava na extremidade.

— Quantos homens tem no seu bando? — perguntou Sandokan.

— Oitenta — respondeu o pirata.

— Você tem medo de James Brooke?

— Nunca tive medo de ninguém. Quando o Tigre da Malásia me der a ordem de atacar Sarawak, vou atacar, e todos os meus homens virão atrás de mim.

— Você vai embarcar com o seu bando completo no *Pérola de Labuan*. Nem é preciso dizer que o *praho* deve ir lotado de balas e de pólvora.

— Está certo, capitão.

— E eu, o que devo fazer, capitão? — perguntou um velho malaio com o rosto desfigurado por mais de vinte cicatrizes.

— Você, Nayala, vai ficar em Mompracem com outro bando; deixe que os jovens ataquem Sarawak.

— Vou ficar aqui, já que me ordenou, e vou defender a ilha enquanto tiver uma gota de sangue nas veias.

Sandokan e Yanez conversaram mais um pouco com os capitães dos bandos e em seguida subiram para a grande cabana.

Os preparativos foram rápidos. Depois de esconderem sob as vestes algumas bolsinhas com grandes diamantes que, juntos, representavam uma pequena fortuna, e de escolherem as carabinas, as cimitarras e os cris com pontas envenenadas, desceram de novo para a praia.

O *Pérola de Labuan*, coberto de velas, balançava na pequena enseada, parecendo impaciente para sair ao largo. Na ponte estavam alinhados os oitenta *dayachi* de Karà-Olò, prontos para manobrar.

— Filhotes — disse Sandokan, olhando para os piratas amontoados na praia —, defendam a minha ilha.

— Vamos defendê-la — responderam em coro os filhotes de tigre de Mompracem, agitando as armas.

Sandokan, Yanez, Kammamuri e a *Virgem do templo do oriente* subiram em um bote e foram para o *praho*, que soltou os cabos e navegou para alto-mar, saudado por gritos de:

— Viva o *Pérola de Labuan*!... Viva o Tigre da Malásia!... Vivam os filhotes de Mompracem!...

6. De Mompracem a Sarawak

O PÉROLA DE LABUAN, COM que o chefe dos piratas de Mompracem estava prestes a empreender a ousada expedição, era um dos maiores, mais bem armados e mais sólidos *prahos* que já navegaram os mares amplos da Malásia.

Comportava cento e cinquenta ou cento e sessenta toneladas, o que vem a ser o triplo dos *prahos* comuns.

Tinha uma quilha muito estreita, formas alongadas, proa alta e sólida, mastros fortíssimos e velas enormes, cujas vergas mediam mais de sessenta metros.

A todo pano, o *Pérola* devia fluir como uma andorinha e deixar atrás dele os mais velozes navios a vapor e os mais rápidos veleiros da Ásia e da Austrália.

Não havia nada que o denunciasse como um navio corsário. Nenhum canhão à vista, nenhuma tripulação numerosa, nenhuma portinhola para canhões. Parecia um elegante *praho* comercial com uma carga preciosa no ventre, a caminho da China ou da Índia. O mais astuto lobo-do-mar teria sido enganado.

Se alguém descesse à estiva, contudo, poderia ver de que espécie era a carga. Não se tratava de tapetes, nem de ouro, nem de especiarias, nem de chá; eram bombas, fuzis, punhais, sabres de abordagem e barris de pólvora em tal quantidade que poderiam explodir duas fragatas de alta categoria.

Se alguém entrasse depois embaixo da grande guarita (*attap*) poderia ver seis grandes canhões de longo alcance, colocados em carretas, prontos para lançar saraivadas de metralhas e de balas; e também dois morteiros de bombas grandes, ganchos de abordagem, machados e pesados *parangs*, a arma predileta dos *dayachi* de Bornéu.

Após contornar as diversas rochas e os arrecifes madrepóricos que tornavam a entrada da pequena baía inacessível aos grandes navios, o esbelto

Pérola de Labuan apontou a proa para a costa de Bornéu e, mais precisamente, para o cabo Sirik, que fecha a ampla enseada de Sarawak a oeste.

O tempo estava fantástico, e o mar, tranquilo: no céu, alguns cirros cor de fogo; no mar, nada. Nem sequer uma vela ou vestígios de fumaça que sinalizassem um navio a vapor no horizonte, nenhuma onda. A imensa distância de água cor de chumbo escuro estava perfeitamente tranquila, embora soprasse uma leve brisa muito fresca.

Em menos de vinte minutos, o rápido veleiro chegou à ponta do extremo sul da ilha, atrás da qual acabava de se esfacelar o esqueleto do *Young-India*, e se pôs ao largo, atraentemente inclinado para bombordo, deixando atrás da popa uma linha perfeita. Depois de conduzir a *Virgem do templo do oriente* até a maior e mais bonita cabine de popa, Yanez e Kammamuri subiram de novo para a coberta, onde Sandokan caminhava com os braços cruzados no peito e a cabeça inclinada, imerso em pensamentos profundos.

— O que achou do nosso navio? — perguntou Yanez ao marata que, apoiado na grinalda popa, olhava com atenção a costa íngreme de Mompracem que ia desaparecendo rapidamente.

— Não me lembro de já ter navegado em um navio tão rápido como este, senhor Yanez — respondeu o marata. — Os piratas, pelo que estou vendo, sabem escolher os seus navios.

— Tem razão, meu caro. Não existe um navio a vapor que fique à frente deste valente *Pérola de Labuan*. Se o vento não diminuir, em poucos dias vamos poder ver a costa de Sarawak.

— Sem combates no caminho?

— Isso não se pode saber. O *Pérola de Labuan* é bem conhecido neste mar e são muitos os cruzadores que vigiam a costa de Bornéu. Poderia acontecer de dar na veneta de um deles medir forças com o Tigre da Malásia.

— E se isso acontecer?

— Por Baco, nós vamos aceitar o desafio. O Tigre da Malásia, meu amigo, nunca recusa uma boa luta.

— Eu não gostaria nada de ser atacado por um navio grande.

— Não tenha medo. No porão há sabres e fuzis suficientes para armar a população de uma cidade de primeira classe, bombas suficientes para cobrir uma frota completa e pólvora suficiente para explodir mil casas.

— Mas só oitenta homens.

— Mas você sabe que homens são esses?

— Sei que são corajosos, mas...

— São *dayachi*, meu caro.

— O que quer dizer isso?

— É gente que não tem medo de se atirar contra uma muralha de ferro protegida por cem canhões, quando sabe que do outro lado existem cabeças para serem decapitadas.

— Então esses *dayachi* caçam cabeças?

— Caçam, meu jovem. Os *dayachi* vivem, em sua maioria, nas grandes florestas de Bornéu e são chamados de head-hunters, ou seja, caçadores de cabeças.

— Mas são companheiros assustadores, então.

— Aterrorizantes.

— E perigosos também. E se uma noite dessas eles tiverem a má ideia de nos decapitar?

— Não tenha medo, meu rapaz. Eles nos respeitam e nos temem, mais até do que às próprias divindades. Basta uma palavra, um único olhar do Tigre para eles amansarem.

— E quando vamos chegar a Sarawak?

— Daqui a cinco dias, se não houver acidentes.

— O senhor está pensando em tempestades?

— Bah! — fez o português, dando de ombros. — O *Pérola de Labuan*, comandado por um lobo-do-mar como o Sandokan, é capaz de rir dos piores ciclones. Como eu já disse a você, são os cruzadores que de vez em quando vêm nos importunar.

— E são muitos?

— Fervilham mais que as plantas venenosas. Portugueses, ingleses, holandeses e espanhóis juraram uma guerra de morte contra a pirataria.

— De forma que um dia os piratas vão desaparecer.

— Ah! Isso nunca! — exclamou Yanez, com profunda convicção. — A pirataria vai existir enquanto houver um único malaio.

— E por quê?

— Por que a raça malaia é refratária a qualquer tipo de civilização. Só conhecem o furto, o incêndio, o saque, o assassinato, meios terríveis que lhes proporcionam uma vida de abundâncias.

A pirataria malaia tem muitos séculos de vida e vai continuar existindo por muitos séculos ainda. É uma herança de sangue que se transmite de pai para filho.

— Mas essa raça não diminui? Os combates frequentes devem causar grandes perdas.

— Diminui muito pouco, Kammamuri, muito pouco! A raça malaia é fecunda como as plantas venenosas, como as pragas daninhas. Assim que um morre, outro nasce, e o recém-nascido é tão valente e tão sanguinário quanto o pai.

— O Tigre da Malásia é malaio?

— Não, é borneano e pertence a uma casta elevada.

— Diga uma coisa, senhor Yanez: como um homem tão terrível, que ataca navios, trucida tripulações inteiras, saqueia e incendeia cidades, enfim, que espalha o terror por toda parte, pode ter se oferecido com tanta generosidade para salvar o meu patrão, um homem que ele nunca viu?

— Acontece que o seu patrão está noivo de Ada Corishant.

— Mas ele já conhecia Ada Corishant? — perguntou Kammamuri surpreso.

— Não, nunca a viu antes.

— Então não consigo entender...

— Vai entender logo, Kammamuri. Em 1852, ou seja, cinco anos atrás, o Tigre da Malásia chegou ao máximo do seu poderio. Contava com muitos filhotes, todos bastante ferozes, muitos *prahos* e muitos canhões. Com uma única palavra sua, todos os povos da Malásia tremiam.

— O senhor já estava junto com o Tigre nessa época?

— Estava, e havia vários anos. Um dia, Sandokan foi informado que em Labuan vivia uma jovem muito bonita e foi dominado pela vontade de vê-la. Foi a Labuan, mas um cruzador o descobriu e o venceu. Sandokan saiu ferido da batalha. Com muito esforço e completamente sozinho, conseguiu se refugiar nos bosques e de lá chegar a uma casa habitada por... adivinhe quem.

— Não posso imaginar.

— Pela jovem que ele queria ver.

— Oh! Que estranha coincidência!

— O Tigre da Malásia até então só amara as lutas, os massacres e as tempestades. Mas assim que viu a moça, ficou perdidamente apaixonado.

— Quem? O Tigre? Não é possível! — exclamou Kammamuri.

— Estou contando os fatos reais — disse Yanez. — Ele se apaixonou pela jovem, a jovem se apaixonou ardentemente pelo pirata, e os dois resolveram fugir juntos.

— Por que fugir?

— A jovem tinha um tio, capitão de marinha, um homem rude, violento, um inimigo obstinado do Tigre da Malásia. Vou passar por cima das tremendas batalhas que aconteceram entre ingleses e piratas, pelas desgraças que atingiram o Tigre, pelo bombardeio de Mompracem, pelas fugas. Vou dizer apenas que o Sandokan finalmente conseguiu fugir com a jovem e se refugiar na Batávia. Eu e mais trinta filhotes o acompanhamos.

— E os outros?

— Todos os outros morreram.

— E por que o Tigre voltou a Mompracem?

Yanez não respondeu. O marata, surpreso por não receber uma resposta, ergueu os olhos e viu que ele enxugava rapidamente uma lágrima.

— Mas o senhor está chorando! — exclamou.

— Você está enganado — disse Yanez.

— Por que negar?

— Tem razão, Kammamuri. Eu vi até o Tigre da Malásia, que nunca chorou antes, explodir em lágrimas.

Parece que o meu coração fica maior e que tem um nó na minha garganta todas as vezes que penso em Marianna Guillonk.

— Marianna Guillonk!... — exclamou o marata. — Quem é ela?

— Era a jovem que fugiu com o Tigre da Malásia.

— E ela é parente da Ada Corishant?

— Prima, Kammamuri.

— Agora eu entendo por que o Tigre prometeu salvar Tremal-Naik e a sua noiva. Diga uma coisa, senhor Yanez, Marianna Guillonk está viva?

— Não, Kammamuri — disse Yanez com tristeza. — Há dois anos dorme em uma sepultura.

— Está morta!

— Está.

— E o tio dela?

— Está vivo e continua à procura do Sandokan. O lorde James Guillonk jurou enforcá-lo, e a mim também.

— E onde ele está agora?

— Não sabemos...

— O senhor está com medo de encontrá-lo?

— Vou dizer uma coisa: estou com um pressentimento. Mas... não acredito mais em pressentimentos!

O português acendeu um cigarro e começou a caminhar pela ponte. O marata percebeu que aquele homem, normalmente hilário, de repente estava triste.

— Talvez sejam as lembranças que o deixaram triste — murmurou e depois desceu para a cabine da louca.

O vento continuava se mantendo bom, aliás tendia a aumentar, acelerando cada vez mais a corrida do *Pérola de Labuan*, que não demorou a chegar a sete nós por hora, velocidade que permitiria chegar ao cabo Sirik bem depressa.

Ao meio-dia foram avistadas as Romades, grupo de ilhotas situadas a quarenta milhas da costa de Bornéu, habitadas na maior parte por piratas, que se entendiam às mil maravilhas com os de Mompracem. Alguns *prahos* até mesmo se aproximaram do *Pérola de Labuan* para desejar uma boa caçada à tripulação e ao capitão.

Algumas velas longínquas, um bergantim e alguns juncos chineses, de formas pesadas e barrocas, foram assinalados durante o dia, mas o Tigre da Malásia, com medo de chegar depois da *Helgoland* e sem querer expor seus homens a um combate inútil, não deu atenção àquelas embarcações.

No dia seguinte, às primeiras horas da manhã, avistaram a Whale, ilha que deve ficar a uma distância de cento e dez milhas de Mompracem, cercada de inúmeros arrecifes que tornam qualquer abordagem perigosíssima. Uma canhoneira com bandeira holandesa que vigiava a costa, procurando sem dúvida algum navio corsário refugiado ali depois de ter cometido alguma patifaria, se pôs ao largo a todo vapor assim que viu o *Pérola de Labuan*. Num piscar de olhos, a ponte ficou apinhada de marinheiros armados com carabinas de longo alcance, e os artilheiros revelaram um grande canhão a bombordo.

— Opa! — exclamou o português.

— O que está acontecendo?

— Olhe a canhoneira, Sandokan. Está nos convidando a mostrar a nossa bandeira.

— Com certeza não vai ser a minha que vamos mostrar.

— Qual então? — perguntou Yanez.

— Ei! Kai-Malù, mostre uma bandeira inglesa, holandesa ou portuguesa àqueles curiosos.

Poucos instantes mais tarde, uma bandeira portuguesa tremulava na popa do *praho*.

A canhoneira, satisfeita, se pôs ao largo quase imediatamente, agora não mais em direção à ilha Whale, que ainda podia ser avistada no horizonte, mas para o sul.

Aquela rota fez que as sobrancelhas do Tigre da Malásia e do seu companheiro se contraíssem.

— Hum! — fez o português. — Tem alguma coisa aí.

— Eu sei, irmão.

— Aquela canhoneira está indo para Sarawak, tenho certeza absoluta. Assim que ficar fora de visão, vai modificar a rota.

— Os homens a bordo são espertos. Farejaram de longe o cheiro de piratas.

— O que você vai fazer agora?

— Por enquanto, nada. Aquela canhoneira hoje está andando mais do que nós.

— Será que pretende nos esperar em Sarawak?

— É provável.

— Talvez pretenda preparar uma armadilha na foz do rio, junto com a frota do Brooke.

— Vamos entrar nessa batalha.

— Só temos oito canhões, Sandokan.

— Nós, mas a *Helgoland* com certeza tem bem mais do que nós. Você vai ver, português, vamos nos divertir um bocado.

Durante dois dias o *Pérola de Labuan* navegou a cerca de trinta milhas da costa de Bornéu, assinalada pelo cume do monte Patau, um cone gigantesco coberto de florestas magníficas e que se ergue por quase seiscentos metros acima do nível do mar.

Na manhã do terceiro dia, depois de uma breve calmaria, contornaram o cabo Sirik, um promontório rochoso rodeado de algumas ilhas e ilhotas, que fecha a ampla baía de Sarawak ao norte.

Sandokan, receando se encontrar de um instante para o outro diante da flotilha de James Brooke, mandou carregar os canhões, escondeu dois terços da tripulação e hasteou a bandeira holandesa. Depois disso, dirigiu a proa para o cabo Taniong-Datu, que fecha a baía a leste, pois a *Helgoland* deveria passar por ali ao vir da Índia. Perto do meio-dia desse mesmo dia, para surpresa geral, o *Pérola de Labuan* topou por acaso com a canhoneira holandesa que encontrara três dias antes nas águas da ilha Whale. Ao vê-la, Sandokan deu um murro violento na amurada.

— A canhoneira de novo! — exclamou, contraindo a testa e arreganhando os dentes brancos e agudos como os de um tigre. — Você está querendo que os meus filhotes bebam sangue.

— Ela está nos vigiando, Sandokan — disse Yanez.
— Mas eu vou afundá-la.
— Você não vai fazer isso, Sandokan. Um tiro de canhão pode ser ouvido pela frota do Brooke.
— Estou pouco ligando para a frota do rajá.
— Tenha cuidado, Sandokan.
— Vou ter cuidado, já que você está pedindo, mas você vai ver que aquela canhoneira deve estar preparando uma armadilha para nós na entrada de Sarawak.
— Mas você não é o Tigre da Malásia?
— Sou, mas estamos com a *Virgem do templo do oriente* a bordo. Uma bala poderia atingi-la.
— Os nossos peitos servirão de escudo para ela.
A canhoneira holandesa chegara a duzentos metros do *Pérola de Labuan*. Via-se na ponte o capitão munido de uma luneta e, amontoados na proa, cerca de trinta marinheiros armados com carabinas. Na popa, alguns artilheiros rodeavam um grande canhão.
Deu duas voltas em torno do *praho*, descrevendo um semicírculo enorme, depois virou de bordo, apontando a proa para o sul, ou seja, para Sarawak.
Estava a uma velocidade tão alta, que em menos de três quartos de hora só se podia ver uma fraca coluna de fumaça.
— Que droga! — exclamou Sandokan. — Se ficar ao meu alcance de novo, vou mandá-la a pique com uma única saraivada. Mesmo quando não está de mau humor, o Tigre não deixa que se aproximem dele três vezes impunemente.
— Vamos encontrá-la em Sarawak, Sandokan — disse Yanez.
— Espero que sim, mas...
Um grito que veio do alto o interrompeu bruscamente.
— Ei! Um navio a vapor no horizonte! — gritou um pirata que estava montado na grande verga do mastro principal.
— Talvez seja um cruzador! — exclamou Sandokan, cujo olhar se incendiou. — Está vindo de onde?
— Do norte — respondeu o gajeiro.
— Você consegue ver direito?
— Só consigo ver a fumaça e a extremidade dos mastros.
— E se for a *Helgoland*? — perguntou Yanez.
— Não é possível! Ela estaria vindo do leste, não do norte.

— Pode ter parado em Labuan.

— Kammamuri! — gritou o Tigre.

O marata, que se içara para a grinalda de popa, desceu depressa e correu para o pirata.

— Você conhece a *Helgoland?* — perguntou o Tigre.

— Conheço, patrão.

— Muito bem, venha comigo.

Dirigiram-se para o patarrás, escalaram o mastro principal até o alto e fixaram o olhar na superfície esverdeada do mar.

7. A Helgoland

NAQUELA LINHA EM QUE o oceano se confundia com o horizonte, aparecera repentinamente uma embarcação de três mastros que, embora ainda estivesse muito distante, podia ser reconhecida como de grandes dimensões. Da chaminé saía uma faixa de fumaça escura que o vento levava para bem longe. O volume, a estrutura e os mastros davam a conhecer imediatamente que aquela nave pertencia à categoria dos navios de guerra.

— Você está vendo, Kammamuri? — perguntou Sandokan, que fixava o navio com grande atenção, como se quisesse ver qual era a bandeira que tremulava acima da vela de carangueja.

— Estou — respondeu o marata.

— Está reconhecendo?

— Espere um pouco, patrão.

— É a *Helgoland*?

— Espere... acho que... é, é a *Helgoland*, sim!

— Você tem certeza?

— Tenho, Tigre, absoluta. Veja a proa cortada em ângulo reto, os três mastros de uma única peça, as doze portinholas para canhões. É, é a *Helgoland*, sim, Tigre!

Uma luz sinistra passou pelos olhos do Tigre da Malásia.

— Ali tem muito trabalho para todos nós! — disse o pirata.

Agarrou-se a uma enxárcia e escorregou até a ponte. Os seus piratas haviam agitado as armas e agora corriam para rodeá-lo, interrogando-o com os olhos.

— Yanez! — chamou ele.

— Estou aqui, irmão — disse o português, vindo da popa.

— Escolha seis homens, desça à estiva e afunde os flancos do *praho*.

— O quê? Afundar os flancos do *praho*? Você ficou louco?

— Tenho um plano. A tripulação do navio vai ouvir os nossos gritos, virá até aqui para nos resgatar como náufragos. Você vai ser um embaixador português a caminho de Sarawak e nós, a sua escolta.

— E depois?

— Quando estivermos no navio, não vai ser muito difícil para homens como nós tomarmos conta dele. Ande logo: a *Helgoland* está se aproximando.

— Meu irmão, você é mesmo um grande homem! — exclamou o português.

Mandou que dez homens se armassem e desceu à estiva lotada de armas, de barriletes de pólvora, de balas e de antigos canhões que serviam de lastro. Cinco homens foram para bombordo e outros cinco, para boreste, com os machados nas mãos.

— Ânimo, rapazes — disse o português. — Batam com força, mas não façam rombos muito grandes. Temos que afundar devagar para não sermos comidos pelos peixes-cão.

Os dez homens começaram a bater nos bordos do barco, que eram sólidos como se fossem feitos de ferro. Dez minutos depois, dois jatos de água enormes começavam a entrar na estiva, sibilando e se precipitando para a popa.

O português e os dez piratas correram para a coberta.

— Estamos afundando — disse Yanez. — Fiquem firmes e escondam as pistolas e os cris embaixo da roupa. Amanhã vamos precisar deles.

— Kammamuri — gritou Sandokan. — Leve a sua patroa para a ponte.

— Vamos ter de pular no mar, capitão? — perguntou o marata.

— Não será preciso. Mas se for, pode deixar que eu me encarrego de levar a moça.

O marata correu para baixo da coberta, pegou a moça entre os braços robustos, sem que ela opusesse a menor resistência, e a levou para a ponte.

O navio a vapor estava a uma distância de quase uma milha, mas avançava a uma velocidade de quatorze ou quinze nós por hora. Em poucos minutos estaria nas águas do *praho*.

O Tigre da Malásia se aproximou de um canhão e acendeu o pavio.

A detonação foi levada pelo vento até a nave que logo virou a proa para a *praho*.

— Socorro! Venham! — urrou o Tigre.

— Socorro! Socorro!

— Estamos afundando!

— Venham! Venham! — gritaram os piratas.

O *praho*, inclinado para boreste, afundava lentamente, cambaleando como um bêbado. Embaixo, na estiva, se ouvia a água entrando com um rumor surdo pelas duas aberturas e os barris se chocando e despedaçando contra as amuradas e contra os canhões. O mastro principal, partido na base, oscilou por algum tempo e caiu no mar, arrastando na sua queda a vela mestra e todas as enxárcias. Foram disparados seis ou sete tiros de fuzis, pedindo para que o vapor viesse socorrê-los mais depressa.

— Joguem a artilharia na água — ordenou Sandokan, que já estava sentindo o *praho* faltar embaixo dos pés.

Os canhões foram atirados no mar, depois os barris de pólvora, as balas, as âncoras, o lastro que estava na coberta, os cabos e os mastros sobressalentes.

Seis homens, carregando baldes, desceram à estiva para diminuir o ímpeto da água, que entrava com uma fúria enorme, erodindo as bordas das duas rachaduras.

O navio agora estava a uns trezentos metros de distância e parou. Seis embarcações tripuladas por marinheiros se destacaram dos flancos e se dirigiram a toda velocidade para o *praho* que afundava.

— Socorro! Socorro! — gritou Yanez, de pé sobre a amurada de bombordo, cercado por todos os piratas.

— Coragem! — gritou uma voz vinda do barco mais próximo.

As embarcações avançavam com fúria, fendendo ruidosamente as águas. Os timoneiros, sentados na popa e com a barra do leme na mão, encorajavam os marinheiros, que remavam com energia e em ritmo perfeito, sem perder uma só remada.

Em poucos instantes, o *praho* foi abordado dos dois lados. O oficial que comandava a pequena esquadra, um jovem moreno, em cujas veias deviam correr algumas gotas de sangue indiano, saltou para a ponte do navio que estava prestes a submergir.

Ao ver a louca, tirou cortesmente o chapéu da cabeça.

— Depressa — disse —, a senhora primeiro, e depois os outros. Vocês não conseguiram salvar nada?

— Nada, comandante — disse Yanez. — Jogamos tudo no mar.

— Embarque!

A *Virgem do templo* foi primeiro, depois Yanez. Sandokan e alguns malaios e *dayachi* se precipitaram para o bote do oficial, enquanto os outros se acomodavam da melhor forma que podiam nas outras cinco embarcações.

A pequena esquadra se distanciou depressa, indo em direção ao navio que se aproximava devagar.

A água agora já estava chegando à ponte do *praho*, que oscilava da proa à popa, sacudindo o vacilante mastro de traquete. O pobre navio parecia estar lutando com bravura para se manter à tona.

De repente, ele envergou sobre o flanco direito, desabou e desapareceu entre as ondas, formando um pequeno turbilhão que atraiu a embarcação por cerca de vinte metros, apesar dos esforços hercúleos dos marinheiros.

Um vagalhão se estendeu ao largo, elevando os destroços e se despedaçando contra os flancos da nave de guerra, que oscilou de bombordo para boreste.

— Pobre *Pérola*! — exclamou Yanez com um aperto no coração.

— De onde vocês vinham? — perguntou o oficial da *Helgoland* que até então permanecera em silêncio.

— De Varauni — respondeu Yanez.

— Foi um rombo?

— Foi, logo depois de nos chocarmos contra os arrecifes da ilha Whale.

— Quem são todos esses homens de cor que estão com o senhor?

— *Dayachi* e malaios. É uma escolta de honra que o sultão de Bornéu me deu.

— Mas quem é o senhor?

— Yanez Gomera y Maranhão, capitão de Sua Majestade Católica, o Rei de Portugal, embaixador na corte do sultão de Varauni.

O oficial tirou o quepe.

— Estou mais do que feliz por ter tido a oportunidade de salvar o senhor — disse ele, fazendo uma inclinação.

— E eu estou muito agradecido, senhor — disse Yanez, se inclinando também. — Sem a sua ajuda, a esta hora nenhum de nós ainda estaria vivo.

Os botes haviam se aproximado do navio. A escada foi abaixada, e o oficial, Yanez, Sandokan e todos os outros subiram para a coberta, onde o capitão e a tripulação aguardavam com grande ansiedade.

O oficial apresentou Yanez ao capitão da nave, um belo homem de cerca de quarenta anos com um bigode farto, a pele curtida e bronzeada pelo sol equatorial.

— Foi realmente uma sorte, senhor, termos chegado em uma hora tão boa — disse o lobo-do-mar, apertando vigorosamente a mão estendida pelo português. — Afundar nesta grande taça salgada é uma coisa que dá calafrios, ainda mais quando se pensa nos tubarões vorazes que estão no fundo.

— Com certeza, meu caro capitão. Minha irmã ficou com muito medo.

— É sua irmã, senhor embaixador? — perguntou o capitão, olhando para a louca que ainda não pronunciara uma palavra.

— É, capitão, mas a pobrezinha é louca.

— Louca!

— Louca, comandante.

— Tão jovem assim, e tão linda! — exclamou o capitão, olhando compadecido para a *Virgem do templo*. — Ela deve estar cansada.

— Acho que sim, capitão.

— Sir Strafford, conduza esta senhora à melhor cabine de popa.

— Por favor, permita que o seu servo a acompanhe — disse Yanez. — Acompanhe sua patroa, Kammamuri.

O marata pegou a jovem pela mão e seguiu o oficial até a popa.

— O senhor também deve estar cansado e com fome — disse o capitão, se voltando para Yanez.

— Não vou negar, capitão. Não dormimos direito há duas noites, e há dois dias mal temos tempo de dar uma lambiscada.

— Aonde vocês estavam indo?

— A Sarawak. Por falar nisso, capitão, permita que eu apresente Sua Alteza Real Orango Kahaian, irmão do sultão de Varauni — disse Yanez, apontando Sandokan.

O capitão apertou efusivamente a mão do Tigre da Malásia.

— *By God!* — exclamou. — Um embaixador e um príncipe no meu navio! Isto, sim, é um acontecimento. Nem é preciso que eu diga que a minha embarcação está à inteira disposição dos senhores.

— Muito obrigado, capitão — disse Yanez. — O senhor também está indo a Sarawak?

— Exatamente, e podemos levar os senhores até lá.

— Mas que sorte incrível!

— O senhor deve estar indo se encontrar com o rajá James Brooke.

— Isso mesmo, capitão, tenho de assinar um tratado importantíssimo.

— O senhor conhece o rajá?

— Não, capitão.

— Eu mesmo vou apresentá-lo a ele, senhor embaixador. Sir Strafford, conduza estes senhores ao quadro de popa e providencie uma refeição para eles.

— E os nossos marinheiros, onde o senhor pretende alojá-los, capitão? — perguntou Yanez.

— Na coxia, se o senhor estiver de acordo.

— Obrigado, capitão.

Yanez e Sandokan acompanharam o oficial, que os levou a uma ampla cabine, abastecida de camas e mobiliada com muita elegância.

As duas janelas, protegidas por vidros grossos e cortinas de seda, davam para a popa do navio e permitiam que a luz e o ar entrassem livremente.

— Sir Strafford — disse Yanez —, quem está acomodado nas cabines ao lado da nossa?

— O capitão está na da direita e a sua irmã, na da esquerda.

— Ótimo. Podemos trocar algumas palavras pelas paredes.

O oficial se retirou depois de avisar que o camareiro logo traria a comida.

— E então, irmãozinho, o que achou? — perguntou Yanez, quando ficaram sozinhos.

— As coisas estão indo a todo pano — respondeu Sandokan. — Aqueles pobres-diabos acham que somos mesmo dois cavalheiros.

— E o que está achando do navio?

— É uma embarcação de primeira classe que vai fazer uma ótima figura em Sarawak.

— Você viu quantos homens tem a bordo?

— Vi, devem ser uns quarenta.

— Opa! — exclamou o português, fazendo uma careta.

— Você está com medo de quarenta homens?

— Não vou negar.

— Também estamos em grande número, e todos os nossos homens foram escolhidos a dedo, Yanez.

— Mas os ingleses têm ótimos canhões.

— Encarreguei o Hirundo de vir aqui me dizer de que meios o navio dispõe. Aquele moço é esperto, vai descobrir tudo.

— Quando vamos dar o golpe?

— Esta noite. Amanhã, ao meio-dia, devemos chegar à foz do rio.

— Silêncio, o camareiro está chegando.

O camareiro, auxiliado por dois grumetes, trouxe uma lauta refeição: dois bifes malpassados, um pudim gigantesco, garrafas de um ótimo vinho francês e de gim. Os dois piratas, que estavam com enorme apetite, sentaram à mesa e atacaram a refeição bravamente.

Estavam consumindo o pudim quando ouviram do lado de fora da cabine um passo silencioso e um leve assobio.

— Entre, Hirundo — disse Sandokan.

Um belo jovem, cor de bronze, robusto, com uma expressão viva, entrou e fechou a porta atrás de si.

— Sente e comece a contar o que você viu, Hirundo — disse Yanez. — Onde estão os nossos homens?

— Na coxia — respondeu o jovem *dayaco*.

— O que estão fazendo?

— Acariciando as armas.

— Quantos canhões tem na bateria? — perguntou Sandokan.

— Doze, Tigre.

— Estes ingleses estão bem armados. James Brooke vai encontrar um osso duro de roer se der na veneta dele de nos abordar. Com uma única saraivada podemos mandar o seu famoso *Realista* a pique.

— Também acho, Tigre.

— Ouça, Hirundo, e guarde bem na memória as minhas palavras.

— Sou todo ouvidos.

— Nenhum de vocês deve se movimentar por enquanto. Quando a lua se puser, virem os canhões da bateria e subam em massa para a ponte, gritando: fogo! Fogo! Os marinheiros, os oficiais e o capitão vão subir para a coberta e nós poderemos acabar com eles, se não se renderem. Entendeu tudo?

— Perfeitamente, Tigre da Malásia. O senhor tem mais alguma coisa para me dizer?

— Tenho, Hirundo. Quando sair daqui, entre na cabine da *Virgem do templo*, que fica ao lado desta, e diga a Kammamuri para proteger a porta com uma barricada sólida e para não sair enquanto a luta não acabar.

— Entendi, Tigre da Malásia.

— Agora vá e faça o que eu disse.

Hirundo saiu e entrou na cabine da *Virgem do templo sagrado*.

— Vamos matar todos eles? — perguntou Yanez a Sandokan.

— Não, Yanez, vamos forçá-los a se render. Eu não gostaria de matar esses homens, que nos acolheram com tanta gentileza.

Os dois piratas acabaram de comer com tranquilidade, esvaziando várias garrafas, bebericando o chá trazido pelo camareiro, e se esticaram nas camas, esperando pacientemente o sinal que os faria se precipitar para a coberta.

Perto das oito horas, o sol desapareceu no horizonte e as trevas se estenderam aos poucos pela ampla superfície de água que escurecia depressa.

Sandokan deu uma olhada para fora da janela.

A bombordo, a uma grande distância, pensou ter visto uma massa escura que se erguia para as nuvens; na popa, também muito longe, uma vela branca roçava o horizonte.

— Já se pode ver o monte Matang — murmurou. — Amanhã devemos chegar a Sarawak.

Aguçou os ouvidos e se aproximou da porta da cabine.

Ouviu duas pessoas descerem a escada, um sussurro e depois duas portas se abrirem e fecharem; uma à direita e outra à esquerda.

— Muito bem — voltou a murmurar. — O capitão e o lugar-tenente entraram nas suas cabines. Está tudo indo às mil maravilhas.

Acendeu o *scibouk* que conseguira salvar do naufrágio, juntamente com as pistolas, a sua cimitarra e o seu cris de valor inestimável e começou a fumar com a maior tranquilidade.

Ouviu bater nove horas na cabine do comandante, depois dez e onze. Estremeceu como se tivesse levado um choque elétrico. Saltou da cama.

— Yanez — chamou ele.

— Irmão — disse o português.

O Tigre da Malásia deu dois passos em direção à porta com a mão direita na empunhadura da cimitarra. Um grito terrível ressoou no ventre do navio e se perdeu no mar.

— Fogo! Fogo!

— Vamos subir! — exclamou Sandokan.

Os dois piratas abriram a porta e correram para a ponte como dois tigres.

8. A baía de Sarawak

AO OUVIR O TERRÍVEL AVISO de incêndio, o maquinista deteve imediatamente o navio, que só continuava avançando graças ao impulso da última batida da hélice.

Uma confusão indescritível reinava na ponte quando os dois piratas chegaram. Do castelo de proa, seminus ou vestindo apenas uma camisa, saíam em desordem os marinheiros, ainda meio adormecidos e dominados por um espanto indescritível, se chocando uns contra os outros, empurrando aqui e ali, caindo e se levantando. Os homens que montavam guarda, não menos aterrorizados e acreditando que o fogo já tivesse atingido proporções alarmantes, se apressavam para pegar os baldes que estavam espalhados na ponte. Das escotilhas, por sua vez, como uma maré crescente, subiam os filhotes de tigre de Mompracem com os cris presos nos dentes e as pistolas em punho, prontos para a batalha. Comandos, gritos, imprecações, exclamações e perguntas se cruzavam por toda parte, dominando os rugidos da máquina e as ordens do oficial de quarto.

— Onde é o fogo? — perguntava um.
— Na bateria — respondia outro.
— O que está pegando fogo?
— O depósito de munições! O depósito de munições!
— Formem a corrente.
— Para as bombas!
— O capitão! Onde está o capitão?
— A seus postos — trovejava o oficial. — Ânimo, rapazes, para as bombas! A seus postos!

De repente uma voz vibrante como um trompete ressoou no meio da ponte do navio imóvel.

— Todos comigo, filhotes!

O Tigre da Malásia se arremessou para o meio dos seus homens. A mão direita agarrava, como se fosse um torno, a cimitarra que cintilava ao leve clarão dos faróis de proa.

Um urro feroz ribombou:

— Viva o Tigre da Malásia!

Os marinheiros do navio, surpreendidos e espantados ao ver todos aqueles homens armados prontos a se jogar contra eles, começaram a correr confusamente para a proa e para a popa, agarrando os machados, as dobadouras, as manivelas, os moitões, os cabos.

— Traição! Traição! — gritavam por toda parte.

Os piratas, com o cris na mão, se prepararam para derrubar aquelas duas muralhas humanas.

O Tigre da Malásia deteve o avanço com um assobio.

O capitão surgira na ponte e se dirigia corajosamente para eles, com um revólver na mão direita.

— O que está acontecendo? — perguntou ele, com voz imperiosa.

Sandokan saiu do meio do seu grupo e se encaminhou para ele.

— O senhor está vendo, capitão — disse. — Os meus homens estão atacando os seus.

— Quem é o senhor, afinal?

— O Tigre da Malásia, meu capitão.

— O quê?... Você tem outro nome, então?... Onde está o embaixador?...

— Lá, bem no meio, com uma pistola em punho, pronto para disparar contra o senhor, se não se render depressa.

— Miseráveis!...

— Calma, chefe. Ninguém insulta impunemente o capitão dos piratas de Mompracem.

O capitão deu três passos para trás.

— Piratas! — exclamou. — Vocês são piratas!...

— E dos piores que navegam por estes mares.

— Para trás! — berrou ele, erguendo o revólver. — Para trás ou eu o mato!

— Capitão — disse Sandokan, avançando. — Somos oitenta homens, estamos todos armados e decididos a tudo. O senhor só conta com quarenta marinheiros, quase indefesos. Não odeio o senhor e não quero sacrificar vocês inutilmente. Rendam-se e juro que ninguém vai tocar nem sequer em um fio do seu cabelo.

— Mas o que vocês estão pretendendo, afinal?

73

— Queremos o seu navio.
— Para depois saquearem estes mares?
— Não, para fazer uma boa ação, capitão, para reparar uma injustiça dos homens.
— E se eu recusar?
— Eu vou ter de lançar os meus filhotes contra vocês.
— Mas o senhor está querendo me espoliar!
Sandokan desatou um cinto bem largo que estava usando sob o casaco e disse, enquanto a mostrava ao capitão:
— Aqui tem um milhão em diamantes; pegue!
O capitão olhou para ele, pasmo.
— Não estou entendendo — disse. — O senhor tem homens suficientes para se apoderar desta nave sem muito esforço e, em vez disso, me dá um milhão de presente! Que tipo de homem é o senhor?
— Sou o Tigre da Malásia — disse Sandokan. — E agora vamos lá, rendam-se ou vou ser obrigado a instigar os filhotes que estão à minha volta contra vocês.
— Mas o que vai fazer com os meus homens?
— Todos eles serão embarcados nas chalupas e ficarão livres.
— E para onde nós vamos?
— A costa de Bornéu não está muito longe daqui. Ande logo, decida.
O capitão ainda estava hesitante. Talvez estivesse com medo de que os piratas se arremessassem contra os seus homens assim que depusessem as armas.
Yanez adivinhou de repente o que se passava na cabeça dele e disse, enquanto se adiantava;
— Capitão, o senhor faz mal em duvidar da palavra do Tigre da Malásia, pois ele nunca faltou a uma promessa feita.
— Tem razão — disse o comandante. — Muito bem, rapazes, deponham as armas: qualquer resistência seria inútil.
Os marinheiros, vendo que a situação estava péssima para eles, não hesitaram um só instante e jogaram na ponte os cutelos, machados, manivelas e dobadouras.
— Muito bem, rapazes — disse Sandokan.
A um sinal seu, as duas baleeiras e três chalupas foram descidas ao mar, depois de terem sido abastecidas com víveres e água.
Os marinheiros, desarmados, desfilaram pelo meio dos piratas e tomaram seus lugares nas embarcações. O capitão ficou por último.

— Senhor — disse ele, parando diante do Tigre da Malásia — não temos nem sequer uma arma para nos defendermos ou uma bússola para nos orientarmos.

Sandokan retirou de uma corrente pendurada no peito uma bússola de ouro e a estendeu para o oficial:

— Com esta vocês vão poder se orientar.

Tirou do cinto duas pistolas e, do dedo, um anel magnífico, enfeitado com um diamante do tamanho de uma avelã, e pôs os três objetos na mão do capitão.

— Estas armas vão servir para vocês se defenderem, e este anel, como recordação. E esta bolsa cheia de diamantes é o pagamento pelo navio que tomei de vocês — disse Sandokan.

— O senhor é o homem mais estranho que já encontrei em toda a minha vida — disse o capitão ao receber os três objetos. — E o senhor não achou que eu poderia descarregar estas armas em vocês?

— O senhor não vai fazer isso.

— Por quê?

— Porque é um cavalheiro leal. Agora vá!

O capitão fez uma leve saudação com a mão e desceu para a embarcação que se pôs ao largo imediatamente. Acompanhada de todas as outras, se dirigiu para o oeste.

Vinte minutos depois, a *Helgoland* deixava aquelas paragens, navegando depressa para a costa de Sarawak, que devia estar, no máximo, a cem milhas dali.

— Agora vamos procurar o Kammamuri e a sua patroa — disse Sandokan, depois de ter dado a rota. — Espero que não tenha acontecido nada com a pobre Ada.

Desceu a escada de popa junto com Yanez e bateu na porta da cabine do marata.

— Quem é? — perguntou Kammamuri.

— Sou eu, Sandokan.

— Nós vencemos, capitão?

— Vencemos, meu amigo.

— Viva o Tigre da Malásia! — gritou o bravo marata.

Retirou os móveis que empilhara atrás da porta e abriu. Yanez e Sandokan entraram.

O marata estava armado até os dentes. Ainda estava com a cimitarra na mão, e o seu cinto estava repleto de pistolas e punhais.

Estendida em uma poltrona, a louca estava ocupada em arrancar com mãos nervosas as pétalas de uma rosa-da-china, retirada pouco antes de um vaso de flores.

Ao ver Sandokan e Yanez entrarem, ficou em pé de um salto, fixando sobre eles um olhar que demonstrava um terror profundo.

— Os tugues!... Os tugues!... — exclamou.

— São nossos amigos, patroa — disse o marata.

Ela olhou para Kammamuri durante alguns instantes, depois se deixou cair de novo na poltrona e voltou a despetalar a flor que tinha nas mãos.

— Os gritos dos combatentes provocaram alguma reação nessa infeliz? — perguntou Sandokan ao marata.

— Provocaram, sim — respondeu. — Ela se levantou, muito trêmula, gritando: Os tugues! Os tugues! Mas depois, foi se acalmando aos poucos.

— Nada mais do que isso?

— Nada, capitão.

— Tome conta dela atentamente, Kammamuri.

— Não vou sair do lado dela.

Yanez e Sandokan subiram de novo para a coberta. Exatamente naquele mesmo instante, os homens de guarda apontavam para um ponto avermelhado no sul, que estava correndo bem depressa.

Yanez e Sandokan correram para a proa, olhando com atenção naquela direção.

— Deve ser o farol de uma nave — disse o português.

— Com certeza. E isso me deixa muito preocupado — respondeu Sandokan.

— Por que, irmãozinho?

— Aquela nave pode encontrar as chalupas.

— Com mil trovões!... Só faltava essa!...

— Não se assuste, Yanez. A *Helgoland* tem ótimos canhões. Mas... essa não, aquela nave é a vapor. Você não está vendo, Yanez, aquela faixa avermelhada indo para o céu?

— Por Júpiter! Você tem razão!

— E se fosse...

— Quem?

— Para os canhões, rapazes! Para os canhões! — trovejou o Tigre da Malásia.

— O que você vai fazer? — perguntou Yanez, segurando um braço dele.

— É a canhoneira, Yanez.
— Que canhoneira?
— Aquela que estava nos seguindo.
— Por Júpiter!...
— Vamos pôr essa embarcação a pique.
— Você deve estar louco!
— Mas você não está vendo que é ela?
— Claro que estou vendo, mas se você disparar contra ela, vão disparar todos os canhões de Sarawak contra nós. Se ela não for a pique no primeiro disparo, vai correndo nos denunciar para aquele maldito James Brooke.
— Por Alá! — exclamou Sandokan, atingido por aquele raciocínio.
— Vamos ficar quietinhos, meu irmão — disse Yanez.
— E se eles encontrarem as chalupas?
— Isso é muito difícil de acontecer, Sandokan. A noite está escura, as chalupas navegam para o oeste, e a canhoneira, se não me engano, está com a proa apontada para o norte. Um encontro em circunstâncias assim não é muito fácil. Você não acha que eu estou certo?
— Acho, mas ver essa canhoneira...
— Calma, irmãozinho, vamos deixar que ela vá para o norte.

A canhoneira, que seguia os piratas de Mompracem com tanta obstinação, mas provavelmente sem saber disso, agora estava muito próxima. A bombordo e a boreste brilhavam os dois faróis verde e vermelho e no alto do traquete, o branco. Na popa, se avistava o timoneiro de pé ao lado do leme.

Ela passou muito perto da *Helgoland*, descrevendo uma espécie de semicírculo, e desapareceu ao norte, deixando atrás de si uma esteira fosforescente.

Ainda não tinham passado dez minutos quando se ouviu uma voz gritar:
— Olá, canhoneira!

Ao ouvir aquele chamado, Sandokan e Yanez correram para o tombadilho de popa, olhando atentamente para o norte.
— Será que são as chalupas? — perguntou Sandokan, inquieto.
— Só consigo ver a canhoneira lá no fundo — disse Yanez.
— No entanto, o chamado veio do alto-mar.
— Será que ouvimos mal?
— Duvido, Yanez.
— O que vamos fazer?

— Temos de ficar preparados e vamos avançar com cuidado.

Sandokan continuou na ponte durante algumas horas, esperando para ver se ouvia algum outro grito, mas só escutou as ondas que batiam contra os flancos do navio e os gemidos do vento através da aparelhagem.

À meia-noite, tranquilo, mas pensativo, desceu até a cabine do capitão, onde Yanez já estava estendido na cama.

Durante toda a noite, a *Helgoland* navegou, avançando pela a baía de Sarawak, que ia se estreitando aos poucos. Os homens de guarda não viram nada de extraordinário; somente perto das duas da manhã, a uns cinquenta metros a boreste, foi vista uma grande sombra negra, passando em grande velocidade e desaparecendo logo depois. Todos eles acharam que era um *praho* navegando sem faróis.

Ao amanhecer, quarenta milhas separavam o navio da foz do rio Sarawak, em cujas margens surgia a cidadela homônima a poucos passos de caminhada.

O mar estava tranquilo e o vento, bastante bom. Aqui e ali se avistavam alguns *prahos* e alguns *giong* com suas velas imensas, e no oeste, não muito distintamente, o monte Matang, um pico gigantesco que se ergue por quase mil metros e em cujas encostas se agarram pequenos bosques verdejantes.

Sandokan, que não estava muito tranquilo naquele mar batido pelos navios de James Brooke, o exterminador dos piratas malaios, mandou içar na extremidade de popa do alto da carangueja a bandeira inglesa, a grande faixa vermelha no alto da vela principal. Mandou carregar os canhões, amontoar as bombas na bateria, abrir o depósito de munições e ordenou aos homens que se armassem.

Às onze da manhã, a costa surgia a sete milhas de distância, muito baixa, coberta de belas florestas e protegida por grandes arrecifes. Ao meio-dia, a *Helgoland* contornava a península que se bifurcava, estendendo-se por um longo trecho na baía, e logo depois jogava âncora na foz do rio, depois da ponta Montabas.

9. A batalha

A FOZ DO RIO, QUE FORMA uma espécie de porto protegido por bancos de areia e arrecifes contra os quais se rompe a fúria do mar, apresentava um espetáculo magnífico. À direita, à esquerda e nas duas margens, se estendiam magníficos bosques de *pisang* de folhas gigantescas e frutas amarelo-dourado, de fantásticos mangostões, preciosos sagus, de cujos troncos se extrai uma fécula muito nutritiva, *gambir*, bételes e de árvores colossais da cânfora, em cujos galhos gritavam bandos de macacos de uma bonita cor verde e matraqueavam tucanos de bicos enormes.

No rio, iam e vinham, ou balançavam presos na âncora, barcas, barquinhas, *prahos* malaios, borneanos, macauenhos, grandes *giong* javaneses com as velas pintadas, juncos chineses de formas barrocas e pesadas, e pequenas naves holandesas e inglesas, algumas à espera de uma carga, e outras, do vento propício que lhes permitisse se pôr ao largo.

Nos arrecifes e nos bancos se viam *dayachi* seminus, ocupados com a pesca, e bandos de albatrozes, pássaros gigantescos com um bico fortíssimo que destrói, sem muito esforço, o crânio de um homem, e bandos de aves marinhas, chamadas comumente de tesourões.

Assim que a âncora da *Helgoland* foi baixada em um local adequado, bem no meio da corrente que descia lentamente com a maré, Sandokan se apressou a dar uma olhada nos navios que o cercavam.

De repente, os seus olhos caíram sobre uma pequena escuna armada com uma numerosa artilharia, que impedia a passagem cerca de trezentos metros acima. Quando a viu, uma imprecação surda saiu da sua boca, e ele enrugou a testa.

— Yanez — disse ele ao amigo que estava ali perto. — Você consegue ler o nome daquele navio?

— Está preocupado com alguma coisa? — perguntou o português, apontando a luneta.

— Pode ser. Leia, Yanez.

— Está escrito *Realista* na popa.

— Então eu estava certo. Bem que o meu coração dizia que aquele era exatamente o navio que James Brooke usou para exterminar os piratas malaios.

— Por Baco! — exclamou o português. — Estamos com um vizinhança de meter medo.

— E que eu poria a pique com o maior prazer para vingar os meus irmãos.

— Mas não vai fazer isso, se não vamos ter muitos problemas. Temos de ter cuidado, irmãozinho, e muito, se quisermos libertar o pobre Tremal-Naik.

— Sei disso, e vou tomar cuidado.

— Puxa! Olhe aquela barca que vem na nossa direção. Quem é aquele homem horrível?

Sandokan se curvou sobre a amurada e olhou. Uma canoa escavada em um tronco de árvore estava se aproximando do navio, carregando um homem de cor amarelada, com uma tanga vermelha no quadril, argolas de ramos nos pés e nas mãos e com um barrete de penas e um gigantesco bico de tucano na testa.

— É um *bazir* — disse Sandokan.

— O que quer dizer isso?

— Um ministro de Dinata ou de Giuwata, as duas divindades dos *dayachi*.

— O que será que ele vem fazer a bordo?

— Deve estar vindo trazer algum presságio estúpido de presente para nós.

— Então vamos mandá-lo ao diabo que o carregue. Não temos a menor ideia do que fazer com presságios.

— Mesmo assim, temos de recebê-lo, Yanez. Ele deve ter boas informações sobre James Brooke e sobre frota dele.

A canoa chegara perto do navio.

Sandokan mandou jogar a escada, e o *bazir* subiu até a ponte com uma agilidade surpreendente.

— O que você veio fazer aqui? — perguntou Sandokan, falando no idioma *dayaco*.

— Vim vender os meus presságios — respondeu o *bazir*, chacoalhando as numerosas argolas que tilintaram de forma graciosa.

— Não sei o que fazer com eles. Mas eu gostaria de pedir outras coisas.

— Quais?

— Ouça bem, meu amigo. Quero saber muitas coisas e se você me responder direito, vai ganhar um belo cris e *tuwak* (licor muito embriagante) suficiente para um mês.

Os olhos do *dayaco* brilharam de cobiça.

— Pode falar — disse ele.

— De onde você está vindo?

— Da cidade.

— O que o rajá Brooke está fazendo?

— Está se fortificando.

— Ele está com receio de que haja alguma rebelião?

— Está, tanto por parte dos chineses como do sobrinho de Muda-Hassim, o nosso antigo sultão.

— Alguma vez você saiu de Sarawak?

— Nunca.

— Você viu se trouxeram um prisioneiro da cor do bronze a Sarawak?

O *bazir* pensou durante alguns instantes.

— Um homem alto e bonito? — perguntou

— Isso mesmo, alto e bonito — respondeu Sandokan.

— Da mesma cor que os indianos?

— É, ele é indiano.

— Eu o vi desembarcando há alguns meses.

— Onde ele está preso?

— Não sei, mas o pescador que mora ali deve saber — disse o *dayaco*, apontando um casebre de folhas que podia ser visto na margem esquerda. — Aquele homem acompanhou o prisioneiro.

— Quando é que eu posso falar com esse pescador?

— Agora ele está pescando, mas vai voltar esta noite para o casebre.

— Isso já é o suficiente. Ei, Hirundo, dê o seu cris de presente para este homem e ponha um barril de gim na canoa dele.

— O que você pretende fazer, irmão? — perguntou Yanez assim que o *dayaco* desocupou a ponte.

— Agir imediatamente — respondeu Sandokan. — Daqui a uma hora já vai ser noite, e então vou mandar buscar o pescador.

— E depois?

— Quando soubermos onde está Tremal-Naik, vamos subir a Sarawak para procurar James Brooke.

— James Brooke?

— Não vamos aparecer ainda como piratas, mas como personagens importantes. Você vai ser um embaixador holandês.

— Vamos correr um perigo enorme, Sandokan. Se desconfiar dessa brincadeira, Brooke manda nos enforcar.

— Não tenha medo, Yanez. A corda que vai enforcar o Tigre ainda não está trançada.

— Capitão — chamou Hirundo naquele instante, se aproximando de Sandokan. — Tem algumas naves chegando.

O Tigre da Malásia e Yanez viraram para olhar a foz do rio e avistaram dois bergantins de guerra com a bandeira inglesa hasteada e muita artilharia montada. Eles estavam bordejando ao largo, tentando contornar a ponta Montabas.

— Opa — fez Yanez. — Estão chegando outros vasos de guerra.

— E isso é alguma surpresa para você? — perguntou o Tigre da Malásia.

— É um pouco estranho, irmãozinho. Aqui, neste rio, debaixo dos olhos do Brooke, eu não me sinto nem um pouco seguro. Acho tudo muito estranho.

— Mas não precisa achar, Yanez. Sempre tem muitos vasos de guerra por aqui.

Depois de bordejar por uma meia hora, os dois bergantins entraram no rio, rebocados por meia dúzia de embarcações. Eles saudaram a bandeira do rajá com dois tiros de canhão, passaram a boreste da *Helgoland* e foram jogar a âncora um à direita e outro à esquerda do *Realista*, a uma distância de apenas vinte metros. Quando a manobra foi concluída, as trevas caíram rapidamente, cobrindo as matas, os arrecifes, as barcas, os juncos, os *prahos* e a água do rio.

Era o momento escolhido por Sandokan para enviar os seus homens à terra com a missão de capturar o pescador. Um bote foi baixado ao mar e Hirundo e outros três piratas embarcaram nele e remaram para a margem.

Sandokan os acompanhou com o olhar até perder o bote de vista e depois começou a caminhar na ponte, fumando freneticamente o seu cachimbo.

Ainda não dera duas voltas completas, quando o português correu ao seu encontro, com a expressão transtornada e os olhos cheios de espanto.

— Sandokan! — exclamou.

— O que aconteceu? — perguntou o pirata. — Por que você está com essa expressão de terror?

— Sandokan, estão preparando alguma coisa contra nós.

— Não é possível! — exclamou o Tigre lançando ao redor um olhar ameaçador.

— É possível, sim, Sandokan, estão preparando um ataque. Olhe para o mar.

Sandokan, preocupado mesmo contra a vontade, dirigiu o olhar para a foz do rio. As suas mãos se abriram e fecharam em torno do cris e da cimitarra. Um rugido surdo escapou dos seus lábios vibrantes.

Lá, perto dos arrecifes, se avistava uma massa escura, enorme, ameaçadora, ancorada de forma a impedir a passagem. Não era preciso muita coisa, em um navio daquele tamanho, para se perceber que estava apresentando os flancos para a *Helgoland*.

— Pelos raios do céu! — murmurou com uma raiva intensa. — Será possível?... Mesmo assim, não consigo acreditar.

— Mas você não está vendo que eles estão mostrando a boca dos canhões? — disse Yanez.

— Quem poderia ter nos traído?

— Talvez os homens da canhoneira.

— Não acredito nisso. A canhoneira estava indo para o norte.

— Mas às duas horas da manhã os homens que estavam de guarda viram uma massa escura passar muito depressa em direção a Sarawak.

— E você acha?...

— Que a canhoneira deve ter nos traído — completou Yanez. — Talvez ela tenha recolhido os ingleses dos botes e quem sabe? Talvez o homem que gritou "olá" da canhoneira fosse um marinheiro inglês que caiu no mar durante a luta.

Sandokan virou e dirigiu o olhar para o *Realista*. A nave de James Brooke ainda estava no mesmo lugar, mas os dois navios ingleses tinham se aproximado bastante da *Helgoland* que, dessa forma, estava presa entre dois fogos.

— Ah! — exclamou aquele homem terrível. — Vocês querem lutar! Pois que seja! Vou fazer vocês provarem o gosto dos meus canhões.

Ainda nem acabara de dizer essas palavras quando um grito muito agudo partiu da margem esquerda, da direção tomada por Hirundo.

— Socorro! Socorro! — ouviram alguém gritar.

Sandokan, Yanez e os piratas saltaram como um único homem e correram para boreste, tentando distinguir o que estava acontecendo na floresta escura.

— Que grito horrível! — exclamou um pirata.

— Que Dinata parta a minha cabeça se essa não era a voz do Hirundo — disse um *dayaco* de estatura atlética.

— Ei, Hirundo! — gritou Yanez.

Dois tiros de fuzil soaram no meio da mata, seguidos por quatro baques na água.

Embora a escuridão fosse muito profunda, os piratas avistaram quatro homens nadando desesperadamente na direção da nave.

— É o Hirundo — exclamou um pirata.

— Nossa! A coisa ficou séria! — exclamou outro.

— E se a gente começasse a atirar? — perguntou um terceiro.

— Quietos, rapazes — disse o Tigre. — Joguem as cordas.

Os quatro homens, que nadavam como peixes, em poucos instantes chegaram perto do navio.

Agarrar as cordas e subir até a amurada foi coisa de um instante para eles.

— Hirundo — chamou Sandokan, reconhecendo naqueles quatro homens os piratas enviados pouco antes para buscar o pescador.

— Capitão — disse o *dayaco*, sacudindo a água do corpo. — Estamos cercados!

— Pelos raios do céu! — trovejou o Tigre. — Depressa, conte tudo o que viram.

— Vimos soldados do rajá lá embaixo daquelas árvores. Estavam escondidos atrás dos troncos e no meio dos arbustos, armados de fuzis. Parece que só estavam esperando um sinal para abrir fogo.

— Você tem certeza de que não se enganaram?

— Tem mais de duzentos homens, eu vi com os meus próprios olhos. O senhor não ouviu os dois tiros de fuzil que eles dispararam contra nós?

— Ouvi, sim.

— O que vamos fazer agora, irmão? — perguntou Yanez.

— Uma retirada não é mais possível. Vamos nos preparar e, assim que começarem os tiros de canhão, vamos lutar. Filhotes, todos comigo!

Os piratas, que se mantinham a uma distância respeitosa, se aproximaram do Tigre ao ouvir o chamado dele. Todos os olhos brilhavam como brasa, e as mãos acariciavam a empunhadura dos cris. Já sabiam do que se tratava e tremiam de impaciência.

— Filhotes de tigre de Mompracem — disse Sandokan —, James Brooke, o exterminador dos piratas malaios, está se preparando para lutar contra nós. Milhares de homens, milhares de malaios e de *dayachi*, foram assassinados por aquele homem, e há anos eles esperam a vingança dos seus companheiros. Jurem, diante de mim, que vocês vão vingar aqueles homens.

— Juramos — responderam em coro os piratas, dominados por um entusiasmo aterrorizante.

— Filhotes de tigre de Mompracem — acrescentou Sandokan —, somos um contra quatro, mas o Tigre da Malásia está com vocês. Ferro e fogo enquanto tiver pólvora e munição a bordo, depois fogo de proa a popa. Esta noite temos de mostrar àqueles cães como os filhotes de tigre da Mompracem selvagem são capazes de combater quando chefiados pelo Tigre da Malásia. A seus postos, filhotes, todos a seus postos! Ao meu comando, abram fogo!

Um grito surdo respondeu às palavras mágicas do Tigre da Malásia. Os piratas, com Yanez à frente, se precipitaram para a bateria, dirigindo as negras gargantas de bronze para as naves inimigas.

Na ponte ficaram dois piratas de pé ao lado da roda do leme e Sandokan que, do castelo de proa, observava atentamente os movimentos do inimigo.

As quatro naves que se preparavam para esfacelar a *Helgoland* com seus quarenta canhões pareciam ter caído em um sono profundo. Não se ouvia nenhum ruído nas pontes, mas era possível ver sombras se agitando na proa e na popa.

— Estão se preparando — murmurou Sandokan, cerrando os dentes. — Daqui a dez minutos, mais ou menos, esta baía vai ficar iluminada pelo fogo de mais de cinquenta canhões; daqui a dez minutos, este silêncio solene vai ser quebrado pelo rugido dos bronzes, pelo silvo das bombas, pelo assobio das balas, pelos gritos dos feridos, pelos urras dos vencedores. Que belo espetáculo está prestes a acontecer!

De repente, sua testa se crispou.

— E a Ada — murmurou. — E se uma bala a atingir?... Sambigliong!... Sambigliong!

O *dayaco* que levava esse nome acorreu prontamente ao chamado do seu chefe.

— Estou aqui, capitão — disse.

— Onde está o Kammamuri? — perguntou Sandokan.
— Na cabine da *Virgem do templo*.
— Vá se juntar a ele e acumulem todos os tonéis, toda a sucata e todos os almofadões que encontrarem na estiva e no quadro de popa em toda a volta das paredes.
— É o caso de defender a balas a cabine da *Virgem*?
— É, sim, Sambigliong.
— Pode deixar comigo, capitão. As balas não vão entrar lá dentro.
— Então, vá, meu amigo.
— Só mais uma pergunta. Devo ficar na cabine?
— Deve. E está encarregado de salvar a *Virgem* se formos obrigados a abandonar o navio. Sei que você é o melhor nadador da Malásia. Depressa, Sambigliong, o inimigo está se preparando para nos atacar.

O *dayaco* correu para a popa, enquanto Sandokan voltava para o meio do navio e olhava com toda a atenção para o rio.

Do navio que fechava a saída da foz do rio inesperadamente subiu um rojão. Quase no mesmo instante, um clarão brilhava na ponte do *Realista*, acompanhado por uma detonação assustadora. O Tigre da Malásia deu um pulo enquanto a extremidade do mastaréu do mastro principal, despontado por uma bala, caía na coberta com enorme estrondo.

— Filhotes! — urrou ele. — Fogo! Fogo!

Um grito assustador respondeu:

— Viva o Tigre da Malásia! Viva Mompracem!

Houve um breve momento de silêncio ameaçador e depois a pequena baía se incendiou de um lado ao outro.

Das quatro naves inimigas saíam línguas de fogo, fumaça e balas, rompendo por toda parte as trevas e o silêncio da noite; das florestas saía um fogo concentrado de mosquetaria, que se estendia a uma velocidade incrível para a direita e para a esquerda.

A batalha começara. Os cinco navios combatiam com uma raiva indescritível, faiscando, trovejando, lançando tempestades de ferro que rasgavam o ar com assobios estridentes. As tripulações, enegrecidas pela pólvora, embriagadas pelo entusiasmo, carregavam e descarregavam sem descanso as artilharias, tentando se destruir mutuamente e se encorajando com gritos selvagens.

A *Helgoland*, solidamente ancorada no meio da baía, se defendia com uma fúria espantosa dos gigantes que a cobriam de ferro.

Disparava de bombordo, disparava de boreste, sem perder um único tiro, respondendo à metralha com metralha, às bombas com bombas, derrubando os mastros, destruindo os massames, despedaçando os canhões, arrebentando as baterias, esburacando as quilhas, bombardeando as florestas nas quais estavam os soldados irados de James Brooke.

Parecia um navio de ferro protegido por um exército de titãs.

As vergas caíam, os mastros balançavam, os botes eram rasgados, as amuradas, demolidas, os flancos, despedaçados, os homens, massacrados, mas quem se importava com isso? Havia pólvora e balas para todos, que respondiam aos tiros com uma fúria cada vez maior, com uma raiva poderosa, decididos a morrer antes de se render.

A cada golpe, a cada detonação, se ouviam os filhotes de tigre de Mompracem urrando na bateria:

— Vingança! Viva Mompracem!

O Tigre da Malásia, de pé no meio da ponte, contemplava o terrível espetáculo.

Como era bonito de se ver aquele homem assustador ali, na ponte do seu navio, que tremia sob os seus pés, ao clarão de cinquenta canhões, com os olhos em chamas, os cabelos soltos ao vento, os lábios abertos em um sorriso tenebroso e a cimitarra em punho! Como era bonito aquele pirata que sorria, enquanto a morte assobiava ao seu redor, enquanto os mastros caíam na frente e atrás dele, enquanto a metralha rugia em seus ouvidos, arrebentando as tábuas da ponte, enquanto as bombas explodiam e lançavam seus estilhaços incandescentes a trezentos metros de distância!

Mesmo os seus inimigos, ao vê-lo lá no navio, heroico, impassível entre as tempestades de balas, se sentiam tomados por uma vontade louca de gritar;

— Viva o Tigre da Malásia! Viva o herói da pirataria malaia!

A batalha já durava meia hora e ficava cada vez mais assustadora, cada vez mais encarniçada. A *Helgoland*, esmagada pelo fogo ininterrupto daquelas cinquenta bocas de canhão, despedaçada pela metralha, dilacerada pela tempestade de bombas que caía cada vez mais forte, já não passava de uma carcaça fumegante.

Sem mastros, sem massames, sem amuradas, sem uma caverna inteira, parecia mais uma esponja, através de cujos furos a água do rio entrava com um ruído borbulhante. Continuava atirando, não parava de responder ao fogo daqueles quatro inimigos que haviam jurado mandá-la a pique, mas não se sentia mais capaz de seguir adiante. Dez piratas já estavam estendidos sem vida na ponte; dois canhões já não trovejavam mais, estraçalhados pelos tiros do inimigo infernal; o número de bombas que caíam já era menor; a popa cheia de água já ia baixando aos poucos. Mais dez minutos, talvez quinze, e a heroica *Helgoland* teria ido a pique. Yanez, que cumpria o seu dever com bravura, atirando com um dos canhões maiores, percebeu a gravidade da situação.

Correndo o risco de receber uma descarga de metralha na cabeça, se lançou pela ponte, no meio da qual se encontrava o Tigre da Malásia.

— Irmão! — gritou.

— Fogo, Yanez!... fogo!... — trovejou Sandokan. — Eles estão correndo para a abordagem.

— Não podemos aguentar mais, irmão! O navio está prestes a afundar!

— Pelos raios do céu!

— O que vamos fazer? Todos os minutos são preciosos.

Um estrondo assustador sufocou a sua voz. O castelo de proa caiu, despedaçado por uma saraivada de granadas, estilhaçando parte da coberta e do quarto dos marinheiros. O Tigre da Malásia deu um grito de raiva.

— Acabou! Comigo, filhotes, comigo!...

Ele se precipitou para as baterias, das quais os filhotes de tigre de Mompracem continuavam bombardeando os navios inimigos. Um homem, o marata Kammamuri, estava ali, impedindo a passagem.

— Capitão — disse —, está entrando água na cabine da *Virgem*.

— Onde está o Sambigliong? — perguntou o Tigre.

— Na cabine.

— A *Virgem* está viva?

— Está, capitão.

— Traga-a para a ponte e estejam preparados para pular no rio. Filhotes, todos para a coberta! O inimigo vem vindo para a abordagem!

Os piratas descarregaram os canhões uma última vez e subiram para a coberta apinhada de mortos.

As naves inimigas, rebocadas por algumas chalupas, se aproximavam para abordar a *Helgoland*.

— Sandokan! — gritou Yanez, quando não viu aquele homem terrível aparecer. — Sandokan!

— Estou aqui, meu irmão! — respondeu uma voz.

O Tigre da Malásia se arremessou para a ponte, com a cimitarra na mão direita e um archote aceso na esquerda. Atrás dele vinham Sambigliong e Kammamuri, trazendo a *Virgem do templo*.

— Filhotes de tigre de Mompracem! — trovejou o Tigre. — Atirem mais uma vez!

— Viva o Tigre! Viva Mompracem! — gritaram os piratas, descarregando as carabinas contra os quatro navios.

A *Helgoland* balançava como se estivesse embriagada e rachava rapidamente sob as detonações contínuas do inimigo.

Pelos flancos despedaçados, as águas entravam, rugindo e arrastando depressa a embarcação para o fundo.

Da proa, da popa, das escotilhas e das portinholas das baterias saíam densas colunas de fumaça.

A voz do Tigre da Malásia, vibrante como uma trombeta, foi ouvida de novo em meio ao ribombar dos canhões.

— Salve-se quem puder!... Sambigliong, mergulhe no rio com a *Virgem*!

O *dayaco* e Kammamuri pularam na água junto com a jovem que perdera a razão e, atrás deles, saltaram todos os outros piratas, nadando entre as naves inimigas, que se encontravam muito próximas da embarcação que naufragava.

No navio, contudo, ainda havia um homem. E ele era o Tigre da Malásia. Na mão direita ainda segurava a cimitarra e, na esquerda, o archote. Um sorriso tenebroso brincava nos seus lábios; um lampejo feroz brilhava nos seus olhos.

— Viva Mompracem! — ouviram-no gritar.

Um "urra" tremendo ecoou no ar. Vinte, quarenta, cem homens se precipitaram na ponte oscilante da *Helgoland*, com armas em punho.

O Tigre da Malásia não esperou até eles chegarem. Com um salto prodigioso ultrapassou a amurada e desapareceu nas águas do rio.

Quase no mesmo instante, o navio que naufragava se abria com um estrondo medonho, e uma chama gigantesca se lançava para o céu, iluminando o rio, as naves inimigas, os bosques, os montes, atirando para a direita e para a esquerda miríades de destroços incandescentes.

Navios e tripulações desapareceram no meio da fumaça e das chamas da *Helgoland*, que saltara pelos ares com a explosão do paiol de pólvora!...

Segunda parte

O rajá de Sarawak

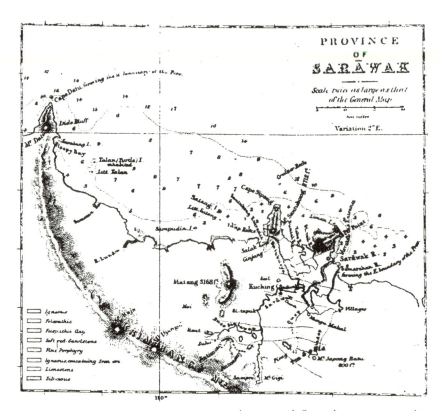

A província de Sarawak em um mapa inglês.

1. A taberna chinesa

— OLÁ, MEU belo rapaz!
— Milorde.
— Para o diabo com os milordes.
— Sir!...
— Para o inferno com os Sirs.
— Mestre.
— Tomara que você quebre a perna.
— Monsieur!... Señor!...
— Vá se enforcar. Mas que raio de comida é essa?
— Chinesa, señor, chinesa como a trattoria.
— E você está achando que eu vou comer isso! O que são esses bichinhos aí, se mexendo?
— São camarões de Sarawak embebedados.
— Vivos?
— Pescados há menos de meia hora, milorde.
— E você está querendo que eu coma camarões vivos? Por todos os canhões!
— É a culinária chinesa, monsieur.
— E essa carne assada?
— É carne de cachorro jovem, señor.
— Do quê?
— De cachorro jovem.
— Com mil balistas! Você pretende me dar carne de cachorro para comer? E esse guisado aí?
— É de gato, señor.
— Com mil raios e trovões! Um gato!
— Uma verdadeira tentação chinesa, Sir.
— E essa fritura?
— São camundongos na manteiga.

— Seu cachorro infame! Você está querendo acabar comigo!

— É a culinária chinesa, señor.

— Culinária dos infernos, você quer dizer. Por todos os canhões! Camarões bêbados, camundongos fritos, cachorro assado e guisado de gato para se comer! Se o meu irmão estivesse aqui, ele iria morrer de tanto rir. Vamos lá, não devemos ser tão exigentes. Se os chineses conseguem comer essa coisa, um branco também consegue. Ânimo, meu caro português!

O bravo homem que assim falava se acomodou na cadeira de bambu, tirou do cinto um magnífico cris com empunhadura de ouro enfeitada com diamantes magníficos e cortou o cachorro assado, que estava exalando um perfume apetitoso.

Entre um bocado e outro, começou a observar o local em que se encontrava.

Era uma sala muito baixa, com as paredes pintadas de dragões monstruosos, flores estranhas, luas sorridentes e animais cuspindo fogo. Por toda a sala havia cadeiras e esteiras, sobre as quais roncavam chineses de rosto amarelo, crânio raspado, rabichos longos e bigodes caídos; aqui e ali, desordenadamente, se espalhavam mesas de todos os tamanhos, ocupadas por malaios muito feios, de cor olivácea e com dentes negros, e *dayachi* muito bonitos, seminus, com os membros cobertos de aros de cobre e armados de pesados *parangs*, facões de quase meio metro de comprimento, que provavelmente já tinham cortado um bom número de cabeças nas grandes florestas do sul. Alguns daqueles homens estavam mascando o *siri*, que era feito de folhas de bétele e nozes de areca, e cuspiam no chão uma saliva sanguinolenta; outros bebiam grandes garrafas de áraque ou de *tuwak*; outros, ainda, fumavam longos cachimbos cheios de ópio.

— Hum! — resmungou o nosso homem, cortando o ventre do gato. — Mas que caras feias. Não sei como aquele patife do James Brooke pode empregar esses vigaristas. Ele deve ser mesmo uma raposa velha e um...

Um assobio agudo que vinha de fora da taberna cortou as suas palavras.

— Opa! — exclamou.

Levou dois dedos à boca e imitou aquele assobio.

— Senhor! — gritou o taberneiro, ocupado em tirar o couro de um cachorro enorme que acabara de degolar.

— Que o seu Confúcio enforque você.

— O senhor me chamou?

— Silêncio. Tire o couro do seu cachorro e me deixe em paz.

Um indiano alto, de belas formas, quase nu, com um laço de seda enrolado em torno dos rins e um cris pendurado no lado direito do quadril, entrou e girou os olhos enormes e negros pelo ambiente. O nosso homem, que estava desossando uma perna de gato, se levantou ao ver o recém-chegado, murmurando:

— Kammamuri!

Estava quase saindo do seu lugar, quando um rápido aceno do indiano, acompanhado de um olhar suplicante, o deteve.

— Tem algum perigo no ar — voltou a murmurar. — Fique em guarda, amigo.

Depois de hesitar um pouco, o indiano se sentou em frente a ele. O taberneiro veio atender.

— Um copo de *tuwak*!

— E para usar os dentes?

— O seu rabicho — disse o indiano, rindo.

O chinês virou de costas, fazendo uma careta horrorosa, e mandou trazer um copo e uma garrafa de *tuwak*.

— Você conseguiu ver alguma coisa? — perguntou o homem que estava diante dele, em um fio de voz, continuando a devorar a comida.

O indiano fez um sinal de assentimento com a cabeça.

— Que apetite, senhor — disse depois em voz alta.

— Estou há vinte e quatro horas sem comer, meu caro — respondeu o nosso homem, que, como o leitor provavelmente já adivinhou, era o valente Yanez, o amigo inseparável do Tigre da Malásia.

— O senhor veio de longe?

— Vim da Europa. Ei! Taberneiro da casa do demônio, mais um pouco de *tuwak*!

— O senhor pode tomar do meu, se quiser — disse Kammamuri.

— Pois eu quero, meu jovem. Sente ao meu lado e dê uma bela mordida neste naco que está na minha frente.

O marata não se fez de rogado: sentou ao lado do português e começou a comer.

— Podemos falar — disse Yanez depois de algum tempo. — Agora ninguém vai desconfiar de que somos amigos. Todos vocês se salvaram?

— Todos, patrão Yanez — respondeu Kammamuri. — Antes de o sol nascer, uma hora depois da sua partida, saímos da mata fechada da margem e nos escondemos em um enorme pântano. O rajá tinha enviado soldados para patrulhar a foz do rio, mas eles não conseguiram descobrir a nossa pista.

— Sabe, Kammamuri, que nós fomos muito competentes em conseguir escapar do rajá?

— Meio minuto de atraso e todos nós teríamos voado pelos ares. Foi muita sorte nossa a noite estar tão escura que os bandidos não nos tenham visto nadar até a margem.

— A pobre Ada não se machucou mesmo?

— Realmente, não, patrão Yanez. Com a ajuda de Sambigliong pude levá-la para terra com a maior facilidade.

— Onde o Sandokan está agora?

— A pouco mais de um quilômetro daqui, num bosque bem fechado.

— Então está a salvo.

— Não sei. Vi alguns guardas do rajá rodeando na floresta.

— Com os diabos!

— E o senhor? Não está correndo nenhum perigo?

— Eu? Quem seria o louco que me confundiria com um pirata? Eu, um branco, um europeu!

— Mesmo assim fique de guarda, senhor Yanez. O rajá deve ser um homem muito esperto.

— Eu sei, mas nós somos mais espertos do que ele.

— Soube alguma coisa do Tremal-Naik?

— Nada, Kammamuri. Já perguntei a várias pessoas, sem sucesso.

— Pobre patrão — murmurou Kammamuri.

— Vamos salvá-lo, prometo a você — disse Yanez. — Esta noite mesmo vou pôr mãos à obra.

— O que o senhor pretende fazer?

— Vou tentar me aproximar do rajá e, se possível, ficar amigo dele.

— Como?

— Já tenho uma ideia e acho que é muito boa. Vou provocar uma pancadaria, fazendo uma grande balbúrdia e fingindo que quero matar alguém. Quero que os guardas do rajá me prendam.

— E depois?

— Depois que me prenderem, vou inventar alguma historinha divertida, me passando por um nobre Lorde, por um baronete... Ah! que ótima ideia! Vamos dar boas risadas.

— E o que eu devo fazer?

— Nada, meu caro marata. Vá para perto do Sandokan e diga que está tudo indo de vento em popa. Amanhã, no entanto, venha dar uma rondada nos arredores da casa do rajá. Talvez eu precise de você.

O marata se levantou.

— Um momento — disse Yanez, tirando do bolso um saquinho bem cheio e estendendo a ele.

— O que você quer que eu faça com isso?

— Para eu poder realizar o meu plano, não posso ter dinheiro no bolso. Aliás, vou querer ficar com o seu cris, que não tem nenhum valor, e deixo o meu com você, porque ele tem ouro e diamantes demais.

— Ei! Taberneiro dos diabos, traga seis garrafas de vinho espanhol.

— Você pretende se embebedar? — perguntou Kammamuri.

— Deixe comigo e você vai ver. Adeus, meu caro.

O indiano jogou um xelim na mesa e saiu, enquanto o português destampava as garrafas que não custavam menos de duas esterlinas.

Bebeu dois ou três copos e deu o restante para os malaios que estavam nas mesas ao lado e que não acreditaram na boa sorte de ter encontrado um europeu tão generoso.

— Ei, taberneiro! — gritou o português mais uma vez. — Traga mais vinho e alguns pratos de luxo.

O chinês, todo contente por estar fazendo negócios tão bons e rezando em silêncio ao seu bom Buda para que mandasse todos os dias uma dúzia de clientes parecidos, trouxe nove garrafas e uma terrina de ninhos delicadíssimos de andorinhas, temperados com azeite e sal, que só os ricaços têm condições de degustar.

O português, embora tivesse comido por dois, voltou a dar trabalho aos dentes, a beber e a presentear todos os vizinhos com vinho.

Quando acabou, o sol já se pusera há mais de meia hora e, na taberna, foram acesas gigantescas lanternas de talco que irradiavam sobre os bebedores uma luz pálida, muito cara aos filhos enrabichados do Império Celestial.

Acendeu o cigarro, examinou a carga das suas pistolas e se levantou, murmurando:

— Vamos embora, cão Yanez. O taberneiro vai fazer uma balbúrdia dos diabos, eu não vou ficar atrás, e os guardas do rajá vão vir correndo para me prender. Nem Sandokan teria pensado em um plano melhor, tenho certeza.

Soltou no ar duas ou três baforadas de fumaça e se dirigiu tranquilamente para a porta.

Estava prestes a passar por ela, quando sentiu alguém segurá-lo pelo casaco.

— Monsieur! — disse uma voz.

Yanez se virou, carrancudo, e deu com o taverneiro diante dele.

— O que você quer, seu pilantra? — perguntou, fingindo estar ofendido.

— A conta, señor.

— Que conta?

— O senhor ainda não me pagou, *gentleman*. Está me devendo três libras, sete xelins e quatro centavos.

— Vá para o diabo que o carregue. Não tenho um tostão em nenhum dos meus dez bolsos.

O chinês, de amarelado que era, ficou cinzento.

— Mas o senhor vai ter de me pagar — gritou, agarrando as roupas do português.

— Largue a minha roupa, canalha! — gritou Yanez.

— O senhor me deve três libras, sete xelins e...

— E quatro centavos, já sei, mas não vou pagar, seu tratante. Vá tirar o couro do seu cachorro e me deixe em paz.

— O senhor é um ladrão, *gentleman*? Vou mandar prendê-lo!

— Prove!

— Socorro! Segurem este ladrão! — gritou o chinês, furibundo.

Quatro ajudantes de cozinha correram para ajudar o patrão, armados de caçarolas, panelas e escumadeiras. Era exatamente o que o português queria, pois tinha de provocar uma balbúrdia a todo custo.

Com mão de ferro, segurou o taberneiro pela gola, o levantou do chão e atirou para fora da porta, onde o infeliz foi quebrar o nariz nas pedras da rua. Em seguida, atacou os quatro ajudantes de cozinha, dando tantos pontapés, com tamanha velocidade, que em um piscar de olhos os coitados foram parar ao lado do patrão, um por cima do outro.

Logo foram ouvidos gritos endemoniados.

— Socorro, compatriotas! — berrava o taberneiro.

— Pega ladrão! Assassino! Matem-no! Acabem com ele! — gritavam os ajudantes de cozinha.

2. Uma noite na prisão

AQUELES GRITOS, DADOS POR chineses em um bairro chinês, deviam ter o mesmo efeito que obtém um gongo tocado em uma rua de Cantão ou de Pequim.

De fato, em menos de cinco minutos, cerca de duzentos filhos enrabichados do Império Celestial, armados de bambus, de facões, de pedras e de guarda-chuvas, se encontravam reunidos diante da porta da taberna, gritando de uma forma assustadora.

— Pega ladrão! — gritavam alguns, girando ameaçadoramente bastões e guarda-chuvas.

— Matem o homem branco! — berravam outros, mostrando os facões.

— Vamos jogá-lo no rio!

— Esfolem aquele cachorro!

— Vamos enforcá-lo! Massacrá-lo! Afogá-lo! Temos de acabar com ele!

Os clientes, assustados com toda aquela algazarra e com medo de serem apedrejados, desocuparam às pressas a taberna, alguns saindo pela porta e se misturando à multidão, outros pulando pelas janelas que, felizmente, não eram muito altas. Lá dentro só ficou o português, que ria a mais não poder, como se estivesse assistindo a uma comédia muito engraçada.

— Bravo! Muito bem! Bis! Mais um, mais um! — gritava ele, armando, no entanto, as pistolas e retirando o cris do cinto.

Um chinês, que estava gritando mais do que todos os outros na primeira fila, atirou uma pedra nele, mas o projétil acabou despedaçando um grande frasco de *sam-sciù*, cujo licor se derramou pelo chão.

— Ei, seu malandro! — gritou o português. — Você vai arruinar o taberneiro.

Catou a pedra e a enviou de volta ao agressor, quebrando um dente dele.

Retumbaram gritos ainda mais agudos no bairro chinês, atraindo mais chineses, sendo que alguns deles estavam armados com velhos arcabuzes.

Três ou quatro, encorajados pelos companheiros e pelo taberneiro, tentaram entrar, mas ao verem as pistolas que o português estava apontando para eles se apressaram para mostrar a sola de feltro dos seus tamancos.

— Vamos apedrejá-lo! — gritou uma voz.

— E a minha taberna? — gemeu o taberneiro.

— Comecem a jogar pedras, amigos. Joguem!

Uma saraivada de pedras entrou na taberna, quebrando as lanternas, as garrafas, os pratos, as terrinas e os vasos.

Como a balbúrdia estava começando a ficar perigosa, o português descarregou as duas pistolas no ar.

Àqueles dois disparos se seguiram sete arcabuzadas detonadas na rua, mas que não tiveram outro efeito além do de aumentar o alvoroço.

De repente, várias vozes começaram a gritar:

— Abram caminho!... Abram caminho!...

— Os guardas do rajá!

O português respirou aliviado. Aquela algazarra toda, aqueles bastões erguidos no ar, aqueles facões, aquelas granadas de pedras, aqueles mosquetes e aquele aumento incessante da multidão começavam a deixá-lo preocupado.

— Vamos fazer barulho, agora que não tem mais perigo — disse.

Correu até uma mesa e a derrubou, quebrando todas as garrafas, pratos e copos que estavam em cima.

— Prendam esse homem! Prendam esse homem! — berrou o taberneiro. — Aquele branco está quebrando tudo.

— Abram caminho! Abram caminho para os guardas! — gritaram alguns.

A multidão se abriu e na porta da taberna apareceram dois homens de cor escura, altos, robustos, com jaqueta e calções de tecido branco e uma espada curta em punho.

— Para trás! — gritou o português, apontando as pistolas para eles.

— Um europeu! — exclamaram os dois guardas, espantados.

— Melhor dizer, um inglês — disse Yanez.

Os dois guardas embainharam de novo as espadas.

— Não queremos fazer nenhum mal ao senhor — disse um dos dois. — Estamos a serviço do rajá Brooke, compatriota seu.

— E o que querem de mim?

— Livrar o senhor desta turba.

— E me levar para um cárcere?

— Isso quem vai decidir é o rajá.

— Vão me levar até ele?

— Sem dúvida.

— Se é assim, então eu vou. Não tenho nada a temer do rajá Brooke.

Os dois guardas o puseram entre eles e voltaram a desembainhar as espadas, a fim de protegê-lo dos chineses cada vez mais numerosos.

— Abram caminho! — gritaram.

Os chineses, que formavam uma multidão compacta, não obedeceram àquela ordem. Queriam a todo custo enforcar o europeu, já que os guardas não o haviam furado como eles esperavam.

Os dois guardas, contudo, não desanimaram. Distribuindo pancadas e pontapés vigorosos a torto e a direito, conseguiram abrir um pequeno espaço e arrastaram o prisioneiro para uma estreita viela, jurando assassinar todos os que o seguissem.

Aquela ameaça teve bom resultado.

Os chineses, depois de terem gritado em todos os tons e lançado imprecações contra Yanez, os guardas e o próprio rajá, acusando-os de proteger os ladrões, se dispersaram e deixaram o taberneiro sozinho com seus quatro ajudantes de cozinha machucados.

Sarawak não é uma cidade muito grande e não tem muitas ruas, portanto em menos de cinco minutos os guardas chegaram ao palacete do rajá, feito de madeira, como todas as casas dos brancos que coroam as colinas dos arredores.

No alto, tremulava uma bandeira, que o português achou que era vermelha como as inglesas. Diante da porta havia um indiano empalado, armado com fuzil e baioneta.

— Vocês vão me levar agora para ver o rajá?

— Agora é muito tarde — respondeu um guarda. — O rajá está dormindo.

— E onde vou passar a noite?

— Você vai ganhar um quarto.

— Contanto que não seja um porão.

— Um compatriota do rajá não pode ser jogado em um porão.

Fizeram o português entrar, depois subir uma escada e o introduziram em um quartinho com janelas protegidas por grossas esteiras de folhas de nipa, uma cama de palha de coco, alguns móveis de procedência europeia e um candeeiro, que já estava aceso.

— Por Júpiter! — exclamou, esfregando alegremente as mãos. — Vou dormir como uma babirrussa.

— O senhor deseja alguma coisa? — perguntou um dos guardas.

— Só quero que vocês me deixem dormir — respondeu Yanez.

Um guarda saiu, mas o outro sentou perto da porta, colocando na boca uma noz de areca envolta em uma folha de bétele.

O português enrugou a testa, mas logo ficou tranquilo.

— Vou aproveitar para fazer esse pássaro cantar. Tem muitas coisas que eu ignoro e que este homem sem dúvida deve saber.

Enrolou um cigarro e o acendeu. Aspirou algumas baforadas de fumaça e se aproximou do guarda.

— Meu jovem, você é indiano?

— Sou bengalês, Sir — respondeu ele.

— Está aqui há muito tempo?

— Há dois anos.

— Já ouviu falar de um pirata chamado Tigre da Malásia?

— Já.

A muito custo Yanez reprimiu um gesto de alegria.

— É verdade que o Tigre está aqui? — perguntou.

— Não sei, mas dizem que um navio foi atacado por piratas a vinte ou trinta milhas da costa, e que os bandidos conseguiram desembarcar.

— Onde?

— Não se sabe com exatidão o local, mas logo vamos descobrir.

— De que jeito?

— O rajá tem ótimos espiões.

— Diga uma coisa, é verdade que há alguns meses um navio inglês naufragou perto do cabo Taniong-Datu?

— É verdade, sim — respondeu o indiano. — Era uma nave de guerra que estava vindo de Calcutá.

— Quem foi em seu socorro?

— O nosso rajá, com a sua escuna, a *Realista*.

— A tripulação foi salva?

— Foi, toda ela, inclusive um indiano condenado à deportação perpétua, não me lembro mais em que ilha.

— Um indiano condenado à deportação perpétua! — exclamou Yanez, fingindo a maior surpresa. — E quem era ele?

— Um indiano, como eu já disse.

— Você sabe o nome dele?

O bengalês pensou por alguns instantes.

— Ele se chamava Tremal-Naik.
— E qual foi o crime que ele cometeu? — perguntou Yanez, vibrando.
— Disseram que matou ingleses.
— Que patife! E esse indiano ainda está aqui?
— Está preso no fortim.
— Em qual deles?
— Naquele que fica em cima da colina. Não viu que só existe um em Sarawak?
— E vocês mantêm guarnições no fortim?
— Tem os marinheiros do navio naufragado.
— São muitos?
— Sessenta no máximo.

Yanez fez uma careta.

— Sessenta homens! — murmurou. — E talvez eles tenham canhões também!

Acendeu o segundo cigarro e começou a caminhar pelo quarto, meditando.

Caminhou assim por alguns instantes, depois se estendeu na cama, pedindo à sentinela que baixasse a chama do candeeiro, e fechou os olhos.

Embora fosse prisioneiro e tivesse muitos pensamentos na cabeça, o português dormiu como se estivesse a bordo do *Pérola de Labuan* ou na cabana do Tigre da Malásia.

Quando acordou, um raio de sol penetrava através das folhas de nipa que serviam de persiana.

Olhou para a porta, mas a sentinela não estava mais lá. Vendo que estava dormindo, e talvez até ouvindo os seus roncos, tinha ido embora, com a certeza de que um prisioneiro daquele tipo não iria saltar pela janela.

— Ótimo — disse o português. — Vamos aproveitar.

Pulou da cama, se lavou um pouco, ergueu a esteira e pôs o rosto na janela, respirando a plenos pulmões o ar fresco da manhã.

Sarawak apresentava um belo espetáculo aos olhos, com as suas colinas verdejantes enfeitadas de elegantes palacetes de madeira; com o seu grande rio sombreado por árvores magníficas e cortado por pequenos *prahos*, por elegantes pirogas, por canoas leves e longas; com as casinhas estranhas de telhado arqueado e pintadas de cores brilhantes dos bairros chineses; as suas cabanas de folhas de nipa, fincadas em estacas de altura respitável, dos bairros dos *dayachi* e as suas ruas e vielas cheias de chineses, de *dayachi*, de *bughisi* e de macauenhos.

O português percorreu a cidade com um rápido olhar e deteve os olhos nas colinas. Como se falou antes, havia ali elegantes palacetes de madeira habitados pelos europeus. Mais adiante, porém, se via uma graciosa igrejinha e, a alguma distância, um forte solidamente construído e com numerosas aberturas.

O português olhou para ele com profunda atenção.

— É lá que se encontra o Tremal-Naik — murmurou. — Como vamos conseguir libertá-lo?

Naquele instante, uma voz atrás dele disse:

— O rajá está esperando pelo senhor.

Yanez virou e de viu diante do bengalês.

— Ah! É você, amigo? — disse, sorrindo. — Como está o rajá Brooke?

— À sua espera.

— Então vamos cumprimentá-lo.

Saíram, subiram outra escada e entraram em uma sala, cujas paredes desapareciam sob uma verdadeira camada de armas de todos os tamanhos e de todas as formas.

— Entre naquele gabinete — disse o bengalês.

O português estremeceu.

— O que vou inventar para contar agora? — murmurou. — Coragem, Yanez! E cuidado! Você está diante de uma raposa velha.

Empurrou a porta e entrou decididamente no gabinete, no meio do qual, diante de uma mesa lotada de mapas geográficos, estava sentado o rajá de Sarawak.

3. O rajá James Brooke

JAMES BROOKE, A QUEM toda a Malásia e a marinha dos dois mundos devem muito, merece algumas linhas de história.

Esse homem audacioso, que ao preço de lutas terríveis e dos esforços de um gigante recebeu a alcunha de exterminador de piratas, descendia da família do baronete Vyner, que foi Lorde-prefeito de Londres no reinado de Carlos II. Ainda muito jovem se alistou no exército das Índias como alferes, mas foi ferido gravemente em um combate contra os borneanos. Pouco depois requereu sua demissão e se retirou para Calcutá.

A vida tranquila não fora feita para o jovem Brooke, um homem frio e positivo, sim, mas dotado de uma energia extraordinária e adepto das aventuras mais arriscadas.

Sir James Brooke.

Quando se viu curado do ferimento, voltou à Malásia e a percorreu em todos os sentidos. Ele deve a essa viagem a sua celebridade, que acabou se tornando mundial mais tarde.

Profundamente impressionado com a pirataria incessante e os estragos medonhos provocados pelos corsários malaios, como também com o tráfico de homens de cor, se propôs a acabar com ambos e a tornar a navegação mais segura e a Malásia livre, apesar dos grandes perigos que iria encontrar.

James Brooke era um homem obstinado em seus objetivos. Após vencer todos os obstáculos apresentados por seu governo para a execução de um projeto tão ousado, armou uma pequena escuna chamada *Realista* e em 1838 zarpou para Sarawak, cidadela de Bornéu que, na época, não contava com mais de mil e quinhentos habitantes. Desembarcou ali em um momento terrível.

A população de Sarawak, talvez ajudada pelos piratas malaios, se rebelara contra o seu sultão Muda-Hassin, e a guerra corria solta, com uma raiva amedrontadora. Imediatamente Brooke ofereceu ajuda ao sultão, se pôs à frente das tropas e, depois de numerosos combates, em menos de vinte meses dominou a revolução.

Terminada a campanha, saiu para o mar contra os piratas e os comerciantes de seres humanos. Com uma tripulação e um cruzeiro de dois anos bem preparados, deu início às batalhas, à destruição, aos extermínios e aos incêndios. É impossível calcular o número de piratas mortos por ele, das embarcações e dos *prahos* levados a pique e dos covis queimados. Foi cruel e desumano, talvez até demais.

Após vencer a pirataria, voltou a Sarawak. O sultão Muda-Hassin, agradecido pelos grandes serviços prestados, o nomeou rajá da cidadela e do distrito.

Em 1857, ano em que ocorreram os acontecimentos que estamos narrando, James Brooke estava no auge da sua grandeza. Tanto é verdade que, com um único gesto, fazia tremer até mesmo o sultão de Varauni, ou seja, o sultão do reino mais grandioso da enorme ilha de Bornéu.

Ao ouvir o ruído feito por Yanez ao entrar, o rajá se levantou com vivacidade. Embora já tivesse passado dos cinquenta e tantos anos, e apesar das marcas de uma vida agitadíssima, ainda era um homem vigoroso e robusto, cuja energia indomável transparecia no olhar animado e brilhante. No entanto, as poucas rugas que sulcavam a sua testa e a brancura dos seus cabelos anunciavam que a idade estava avançando depressa.

— Alteza! — disse Yanez, se inclinando.

— Seja muito bem-vindo, compatriota — disse o rajá, retribuindo a saudação.

A acolhida foi encorajadora. Yanez, que ao entrar naquele gabinete sentira o coração bater com muita fúria, se tranquilizou.

— O que aconteceu ao senhor na noite passada? — perguntou o rajá, depois de lhe indicar uma cadeira. — Os meus guardas me contaram que vocês dispararam até mesmo tiros de pistolas. Não convém irritar os celestiais, meu caro. Eles são numerosos e não gostam muito dos homens brancos.

— Eu estava andando há muito tempo, Alteza, e morrendo de fome. Quando percebi que estava em frente a uma taberna chinesa, entrei para comer e beber, apesar de não ter um único xelim na bolsa.

— Como assim! — exclamou o rajá. — Um compatriota meu sem um xelim? Ouvimos falar de onde o senhor vem e que motivo o trouxe até aqui. Eu conheço todos os brancos que moram no meu estado, mas nunca o vi antes.

— É a primeira vez que ponho os pés em Sarawak — disse Yanez.

— E de onde está vindo?

— De Liverpool.

— Mas o senhor veio em que navio?

— Vim com o meu iate, Alteza.

— Ah! O senhor tem um iate? Mas, afinal, quem é o senhor?

— Lorde Giles Welker de Closeburn — disse Yanez, sem hesitar.

O rajá estendeu a mão e o português se apressou a apertá-la, muito calorosamente.

— Fico feliz em acolher no meu estado um Lorde da nobre Escócia — disse o rajá.

— Obrigado, Alteza — respondeu Yanez, se inclinando.

— Onde o senhor deixou o seu iate?

— Na foz do rio Palo.

— E como chegou até aqui?

— Percorrendo mais de trezentos quilômetros por terra, entre bosques e pântanos, me alimentando de frutas e de cobras, como um verdadeiro selvagem.

O rajá olhou para ele muito surpreso.

— O senhor deve ter se perdido, talvez? — perguntou.

— Não, Alteza.

— Foi uma aposta?

— Também não.

— Então, o que aconteceu?

— Uma desgraça.

— O seu iate afundou?

— Não, foi posto a pique a tiros de canhão, mas só depois de ter sido esvaziado de tudo o que havia nele.

— Mas por quem?

— Por piratas, Alteza.

O rajá, o exterminador de piratas, se levantou de repente, com os olhos brilhantes e as feições alteradas por uma cólera terrível.

— Os piratas! — exclamou. — Então aqueles malditos ainda não foram exterminados?

— Parece que não, Alteza.

— O senhor viu quem era o chefe deles?

— Vi — disse Yanez.

— E como era esse homem?

— Muito bonito, com cabelos bem pretos, olhos brilhantes e pele bronzeada.

— Era ele! — exclamou o rajá com forte emoção.

— Ele quem?

— O Tigre da Malásia.

— Quem é esse Tigre da Malásia? Ainda não ouvi falar de ninguém com esse nome — disse Yanez.

— Trata-se de um homem muito forte, milorde, um homem que tem a coragem do leão e a ferocidade de um tigre, e que chefia um bando de piratas que não têm medo de nada. Há cerca de três dias esse homem baixou âncora na foz do meu rio.

— Que ousadia! — exclamou Yanez que, a muito custo, refreou um calafrio. — E Sua Alteza o atacou?

— Ataquei, sim, e o derrotei. Mas a vitória me custou muito caro.

— Por quê?

— Quando se viu cercado, depois de uma luta bastante obstinada, que custou a vida de sessenta dos meus homens, ele ateou fogo na pólvora e fez o seu navio ir pelos ares, junto com uma das minhas naves.

— Então agora ele está morto?

— Duvido muito, milorde. Mandei meus homens procurarem o cadáver, mas ninguém foi capaz de encontrar nada.

— Será que ainda está vivo, então?

— Desconfio que ele se refugiou nos bosques, e com um bom número de homens.

— Será que pretende atacar a cidade?

— Esse homem é bem capaz de tentar um golpe assim, mas não vai me encontrar indefeso. Mandei chamar algumas tropas de *dayachi* que são muito fiéis a mim e enviei diversos indianos da minha guarda para inspecionar as florestas.

— Fez muito bem, Alteza.

— Acho que sim, milorde — disse o rajá, rindo. — Mas continue a contar a sua história. Como o Tigre atacou o seu iate?

— Dois dias atrás eu saí de Varauni e dirigi a proa para o cabo Sirik. Estava com a intenção de visitar as principais cidades de Bornéu antes de voltar para a Batávia, e depois ir à Índia.

— O senhor estava fazendo uma viagem de lazer?

— Isso mesmo, Alteza. Estava no mar há onze meses.

— Continue, milorde.

— Perto do pôr-do-sol do terceiro dia, o iate jogou âncora perto da foz do rio Palo. Mandei que me levassem à terra e me embrenhei sozinho nos bosques, com a esperança de caçar algumas babirrussas ou capturar tucanos. Estava andando havia duas horas quando ouvi uma canhonada, depois uma segunda e uma terceira, depois um ribombar contínuo, furioso. Assustado, voltei correndo para a costa. Era tarde demais. Os piratas tinham abordado o meu iate, matado ou prendido a tripulação, e estavam saqueando tudo. Fiquei escondido até que o meu barco foi a pique e os piratas fugiram para longe, e depois me aproximei da praia. Só encontrei cadáveres, que a maré fazia rolar entre os arrecifes, destroços e a extremidade do mastro principal, que estava saindo meio metro para fora das ondas. Durante a noite toda, desesperado, rodei e rodei perto da foz do rio, chamando os meus infelizes marinheiros, mas foi inútil. De manhã, me coloquei em marcha decididamente, acompanhando a costa, atravessando florestas, pântanos e rios, comendo frutas e os pássaros que a minha carabina abatia. Em Sedang, acabei entregando a minha arma e o meu relógio, a única riqueza que ainda possuía, e descansei por quarenta e oito horas. Comprei roupas novas de um colono holandês, um par de pistolas e um cris e recomecei a andar. Finalmente cheguei aqui, com fome, esgotado e, além de tudo, sem um xelim.

— E está pensando em fazer o que agora?

— Tenho um irmão em Madras e ainda possuo bens e castelos na Escócia. Vou escrever e pedir que mandem alguns milhares de libras esterlinas e volto para a Inglaterra no primeiro navio que chegar aqui.

— Lorde Welker — disse o rajá —, a minha casa e o meu dinheiro estão à sua disposição, e vou fazer o possível para que o senhor não tenha um minuto de tédio durante o período em que ficar no meu estado.

Um raio de alegria brilhou no rosto de Yanez.

— Mas Alteza... — balbuciou, fingindo estar sem graça.

— O que vou fazer pelo senhor, milorde, eu faria por qualquer compatriota meu.

— E como posso agradecer?

— Se eu for um dia à Escócia, o senhor vai poder retribuir.

— Juro, Alteza, que os meus castelos sempre vão estar abertos para Sua Majestade e para todos os seus amigos.

— Obrigado, milorde — disse o rajá, rindo.

Uma campainha soou e um indiano apareceu.

— Este senhor é meu amigo — disse o rajá, indicando o português a ele. — Pus a minha casa, o meu dinheiro, os meus cavalos e as minhas armas à sua disposição.

— Está bem, rajá — respondeu o indiano.

— Aonde quer ir agora, milorde? — perguntou o príncipe.

— Vou dar uma volta pela cidade e, se me permitir, Alteza, vou dar uma volta nos bosques também. Gosto muito de caçar.

— Mas vai voltar para jantar comigo?

— Vou fazer todo o possível, Alteza.

— Pandij, conduza-o até o quarto.

Estendeu a mão a Yanez, que a apertou vigorosamente, dizendo:

— Obrigado, Alteza, por tudo o que está fazendo por mim.

— Até logo, milorde.

O português saiu do gabinete precedido pelo indiano e entrou no quarto que foi escolhido para ele.

— Pode ir — disse ao indiano. — Se eu tiver necessidade dos seus serviços, toco a campainha.

Quando ficou sozinho, o português deu uma olhada no quarto. Era grande, iluminado por duas janelas que davam para as colinas, recoberto por uma belíssima *tunghoa*, um papel florido de Tung, e mobiliado com requinte. Havia uma boa cama, uma mesinha, várias cadeiras de bambu muito leve, várias escarradeiras chinesas e um belo candeeiro dourado, sem dúvida proveniente da Europa, bem como armas europeias, indianas, malaias e borneanas.

— Ótimo — murmurou o português, esfregando as mãos. — O meu amigo Brooke está me tratando como se eu fosse mesmo um lorde. Vou mostrar a você, meu caro, de que raça de Lorde Welker eu venho. Mas tome cuidado, Yanez, muito cuidado! Você está lidando com uma raposa velha.

Naquele instante, um assobio agudo ressoou no lado de fora. O português estremeceu.

— Kammamuri — disse. — Mas que imprudência.

4. Nos bosques

FOI PASSAR O FERROLHO na porta e apareceu com cuidado na janela. A quarenta passos do palacete, sob a sombra fresca de uma alta palmeira-palmira, árvore magnífica com folhas longas e emplumadas, se encontrava o marata, apoiado em um longo bambu munido de uma ponta aguda de ferro, provavelmente envenenada, na extremidade. Foi com enorme surpresa que o português viu ao lado dele um pequeno cavalo carregado de dois cestos grandes de folhas de nipa, cheios de todo o tipo de frutas e de pães de sagu até a boca.

— O marata é mais cuidadoso do que eu tinha pensado — murmurou Yanez. — Está se fazendo passar por um fornecedor das minas.

Ele enrolou um cigarro e acendeu. O brilho da pequena chama logo atraiu o olhar de Kammamuri.

— O rapaz me viu — disse Yanez —, mas mesmo assim não se mexe. Ele já percebeu que é preciso ter muito cuidado.

Fez um sinal com a mão, voltou para dentro do quarto e abriu uma gaveta da mesinha. Havia papel de carta, um tinteiro, algumas penas e uma bolsa bem cheia, que fez um som metálico quando foi balançada.

— O meu amigo Brooke pensou em tudo — disse o português, rindo. — Estas são as famosas libras esterlinas.

Pegou um papel de carta, rasgou no meio e escreveu em letras minúsculas:

Tome cuidado e olhe bem em volta. Espere por mim na taberna do chinês.

Enrolou o pedaço de papel e destacou da parede uma haste cilíndrica de madeira dura, furada no meio, que estava armada na extremidade de um ferro de lança, bem amarrada com tiras de ratã. Tratava-se de um *sumpitan*, uma zarabatana de um metro e quarenta de comprimento, com a qual os *dayachi* arremessam flechas embebidas no suco venenoso de upas a sessenta passos de distância, com uma precisão extraordinária.

— Ainda devo conseguir fazer isso — disse o português, examinando a arma.

Retirou uma flecha de vinte centímetros de comprimento, enrolou o pedaço de papel nela e voltou a enfiá-la na zarabatana. Um forte assopro foi suficiente para lançá-la perto do marata, que rapidamente a recolheu e desenrolou a carta.

— E agora vamos sair — disse Yanez, quando viu Kammamuri ir embora.

Jogou um fuzil de dois canos a tiracolo e saiu, sendo respeitosamente saudado pela sentinela.

Percorrendo ruas e vielas ladeadas por casebres construídos sobre estacas, sob os quais porcos e cachorros cochilavam e macacos saltitavam, espalhando um cheiro insuportável, chegou à taberna diante da qual estava amarrado o cavalo do marata em menos de um quarto de hora.

— Vamos deixar as libras esterlinas preparadas — disse o português. — Não é difícil prever uma cena tempestuosa.

Olhou em torno. Em um dos cantos, sentado diante de uma terrina de arroz, estava Kammamuri e atrás do banco, com um par de óculos de quartzo fumê, se encontrava o taberneiro, ocupado em rabiscar um grande papel de carta com um pincel de tamanho respeitável. Sem dúvida, o celestial estava ocupado em fazer as contas.

— Olá! — gritou o português ao entrar.

Ao ouvir o chamado, o taberneiro ergueu a cabeça. Vê-lo, saltar nos pés e se arremessar contra o recém-chegado, empunhando intrepidamente a sua monstruosa pena embebida de nanquim, foi coisa de um segundo.

— Ladrão! — berrou.

O português o deteve depressa.

— Vim pagar o que devo — disse, jogando na mesa um pequeno punhado de libras.

— Justo Buda! — exclamou o chinês, se precipitando para as moedas. — Oito libras! Peço perdão, señor...

— Fique quieto e traga uma garrafa de vinho espanhol.

Em quatro saltos, o taberneiro correu para pegar uma garrafa e a colocou em frente a Yanez. Depois correu para um gongo suspenso na porta e começou a bater nele furiosamente.

— O que você está fazendo? — perguntou Yanez.

— Estou salvando o señor — respondeu o chinês. — Se eu não avisar os meus amigos que já me pagou, não sei o que poderia acontecer nos próximos dias.

Yanez jogou mais dez libras na mesa.

— Diga aos seus amigos que o Lorde Welker sempre paga pelo que bebe — disse.

— Mas o senhor é um verdadeiro príncipe, milorde! — gritou o chinês.

— Agora me deixe sozinho.

O chinês recolheu as libras, saiu para encontrar os seus amigos que, alarmados por aqueles golpes do gongo, acorriam de todas as partes, armados com bambus e facas.

Yanez se sentou diante de Kammamuri, desarrolhando a garrafa.

— Quais são as novidades, meu bravo marata? — perguntou.

— Péssimas, senhor Yanez — respondeu Kammamuri.

— Sandokan está correndo algum tipo de perigo?

— Ainda não, mas pode acabar sendo descoberto de um instante para outro. Tem guardas e *dayachi* fazendo a ronda nas florestas. Ontem à noite fui detido e interrogado, e aconteceu a mesma coisa nesta manhã.

— E o que você disse?

— Consegui me passar por um fornecedor das minas de Poma. Para enganar melhor aqueles espiões, como o senhor viu, comprei um cavalo e alguns cestos.

— Você é esperto, Kammamuri. Onde está o Sandokan?

— A um quilômetro daqui, acampado perto das ruínas de uma cidadezinha. Está se fortificando, com receio de vir a ser atacado.

— Vamos encontrar com ele.

— Quando?

— Assim que esvaziarmos a garrafa.

— Tem alguma coisa no ar?

— Descobri onde o seu patrão está preso.

O marata ficou em pé de um salto, fora de si de tanta alegria.

— Onde ele está? Onde? — perguntou com voz sufocada.

— No fortim da cidade, vigiado por uma centena de marinheiros ingleses.

O marata se deixou cair na cadeira, desanimado.

— Vamos salvá-lo mesmo assim, Kammamuri — disse Yanez.

— E quando?

— Assim que pudermos. Quero encontrar Sandokan para prepararmos um plano.

— Obrigado, senhor Yanez.

— Deixe os agradecimentos para depois e agora beba.

O marata esvaziou a taça.

— Quer ir embora?

— Quero — disse Yanez, jogando alguns xelins na mesa.

— Já vou avisando que o caminho é longo e difícil, e que vai ser preciso encompridar ainda mais para enganar os espiões.

— Não estou com a menor pressa. Eu disse ao rajá que ia caçar.

— O senhor ficou amigo do rajá?

— Com certeza.

— De que jeito?

— Vou contar a você enquanto andamos.

Saíram da taberna. O português foi na frente e Kammamuri, atrás, puxando o cavalo pela rédea.

— Viva o Lorde Welker! — gritou uma voz.

— Viva o Lorde! Viva o generoso homem branco! — berraram diversas outras vozes.

O português virou e viu o taberneiro rodeado por um grande bando de chineses com copos na mão.

Saíram do bairro chinês, povoado por bibocas entulhadas de rolos de papel florido de Tung, de fardos de seda, de caixas de chá de todas as qualidades, de leques, de óculos, de escarradeiras, de cadeiras de bambu, de rabichos, de lanternas microscópicas e outras gigantescas, de armas, de amuletos, de roupas, de tamancos, de chapéus de todas as formas e tamanhos, tudo isso proveniente dos portos do Império Celestial, entraram no bairro malaio, não muito diferente do bairro *dayaco*, talvez apenas um pouco mais sujo e malcheiroso, depois subiram as colinas e chegaram aos bosques.

— Ande com cuidado — disse Kammamuri ao português. — Encontrei várias cobras pítons esta manhã e vi as pegadas de um tigre.

— Conheço bem os bosques de Bornéu, Kammamuri — respondeu Yanez. — Não se preocupe comigo.

— O senhor já veio outras vezes para cá?

— Não, mas percorri várias vezes os bosques do reino de Varauni...

— Em combates?

— Algumas vezes, sim.

— Então vocês eram inimigos do sultão de Varauni?

— Inimigos ferozes. Ele odiava terrivelmente os piratas de Mompracem porque em todos os encontros ganhávamos da sua frota.

— Diga uma coisa, patrão Yanez, o Tigre da Malásia sempre foi pirata?

— Não, meu caro. Antigamente, era um poderoso rajá do Bornéu setentrional, mas um inglês ambicioso fez que as suas tropas e a população se rebelassem e o destronassem, depois de terem matado o pai, a mãe, os irmãos e irmãs menores dele.

— E esse inglês ainda está vivo?

— Está, sim.

— E não foi punido?

— Ele é muito forte. Mas o Tigre da Malásia ainda não está morto.

— Mas e o senhor, patrão Yanez, por que se juntou a Sandokan?

— Não me juntei a ele, Kammamuri, fui feito prisioneiro enquanto estava navegando para Labuan.

— E Sandokan não matava os prisioneiros?

— Não, Kammamuri. Sandokan sempre foi feroz contra os seus inimigos mais obstinados, e generoso com os outros, principalmente com as mulheres.

— E ele sempre tratou bem o senhor, patrão Yanez?

— Sempre gostou de mim como de um irmão, talvez mais!

— Diga mais uma coisa, patrão Yanez, depois que libertarem o meu patrão, vão voltar para Mompracem?

— É provável, Kammamuri. O Tigre da Malásia está procurando emoções fortes para sufocar a sua dor.

— Que dor?

— A dor de ter perdido Marianna Guillonk.

— Então ele a amava muito?

— Demais, até a loucura.

— É muito estranho que um homem tão feroz e terrível tenha se apaixonado por uma mulher.

— E, ainda mais, por uma mulher inglesa — acrescentou Yanez.

— Nunca mais tiveram notícias do tio da Marianna Guillonk?

— Nunca, pelo menos até agora.

— E se ele estiver aqui?

— É bem possível.

— O senhor tem medo dele?

— Talvez, e...

— Parem! — gritou uma voz naquele instante.

Yanez e Kammamuri se detiveram.

5. Narcóticos e venenos

DOIS HOMENS SE LEVANTARAM repentinamente de trás de um *cetting*, uma planta trepadeira, cujo suco é tão venenoso que é capaz de matar um boi em pouquíssimo tempo. Um deles era um indiano alto, magro, nervoso, vestido com uma roupa de tecido branco e armado com uma longa carabina incrustada de prata; o outro era um *dayaco* de formas bonitas, com os membros extraordinariamente cobertos de aros de bronze e pérolas de Veneza e os dentes enegrecidos com o suco da madeira *siuka*. Um único *ciawat*, pedaço de tecido de algodão, cobria os seus quadris, e um lenço vermelho, a sua cabeça, mas carregava consigo um verdadeiro arsenal. A terrível zarabatana com flechas embebidas no suco das upas estava pendurada em um dos ombros; o temível *parang*, um sabre pesado com a lâmina larga marchetada de pedaços de bronze, usado principalmente para decapitar os inimigos, pendia do quadril; o laço, que eles sabem utilizar de uma forma talvez até melhor que a dos tugues indianos, estava apertado na cintura. Nem sequer faltava o cris com a lâmina serpenteante e envenenada.

— Parem! — repetiu o indiano, dando um passo adiante.

O português fez um gesto rápido para Kammamuri e se aproximou com os dedos da mão direita no percussor do fuzil.

— O que quer, e quem é você? — perguntou ao indiano.

— Faço parte da guarda do rajá de Sarawak — respondeu o interpelado. — E o senhor?

— Lorde Giles Welker, amigo do James Brooke, o seu rajá.

O indiano e o *dayaco* apresentaram armas.

— Esse homem está a seu serviço, milorde? — perguntou o indiano, apontando para Kammamuri.

— Não — respondeu Yanez. — Eu o encontrei na floresta e, como ele estava com medo dos tigres, falei que podia me acompanhar.

— Aonde você está indo? — perguntou o indiano ao marata.

— Eu já disse hoje de manhã que sou fornecedor das minas de Poma — disse Kammamuri. — Por que está me perguntando de novo aonde eu vou?

— Porque o rajá quer que seja assim.

— Diga ao seu rajá que eu sou um súdito fiel.

— Podem passar.

Kammamuri se uniu a Yanez, que continuara o seu caminho, enquanto os dois espiões voltavam a se esconder sob a planta venenosa.

— O que achou daqueles homens, senhor Yanez? — perguntou o marata, quando teve certeza de que não podiam mais ouvi-lo ou vê-lo.

— Acho que o rajá é esperto como uma raposa.

— Vamos fazer um desvio?

— Vamos, Kammamuri. Aqueles dois espiões podem ter desconfiado de alguma coisa e resolvido nos seguir por algum tempo.

— Temos de fazer com que percam a nossa pista.

Kammamuri abandonou a trilha que vinham seguindo até então e virou à esquerda, seguido pelo cavalo e pelo português. Bem depressa o caminho ficou dificílimo. Milhares e milhares de árvores, algumas retas, outras curvas e contorcidas, arbustos e trepadeiras se comprimiam de forma a impedir a passagem muitas vezes, se não aos homens, pelo menos ao cavalo.

Aqui havia árvores colossais da cânfora, que nem dez homens juntos conseguiriam abraçar; ali, palmeiras-palmira que, quando feridas, dão um licor açucarado e inebriante depois de fermentado; mais além, palmeiras *pinang*, que se dobravam sob o peso dos frutos que formavam grandes cachos; depois, belíssimos mangostões, tão altos quanto uma cerejeira, cujas frutas do tamanho de uma laranja são as mais gostosas e mais delicadas que se encontram sobre a terra, e arecas com folhas enormes, *uncaria gambir* e *isinandra gutta* e *giunta wan*, sendo estas três últimas as plantas que produzem o cachu. E como se tudo isso não bastasse para tornar a passagem difícil, os juncos imensos, que em Bornéu fazem as vezes dos cipós, e nepentes corriam de uma árvore para outra, formando verdadeiras redes que o marata e o português eram obrigados a cortar com golpes de cris.

Depois de percorrer oitocentos metros, descrevendo longas curvas para encontrar passagem, pulando árvores caídas, derrubando arbustos, cortando raízes e amarras vegetais a torto e a direito, os dois piratas chegaram à margem de um canal de água escura e putrefata. Kammamuri cortou um galho e mediu a profundidade.

— Pouco mais de meio metro — disse. — Monte o cavalo, patrão Yanez.
— Por quê?
— Vamos entrar no canal e subir por um bom trecho. Se os dois espiões nos seguirem, não vão mais encontrar as nossas pegadas.
— Você é esperto, Kammamuri.

O português subiu na sela e o marata, na garupa. Depois de hesitar um pouco, o cavalo entrou naquela água pútrida que espalhava um fedor insuportável e subiu a corrente, cambaleando e escorregando no fundo pantanoso.

Após darem oitocentas passadas, voltaram à margem. Yanez e o marata desmontaram e ficaram escutando com o ouvido encostado na terra.

— Não estou ouvindo nada — disse Kammamuri.
— Eu também não — acrescentou o português. — O acampamento fica muito longe?
— A pelo menos dois quilômetros. Vamos depressa, patrão.

Uma pequena trilha aberta pelos animais entre os arbustos e o ratã desaparecia no âmago da floresta. Os dois piratas seguiram por ela, alargando o passo. Meia hora mais tarde, mais dois homens apareciam de trás de uma mata, intimando os dois piratas a parar. Kammamuri deu um assobio.

— Avancem — responderam as duas sentinelas.

Tratava-se de dois piratas de Mompracem, armados até os dentes, que deram gritos de alegria quando viram Yanez.

— Capitão Yanez! — gritaram, correndo ao encontro dele.
— Bom dia, rapazes — disse o português.
— Estávamos pensando que o senhor tinha morrido, capitão.
— Os tigres de Mompracem têm o couro duro; onde está o Sandokan?
— A trezentos passos daqui.
— Continuem montando guarda, amigos. Há espiões do rajá no bosque.
— Sabemos disso, matamos um na noite passada.
— Muito bem, filhotes de tigre.

O português e o marata aumentaram a velocidade das passadas e depressa chegaram ao acampamento montado perto das ruínas de um *kampong*. Do vilarejo, que antigamente deve ter sido bem grande, não sobrara intacto nenhum dos casebres de folhas de nipa construídos sobre estacas de mais de nove metros de altura, fora do alcance dos ataques de tigres e também dos ataques de homens.

Mas os piratas estavam reconstruindo diversas choupanas e fincando sólidas cercas a fim de se protegerem e, em caso de ataque inesperado por parte da tropa do rajá de Sarawak, poder resistir.

— Onde está o Sandokan? — perguntou Yanez, entrando no acampamento e sendo acolhido com gritos de alegria por todo o bando.

— Lá em cima, na choupana aérea — responderam os piratas. — O senhor encontrou soldados do rajá, capitão Yanez?

— O que eu disse às sentinelas vou dizer a vocês também, filhotes de tigre — disse o português. — Fiquem alertas porque há espiões do rajá no bosque. Vi mais de um.

— Então que apareçam! — gritou um malaio, empunhando um pesadíssimo *parang ilang* com a ponta em forma de calha. — Os filhotes de tigre de Mompracem não têm medo dos cachorros do rajá.

— Capitão Yanez — disse um outro —, se o senhor encontrar algum desses espiões, avise que estamos acampados aqui. Há cinco dias não entramos em combate e as minhas armas estão começando a enferrujar.

— Em pouco tempo, rapazes, vocês vão ter de trabalhar bastante — respondeu Yanez. — Eu mesmo me encarrego de mandar gente para vocês.

— Viva o capitão Yanez! — gritaram os filhotes de tigre.

— Ei! Meu irmão! — gritou uma voz que vinha do alto.

O português ergueu os olhos e viu Sandokan de pé sobre a pequena plataforma da choupana aérea.

— O que você está fazendo aí em cima? — gritou o português, rindo. — Está parecendo um pombo pousado em uma árvore.

— Suba, Yanez. Você deve ter alguma coisa muito importante para me dizer.

— Certo.

O português se arremessou para uma longa varanda que possuía alguns entalhes e, com uma agilidade surpreendente, chegou à plataforma, ou melhor, ao terraço da choupana, mas nesse momento se viu diante de um grande problema. O solo era construído de bambus, mas a uma distância de um palmo entre um e outro, por isso os pés do pobre Yanez não conseguiam encontrar um apoio estável.

— Mas isso é uma armadilha! — exclamou.

— Construção *dayaca*, meu irmão — disse Sandokan, rindo.

— Mas como será o pé desses selvagens?

— Talvez menores do que os nossos. Você tem de tentar se equilibrar, que diacho!

O português se esforçou e, saltando de uma viga para a outra, chegou à choupana.

Ela era razoavelmente grande, dividida em três ambientes com pouco mais de um metro e meio de altura e a mesma medida de largura, o piso também construído com bambus afastados vários centímetros uns dos outros, mas coberto de esteiras.

— O que você me conta? — perguntou Sandokan.

— Muitas novidades, irmãozinho — respondeu Yanez, sentando. — Mas diga uma coisa antes de mais nada, onde está a pobre Ada, que ainda não vi neste acampamento?

— Este lugar não é muito seguro, Yanez. Os guardas do rajá podem nos atacar de um instante para outro.

— Entendi, irmãozinho; você a escondeu em um local seguro.

— Isso mesmo, Yanez. Mandei que a levassem para a costa.

— Quem está com ela?

— Dois homens que são absolutamente fiéis a mim.

— Ainda está fora de si?

— Está, Yanez.

— Pobre Ada!

— Ela vai sarar, eu garanto.

— De que jeito?

— Quando se vir frente a frente com Tremal-Naik vai ter um abalo tão forte que recuperará a razão.

— Você acha?

— Acho. Mais do que isso até, tenho certeza.

— Tomara que as suas esperanças se realizem.

— Agora me diga, Yanez, o que você fez em Sarawak durante esses dias?

— Muita coisa. Fiquei amigo do rajá.

— E como conseguiu isso? Vamos lá, explique tudo direito.

Em poucas palavras o português informou sobre o que fizera, o que acontecera e o que ouvira. Sandokan ouviu atentamente, sem interrompê-lo nenhuma vez, ora sorridente, ora pensativo.

— Então agora você é amigo do rajá — disse, quando Yanez terminou.

— Amigo íntimo, irmãozinho.

— E ele não desconfia de nada?

— Acho que não, mas como eu já disse, ele sabe que você está aqui.

— Temos de correr para libertar Tremal-Naik. Ah! Se eu pudesse ao mesmo tempo esmagar para sempre aquele condenado do Brooke!

— Deixe o rajá para lá, Sandokan.

— Ele foi muito cruel contra os nossos irmãos, Yanez. Eu daria metade do meu sangue para vingar os milhares de malaios mortos por aquele homem terrível e desumano.

— Cuidado, Sandokan, só temos sessenta homens.

Um raio sinistro brilhou nos olhos do Tigre da Malásia.

— Você sabe muito bem, Yanez, do que eu sou capaz — disse, em um tom de voz que provocava calafrios. — Você conhece o meu passado.

— Sandokan, sei bem que você desafiou a ira dos reinos e impérios europeus. Mas a prudência nunca é demais.

— Que seja, então. Vamos tomar cuidado. Vou me contentar apenas com a libertação do Tremal-Naik.

— O que talvez seja uma coisa ainda mais difícil do que a outra, Sandokan.

— Por quê?

— Há sessenta homens brancos no fortim e vários canhões. Já contei isso a você.

— E o que significam sessenta homens?

— Espere um pouco, irmãozinho. Eu estava esquecendo de dizer que o fortim fica muito perto da cidade. Quando o primeiro tiro de canhão for dado, vamos ficar com os brancos à nossa frente e as tropas do rajá às costas.

Sandokan mordeu os lábios e fez um gesto de despeito.

— Mesmo assim, temos de salvá-lo.

— O que precisamos fazer?

— Temos de usar a astúcia.

— Você tem algum plano?

— Acho que sim.

— Então fale.

— Eu sou borneano e, como os meus compatriotas, sempre gostei de usar veneno. Com uma única gota se mata um homem, por mais forte que seja; com outra gota, é possível fazê-lo dormir, fazer que pareça estar morto, ou que enlouqueça. O veneno, como você pode ver, é uma arma poderosa e tremenda.

— Lembro que durante a nossa estada em Java você se ocupava bastante com os venenos. E me lembro também de que uma vez um narcótico poderoso salvou você da forca.

— E agora os meus estudos e pesquisas começam a dar frutos — disse Sandokan. — Ouça, Yanez.

Vasculhou no bolso interno do seu casaco e tirou uma caixinha de couro hermeticamente fechada. Abriu e mostrou ao português dez ou doze frasquinhos microscópicos cheios de líquido branco, verde e preto.

— Por Júpiter! — exclamou Yanez. — Você tem um estoque assustador.

— Ainda não é tudo — disse Sandokan, abrindo uma segunda caixinha, contendo pílulas minúsculas que exalavam um cheiro penetrante. — Estes aqui são outros tipos de veneno.

— E o que você pretende fazer com esses líquidos e todas essas pílulas?

— Escute com toda a atenção, Yanez. Você me contou que Tremal-Naik está preso no forte.

— É verdade.

— Você acha que pode entrar no forte, se pedir permissão ao rajá?

— Espero que sim. Não se nega a um amigo um favor tão insignificante assim.

— Então você vai entrar e pedir para ver Tremal-Naik.

— E quando o vir, o que devo fazer?

Sandokan retirou da segunda caixa três pílulas negras e pôs na mão dele.

— Essas pílulas contêm um veneno que não mata, mas que deixa a vida suspensa por trinta e seis horas.

— Agora estou entendendo o seu plano. Devo fazer com que Tremal-Naik engula uma delas.

— Ou então dissolver uma na jarra de água.

— Tremal-Naik não vai dar mais sinal de vida, vão pensar que ele está morto e enterrá-lo.

— E nós, à noite, vamos desenterrá-lo — disse Sandokan.

— O plano é fantástico, Sandokan — disse o português.

— Você vai tentar dar o golpe? Acho que não estará correndo nenhum perigo.

— Vou tentar, sim, desde que me deixem entrar no forte.

— Se não deixarem, compre algum marinheiro. Você tem dinheiro?

O português abriu o casaco, o colete, levantou a camisa e mostrou uma faixa ligeiramente inchada que envolvia os seus quadris.

— Tenho seis diamantes que, juntos, valem um milhão.

— Se quiser mais, é só falar. Tenho no meu cinto o dobro do que você tem no seu e temos tanto ouro na Batávia que poderíamos comprar toda a frota de Portugal.

— Sei disso, Sandokan. Dinheiro é o que não falta. Mas por enquanto vou me contentar com estes dezesseis diamantes.

— Agora esconda essas pílulas e também estes dois frasquinhos — disse Sandokan. — Um deles, o verde, contém um narcótico que não suspende a vida, mas que faz a pessoa adormecer profundamente por doze horas; o outro, o vermelho, é um veneno que mata no mesmo instante sem deixar vestígios. Talvez também possam ser úteis.

O português escondeu as pílulas e os frasquinhos, jogou o fuzil a tiracolo e ficou de pé.

— Já vai embora?

— Sarawak fica longe, irmãozinho.

— Quando você pretende dar o golpe?

— Amanhã.

— Você tem de mandar Kammamuri me avisar imediatamente.

— Não vou me esquecer disso; até logo, meu irmão.

Desceu a perigosa escada, saudou os filhotes de tigre e voltou a entrar na floresta, tentando se orientar. Depois de percorrer seiscentos ou setecentos metros, foi alcançado pelo marata.

— Mais novidades? — perguntou o português, interrompendo a caminhada.

— Uma, e talvez seja grave, senhor Yanez — disse o marata. — Um pirata acabou de voltar ao acampamento e contou ao Tigre que viu a cinco quilômetros daqui um bando de *dayachi* chefiados por um velho branco.

— Se eu encontrar com eles, vou desejar uma boa viagem.

— Espere um pouco, senhor Yanez — disse o marata. — O pirata disse que o velho de pele branca se parece com aquele homem que jurou enforcar o Tigre e o senhor!

— Lorde James Guillonk! — exclamou Yanez, empalidecendo.

— Isso mesmo, patrão Yanez, aquele homem é parecido com o tio da falecida mulher do Sandokan.

— Não é possível!... Não é possível!... Qual foi o pirata que o viu?

— O malaio Sambigliong.

— Sambigliong!... — balbuciou Yanez. — Esse malaio estava conosco quando raptamos a sobrinha do Lorde James. Aliás, se não me falha a

Um guerreiro dayaco.

memória, enfrentou o próprio Lorde quando ele estava prestes a despedaçar a minha cabeça. Por Júpiter!... Estou correndo um grande perigo.

— Qual? — perguntou o marata.

— Se o Lorde Guillonk vier a Sarawak, estou perdido. Vai me ver e reconhecer na hora, apesar de já fazer quase cinco anos desde a última vez em que nos encontramos. Com certeza vai mandar que me prendam e me enforquem.

— Mas o malaio não disse que aquele velho era mesmo o Lorde Guillonk. Só disse que era parecido.

— Sandokan mandou você me avisar?

— Mandou, patrão Yanez.

— Então volte e diga a ele que vou ficar mais alerta do que nunca, mas que ele tente capturar aquele velho de pele branca. Adeus, Kammamuri, amanhã de manhã eu espero você na taberna chinesa.

O português, bastante preocupado, voltou a caminhar, olhando cuidadosamente em volta e aguçando os ouvidos, com receio de se encontrar diante daquele velho de um momento para outro.

Por sorte, não se ouvia na floresta gigantesca nenhuma voz humana nem se via nenhum sinal da presença de outros homens. Os únicos ruídos que rompiam o silêncio eram os gritos dos *argus* gigantes, faisões magníficos que voavam por ali às centenas, os berros não menos agudos das cacatuas negras e o alarido rouco dos macacos de nariz longo, assim chamados porque têm um nariz comprido, muito grosso e vermelho como o de Baco.

Continuou andando assim, com muito cuidado, entre os arbustos inextricáveis e o mato gigantesco, ora se inclinado para a direita, ora para a esquerda, durante cinco horas. Só chegou a Sarawak com o cair do sol, abatido pelo cansaço e esfaimado como um lobo. Acreditando ser tarde demais para ir jantar com o rajá, foi à taberna chinesa.

Depois de uma lauta refeição e várias garrafas, voltou ao palacete. Antes de entrar, perguntou à sentinela se algum velho de pele branca chegara ali, mas recebeu uma resposta negativa e entrou.

O rajá tinha se retirado para o seu quarto há algumas horas.

— Melhor assim — murmurou Yanez. — Um caçador que volta sem um papagaio sequer pode alarmar aquela raposa velha e desconfiada.

Acendeu o trigésimo cigarro e foi dormir, não antes, contudo, de pôr as pistolas e o cris debaixo da cabeceira da cama.

6. Tremal-Naik

EMBORA ESTIVESSE MUITO cansado, o nosso bom português não conseguiu fechar os olhos a noite inteira. Aquele velho branco que chefiava um pelotão de *dayachi* e que se parecia tanto com o tio da falecida mulher do Tigre, avistado nas vizinhanças da cidade pelo malaio Sambigliong, não saía da sua cabeça e ele estava ficando cada vez mais preocupado.

Inutilmente tentou se tranquilizar, repetindo que talvez o malaio tivesse se enganado, que o Lorde devia estar longe ainda, talvez em Java, talvez na Índia, talvez mais longe ainda, na Inglaterra. Toda hora parecia estar ouvindo a voz do velho no corredor contíguo; parecia estar ouvindo pessoas chegando ao seu quarto; parecia estar ouvindo o estrondo de armas pelo palácio.

Várias vezes, não sabendo como controlar a preocupação, desceu da cama e abriu cuidadosamente as janelas, e várias vezes foi abrir a porta do quarto, com medo de que houvesse sentinelas postadas para impedir a sua fuga. Conseguiu adormecer quando começava a amanhecer, mas foi um sono agitado, cheio de pesadelos e que durou duas horas no máximo. Acordou escutando o estrépito de um gongo pela rua.

Ele se levantou e pôs a roupa. Pegou nas sacolas um par de pistolas curtas e se dirigiu para a porta. Naquele exato momento, alguém bateu.

— Quem é? — perguntou com muita ansiedade.

— O rajá está esperando pelo senhor no gabinete — disse uma voz.

Yanez sentiu um calafrio percorrer todos os seus ossos. Abriu a porta e se viu diante de um indiano.

— O rajá está sozinho? — perguntou, cerrando os dentes.

— Está, milorde — respondeu o indiano.

— Você sabe o que ele quer comigo?

— Está esperando o senhor para beberem o chá juntos.

— Então preciso ir depressa — disse Yanez, indo para o gabinete do príncipe.

O rajá estava sentado à sua mesa, sobre a qual havia um serviço de chá de prata.

Vendo Yanez entrar, se levantou com um sorriso nos lábios, estendendo as mãos para ele.

— Bom dia, milorde! — exclamou. — O senhor chegou tarde ontem à noite.

— Perdoe-me, Alteza, se faltei ao jantar, mas a culpa não foi minha — disse Yanez, mais confiante agora com o sorriso do rajá.

— O que aconteceu?

— Na realidade, eu me perdi nos bosques.

— Mas o senhor tinha um guia.

— Um guia!

— Disseram que era um indiano que se faz passar por um fornecedor das minas de Poma.

— Quem disse isso, Alteza? — perguntou Yanez, fazendo um esforço extraordinário para conservar o sangue-frio.

— Os meus espiões, milorde.

— Sua Alteza tem uma brava gente a seu serviço.

— Também acho — disse o rajá, sorrindo. — Então o senhor encontrou aquele homem por acaso?

— Encontrei, Alteza.

— Até onde ele acompanhou o senhor?

— Até um pequeno vilarejo de *dayachi*.

— Já adivinhou quem era aquele homem?

— Quem era? — perguntou Yanez, pronunciando cansado aquelas duas palavras.

— Um pirata — disse o rajá.

— Um pirata!... Isso não é possível, Alteza,

— Pois eu garanto que sim.

— E ele não me assassinou?

— Os piratas de Mompracem, milorde, algumas vezes são generosos como o seu chefe.

— O Tigre da Malásia é generoso?

— Assim dizem. Já ouvi dizer que muitas vezes deu grandes diamantes de presente a pobres-diabos que alguns momentos antes quase foram fuzilados ou feridos com sabre.

— Então se trata de um pirata muito estranho.

— Ele é corajoso e generoso ao mesmo tempo.

— Mas tem certeza, Alteza, de que aquele indiano faz parte do bando de Mompracem?

— Certeza absoluta, pois os meus espiões viram quando ele conversava com piratas do Tigre da Malásia. Mas não vai mais falar com eles, isso eu juro. A esta hora deve estar nas mãos dos meus homens.

Naquele instante, no alto da estrada, ecoaram gritos agudos e uma forte batida no gongo.

Yanez, pálido e muito agitado, se precipitou para a janela para ver o que estava acontecendo e, acima de tudo, para esconder as próprias emoções.

— Por Júpiter! — exclamou com voz estrangulada, ficando assustadoramente pálido. — Kammamuri!

— O que está acontecendo? — perguntou o rajá?

— Estão trazendo o meu indiano para cá, Alteza — respondeu com voz bastante calma.

— Então eu não estava enganado.

Ele se inclinou sobre o peitoril e olhou.

Quatro guardas, armados até os dentes, conduziam para o palácio o indiano Kammamuri, com os braços fortemente amarrados com sólidas cordas de fibra de ratã. O prisioneiro não opunha nenhuma resistência nem parecia estar aterrorizado. Andava com passos calmos e olhava tranquilamente para a multidão de *dayachi*, chineses a malaios que o seguiam, fazendo uma enorme algazarra.

— Pobre homem! — exclamou Yanez.

— O senhor lamenta por ele, milorde? — perguntou o rajá.

— Um pouco, confesso.

— No entanto, aquele homem é um pirata.

— Sei disso, mas foi muito gentil comigo. O que vai fazer com ele, Alteza?

— Antes de mais nada, vou tentar fazer que fale. Se eu conseguisse descobrir onde está escondido o Tigre da Malásia...

— Iria atacá-lo?

— Com certeza! Reuniria os meus homens e iria atacá-lo.

— E se o prisioneiro se recusar a falar?

— Mando enforcá-lo — disse friamente o rajá.

— Pobre-diabo!

— Todos os piratas recebem o mesmo tratamento, milorde.

— Quando vai interrogá-lo?

— Hoje não tenho tempo, pois devo receber um embaixador holandês, mas amanhã estou livre e vou fazê-lo falar.

Um raio brilhou nos olhos do português.

— Alteza — disse, depois de hesitar um pouco. — Posso assistir ao interrogatório?

— Se quiser.

— Obrigado, Alteza.

O rajá sacudiu uma campainha de prata que estava na mesa. Um chinês vestido de seda amarela e com um rabicho de quase um metro de comprimento entrou, trazendo uma chaleira de porcelana *Ming* cheia de chá fumegante.

— Um pouco de chá não o desagrada, espero — disse o rajá.

— Eu não seria inglês se desagradasse — respondeu Yanez, sorrindo.

Esvaziaram diversas xícaras da deliciosa bebida e depois se levantaram.

— Aonde o senhor vai hoje, milorde? — perguntou o rajá.

— Quero visitar os arredores da cidade — respondeu Yanez. — Avistei um fortim e, com a sua permissão, gostaria de visitá-lo.

— Vai encontrar alguns compatriotas, milorde.

— Compatriotas! — exclamou Yanez, fingindo não saber de nada.

— Recolhidos por mim há poucas semanas, quando estavam prestes a se afogar.

— Então se trata de náufragos?

— Exatamente.

— E o que estão fazendo naquele forte?

— Estão esperando a chegada de uma nave para embarcar e, ao mesmo tempo, vigiam um tugue indiano que prenderam lá dentro.

— O quê? Um tugue indiano! — exclamou Yanez. — Oh! Como eu gostaria de ver um daqueles terríveis estranguladores.

— Gostaria mesmo?

— Muitíssimo.

O rajá pegou um papel de carta, escreveu algumas linhas, dobrou e entregou ao português, que o pegou com grande animação.

— Entregue esta carta ao lugar-tenente Churchill — disse o rajá. — Ele vai mostrar o tugue ao senhor e, se quiser, poderá acompanhá-lo em uma visita ao fortim inteiro que, infelizmente, não tem nada de bonito.

— Obrigado, Alteza.

— Vem jantar comigo esta noite?

— Prometo que sim.

— Até logo, milorde.

Yanez, que não via o instante de sair daquele gabinete, correu para o próprio quarto.

— Agora vamos raciocinar, meu caro Yanez — murmurou assim que se viu sozinho. — Agora é questão de preparar um grande golpe sem ser descoberto.

Acendeu um cigarro e mostrou o rosto na janela, imergindo em profundos pensamentos. Ficou ali, imóvel, com os olhos fixos no fortim, durante dez ou doze minutos, enrugando a testa de vez em quando.

— Aí está! — exclamou de repente. — Meu caro Brooke, o bom Yanez vai preparar uma brincadeira que, se for bem calculada, será fantástica. Por Júpiter! O Sandokan vai ficar muito contente com o seu irmãozinho branco.

Foi até uma mesa, pegou uma pena e escreveu em um pedacinho de papel:

> *Foi o seu servo fiel, Kammamuri, que me enviou para salvá-lo. Tremal-Naik, se quiser ficar livre e rever a sua Ada, à meia-noite engula as pílulas que estão aqui, nem antes, nem depois, se possível.*
>
> YANEZ
> *amigo do Kammamuri*

Colocou duas pequenas pílulas esverdeadas no papel e fez uma bolinha, que escondeu em um bolso pequeno do casaco.

— Amanhã os ingleses vão pensar que ele está morto e amanhã à noite será o enterro — murmurou, esfregando as mãos alegremente. — E ainda vamos mandar Kammamuri avisar o meu querido irmãozinho. Ah! meu caro James Brooke, você nem pode imaginar do que são capazes os filhotes de tigre de Mompracem.

Colocou na cabeça um chapelão de palha com o formato de um cogumelo, pôs no cinto o seu fiel cris e saiu do quarto, descendo a escada devagar.

Passando por um corredor, viu diante de uma porta um indiano armado com uma carabina com a baioneta encaixada.

— O que você está fazendo aí? — perguntou o português.

— Estou de guarda — respondeu a sentinela.

— E quem você está guardando?

— O pirata capturado hoje de manhã.

— Cuidado para que ele não fuja, amigo. É um homem perigoso.

— Vou manter os olhos bem abertos, milorde.

— Você é um rapaz muito valente.

Saudou-o com a mão, desceu a escada e saiu para a estrada com um sorriso irônico nos lábios. De repente ele fixou o olhar na colina que se erguia à sua frente, em cima da qual, no meio do verde-escuro das plantas, se destacava a massa esbranquiçada do fortim.

— Ânimo, Yanez — murmurou. — Você tem muita coisa para fazer.

Atravessou com passos tranquilos a cidade invadida por uma multidão compacta de *dayachi* magníficos, de malaios horríveis e de chineses enrabichados que faziam a maior algazarra em todos os tons, vendendo frutas, armas, roupas de todo tipo e brinquedos de Cantão, e tomou uma trilha sombreada por duriões altíssimos e por arecas que levava ao fortim.

No meio da encosta topou com dois marinheiros ingleses que desciam para a cidade, talvez para receberem ordens do rajá e talvez para saber se alguma nave lançara âncora na foz do rio.

— Olá, amigos — disse Yanez, cumprimentando. — O comandante Churchill está lá em cima?

— Quando saímos, ele estava fumando na porta do fortim — disse um dos dois.

— Obrigado, amigos.

Ele se pôs novamente a caminho e, depois de uma grande curva, desembocou em um amplo largo, no meio do qual se elevava o fortim. Na porta, apoiado em um fuzil, havia um marinheiro ocupado em mastigar um pedaço de tabaco e, a pouca distância, estendido no meio das plantas, um lugar-tenente da marinha, de estatura alta e com longos bigodes vermelhos, estava fumando. Yanez parou.

— Puxa! Um branco! — exclamou o lugar-tenente ao avistá-lo.

— Que está à procura do senhor — disse o português.

— De mim?

— É.

— E o que o senhor quer?

— Trago uma carta para o lugar-tenente Churchill.

— Eu sou o lugar-tenente Churchill, senhor — disse o oficial, se erguendo e indo ao encontro dele.

Yanez pegou a carta do rajá e a estendeu ao inglês, que a abriu e leu atentamente.

— Estou às suas ordens, milorde — disse quando acabou de ler.

— Vai me levar até o tugue?

— Quando quiser.

— Então me acompanhe até ele. Eu sempre quis ver um daqueles terríveis estranguladores.

O lugar-tenente pôs o cachimbo na algibeira e entrou no fortim, seguido por Yanez, que sorria de um modo estranho. Atravessaram um pequeno pátio, no meio do qual enferrujavam quatro velhos canhões de ferro, e entraram no edifício construído com a resistente madeira da teca, capaz de resistir a uma bala de seis e até de oito libras.

— Chegamos, milorde — disse Churchill, parando diante de uma sólida porta trancada. — O tugue está lá dentro.

— Ele é tranquilo ou feroz?

— É manso como um tigre domesticado — disse o inglês, sorrindo.

— Então não é preciso entrarmos armados.

— Ele nunca fez mal a nenhum de nós, mas não vou entrar aí sem as minhas pistolas.

Ergueu as duas trancas e abriu a porta com cuidado, estendendo a cabeça.

— O tugue está dormindo — disse. — Vamos entrar, milorde.

Yanez teve um calafrio, não porque estivesse com medo do estrangulador, mas por receio de que este pusesse tudo a perder. De fato, o indiano poderia devolver o bilhete e as pílulas e revelar tudo ao lugar-tenente Churchill.

— Coragem e sangue-frio — murmurou. — Este não é o momento de voltar atrás.

Atravessou a soleira e entrou. Viu que estava em uma célula pequena, com paredes de madeira de teca, iluminada por uma janelinha protegida com sólidas barras de ferro.

Em um canto, estendido em uma cama de folhas secas e enrolado em uma curta capa de pano, estava o tugue Tremal-Naik, o patrão do indiano Kammamuri, o noivo da pobre Ada.

Era um indiano fantástico, muito alto, da cor do bronze. Tinha um peito largo e vigoroso, braços e pernas musculosos e as feições do rosto eram orgulhosas e muito regulares. Yanez, que já vira chineses, malaios, javaneses, africanos, indianos, *bughisi*, macauenhos e filipinos, não se lembrava de ter encontrado um homem de cor tão bonito e tão vigoroso. Somente Sandokan era capaz de superá-lo em beleza.

Aquele homem estava dormindo, mas o sono não era tranquilo. O peito se elevava arquejante, a sua testa ampla e bonita se enrugava, os lábios de um vermelho vivo e ardente tremiam e as mãos, pequenas com as de uma mulher, se abriam e fechavam como se quisessem agarrar e triturar alguma coisa.

— Um belo homem — disse Yanez.

— Quieto, ele está falando — murmurou o lugar-tenente.

Uma palavra rouca saíra dos lábios do indiano, mas uma palavra que mais parecia uma tortura.

— Minha! — havia exclamado ele.

Subitamente, o seu rosto ficou sinistro. A veia que sulcava a sua testa engrossou de repente.

— Suyodhana — murmurou o indiano com uma entonação de ódio.

— Tremal-Naik! — chamou o lugar-tenente.

Ao ouvir aquele nome, o indiano sacudiu o corpo e se ergueu com um salto de tigre. Fixou no lugar-tenente um olhar que brilhava como o de uma cobra.

— O que quer? — perguntou.

— Um senhor quer vê-lo.

O indiano olhou para Yanez, que se encontrava alguns passos atrás de Churchill. Um sorriso desdenhoso apareceu em seus lábios, exibindo dentes brancos como o marfim.

— Estão achando que eu sou uma fera, talvez? — perguntou. — Será...

Parou de falar e estremeceu. Yanez, que como foi dito, estava atrás do lugar-tenente, fizera um rápido sinal para ele. Sem dúvida, ele percebeu que estava na presença de um amigo.

— O que você está achando daqui? — perguntou o português.

— O que pode estar achando um homem que nasceu e viveu livre na selva — disse Tremal-Naik com voz triste.

— É verdade que você é um tugue?

— Não.

— No entanto, já estrangulou gente.

— É verdade, mas não sou um tugue.

— Você está mentindo.

Tremal-Naik se levantou, rangendo os dentes e com os olhos em chamas, mas um novo gesto do português o acalmou.

— Se você me deixasse levantar essa capa, eu poderia mostrar a tatuagem que caracteriza os tugues.

— Então levante — disse Tremal-Naik.

— Não encoste nele, milorde! — exclamou o lugar-tenente.

— Não tenho nenhuma arma — disse o indiano. — Se eu levantar um braço, você pode descarregar as suas pistolas no meu peito.

Yanez chegou perto da cama de folhas e se inclinou sobre o indiano.

— Kammamuri — murmurou com voz apenas audível.

Uma rápida luz brilhou nos olhos do indiano. Com um gesto, ergueu a capa e recolheu o bilhetinho com as pílulas que o português deixara cair.

— Viu alguma tatuagem? — perguntou o lugar-tenente que, por pura precaução, armara uma pistola.

— Ele não tem nenhuma tatuagem — disse Yanez, se endireitando.

— Então não é um tugue?

— Quem poderia responder? Os tugues têm tatuagens em várias partes do corpo.

— E eu não tenho nenhuma — disse Tremal-Naik.

— Há quanto tempo ele está aqui, lugar-tenente? — perguntou Yanez.

— Há dois meses, milorde.

— Para onde vai ser levado?

— Para alguma penitenciária da Austrália.

— Pobre-diabo! Vamos sair agora, lugar-tenente.

O marinheiro abriu a porta. Yanez aproveitou para virar para trás e fazer um último gesto a Tremal-Naik, significando "obedeça".

— Quer visitar o fortim? — perguntou o lugar-tenente, depois de fechar e passar os ferrolhos na porta.

— Parece que não tem nada de muito atraente — respondeu Yanez. — Quem sabe nos vemos depois, no palácio do rajá, senhor.

— Pode ser, milorde.

7. Kammamuri é libertado

ENQUANTO YANEZ TRABALHAVA com astúcia, preparando a salvação de Tremal-Naik, o pobre Kammamuri, dominado por milhares de terrores e angústias, se empenhava ao máximo para escapar da sua prisão. Não estava com medo de ser enforcado ou fuzilado como um pirata qualquer; tinha medo, sim, de ser submetido a algum tipo medonho de tortura e de confessar tudo o que sabia, comprometendo de uma só vez a vida do seu patrão, da pobre Ada, do Tigre da Malásia, do Yanez e de todos os intrépidos piratas de Mompracem.

Assim que trancaram a cela, tentou pular pela janela, mas ela estava protegida por sólidas barras de ferro, impossíveis de serem quebradas sem a ajuda de uma lima poderosa e de uma maça; em seguida, tentara furar o piso, com a esperança de cair em uma cela vazia, mas depois de ter quebrados todas as unhas foi obrigado a desistir. Por último, tentara estrangular o indiano que trouxe a refeição, mas quando estava quase conseguindo, outro indiano acorreu para salvar o companheiro.

Convencido da inutilidade dos seus esforços, ficou de cócoras em um canto da cela, decidido a morrer de fome antes de experimentar qualquer refeição que pudesse conter algum tipo misterioso de narcótico; decidiu-se também por deixar que arrancassem a sua pele, pedaço por pedaço, antes de pronunciar uma única palavra.

Haviam transcorrido dez horas sem que se movesse. O sol já se pusera, depois de um rapidíssimo crepúsculo, e as trevas tinham invadido a cela, quando um sibilar choroso seguido de uma leve pancada chegou aos seus ouvidos. Levantou-se sem fazer barulho, lançando um olhar indagador ao seu redor, e ficou prestando atenção. Não ouviu mais nada além dos gritos roucos dos *dayachi* e dos malaios que passavam pela praça.

Aproximou-se em silêncio da janela e olhou pelas barras de ferro. Logo ali, perto de uma gigantesca palmeira-palmira que estendia sua sombra por boa parte da praça, estava um homem com um enorme chapéu na cabeça e uma espécie de bastão na mão. Reconheceu-o na mesma hora.

— Patrão Yanez — murmurou.

Estendeu um braço para fora e fez alguns gestos. O português ergueu as mãos e respondeu com outros gestos.

— Entendi — disse Kammamuri. — Grande patrão!

Saiu de perto da janela e andou até a parede que estava em frente. Observou-a atentamente, depois se inclinou e catou uma espécie de flecha, em cuja extremidade estava enrolado um pedacinho de papel.

— Aqui dentro está a minha salvação — murmurou. — Pelo que parece, o patrão Yanez sabe usar a zarabatana muito bem.

Desdobrou o papel e pegou as duas pílulas escuras e minúsculas que estavam dentro dele e que emitiam um odor muito peculiar.

— Será que é um veneno ou um narcótico? — perguntou a si mesmo. — Ah! Tem alguma coisa escrita no papel.

Chegou mais perto da janela e leu cuidadosamente as seguintes linhas:

> *As coisas estão correndo de vento em popa. Se não acontecer nenhum contratempo, amanhã o Tremal-Naik deve estar livre. As pílulas que você encontrou dentro do papel devem ser dissolvidas na água e fazem uma pessoa dormir na mesma hora. Dê um jeito de dar para o guarda beber e fuja. Espero você amanhã, ao meio-dia, nos arredores do fortim.*
>
> *Yanez*

— Grande Yanez — murmurou o marata, comovido. — Pensou em tudo.

Ele se apoiou na grade da janela e começou a pensar. Uma leve batida na porta o arrancou dos seus pensamentos.

— Aí está ele — disse.

Sem fazer o menor barulho, se aproximou rapidamente de uma mesa na qual havia dois copos grandes de *tuwak* ao lado de uma travessa de arroz e de várias frutas e jogou uma das duas pílulas, que se dissolveu imediatamente.

— Quem está aí? — perguntou em seguida.

— Um guarda do rajá — respondeu uma voz.

A porta foi aberta e um indiano, armado com uma cimitarra larga e uma pistola de cano longo e coronha incrustada de madrepérola, entrou com cuidado. Em uma das mãos trazia uma lanterna de talco, parecida com as usadas pelos chineses, e na outra um cesto cheio de provisões.

— Você não está com fome? — perguntou o guarda ao ver os copos cheios, as frutas intactas e a travessa ainda transbordando de arroz.

Em vez de responder, o marata olhou para ele com um ar sinistro.

— Coragem, amigo — continuou o guarda. — O rajá é um homem bom e não vai mandar enforcarem você.

— Mas vai mandar me envenenarem — disse Kammamuri, fingindo estar aterrorizado.

— Como ele faria isso?

— Com a comida e a bebida que você está vendo aí.

— Então é por isso que você não comeu nada?

— Com certeza.

— Você está enganado, meu amigo.

— Por quê?

— Porque nem o *tuwak*, nem o arroz, nem as frutas contêm veneno algum.

— Você teria coragem de beber um copo desse licor?

— Não tenha dúvidas!

Kammamuri pegou o copo em que dissolvera a pílula do português e o estendeu para o guarda.

— Então beba — disse.

O indiano, sem desconfiar de nada, levou o copo à boca e bebeu uma boa parte do conteúdo.

— Mas... — disse ele, hesitante. — O que é que puseram neste *tuwak*?

— Não tenho ideia — disse o marata, olhando para ele atentamente.

— Estou sentindo um tremor estranho agitando os meus... membros.

— Ah!

— Puxa! A minha cabeça está rodando, as minhas forças estão me abandonando e não consigo ver mais nada, parece que...

Não pôde acabar. Despencou como se tivesse sido ferido no meio do peito, levantou as mãos, esbugalhou os olhos e caiu pesadamente no chão, onde permaneceu imóvel.

De um salto, Kammamuri chegou perto dele e arrancou-lhe a pistola e a cimitarra.

Assim armado, se aproximou da porta e aguçou os ouvidos.

Estava com receio de que o estrondo produzido pelo indiano ao cair tivesse chamado a atenção dos outros guardas. Por sorte, nenhum passo ressoou no corredor.

— Estou salvo — disse, respirando fundo. — Em dez minutos estou fora da cidade.

Retirou os calções curtos, o casaco e a faixa que o indiano estava vestindo e em um piscar de olhos os vestiu. Na cabeça enrolou um lenço, de modo a esconder boa parte da testa e um pouco dos olhos, depois cingiu a cimitarra e enfiou a pistola no cinto.

— Vamos em frente — murmurou. — Vou conseguir me passar por um guarda do rajá.

Abriu a porta sem fazer barulho, percorreu o corredor que estava deserto e totalmente escuro, desceu as escadas e, passando depressa pelas sentinelas, saiu para a praça.

— É você, Labuk? — perguntou uma voz.

— Sou — respondeu Kammamuri, sem olhar para trás, com medo de ser reconhecido pela pessoa que estava falando com ele.

— Que Xiva o proteja.

— Obrigado, amigo.

Com passos rápidos, olhos atentos, ouvidos aguçados, o marata ia avançando, se mantendo perto das paredes das casas, se escondendo sempre que avistava no fundo das ruas e vielas qualquer pessoa parecida com um guarda do rajá.

Depois de cerca de dez minutos, chegou ao sopé da colina, sobre a qual se via o fortim iluminado pela lua. Parou e prestou atenção.

Perto do rio se ouviam os bateleiros *dayachi* e malaios, cantarolando refrões monótonos; do lado das casas, ecoavam os sons agudos do *yo*, uma espécie de flauta de seis furos, e o doce tremular do *kine*, um tipo de violão com cordas de seda.

Perto da praça, onde se erguia como um gigante o palacete do rajá, não se ouvia nada.

— Estou salvo — murmurou depois de alguns instantes de atenção angustiada. — Ainda não descobriram que eu fugi.

Embrenhou-se nos bosques de mangostões altíssimos, de mangueiras de aspecto fantástico e de *cettings* que subiam desordenadamente pela colina.

Ora saltando de uma árvore para outra com a agilidade de um macaco, para fazer que perdessem a sua pista, ora entrando nas lagoas de águas escuras e putrefatas com o mesmo objetivo, ora atravessando arbustos, em menos de uma hora chegou perto do fortim sem ter sido visto por ninguém.

Subiu em uma árvore bem alta, da qual podia avistar quem subia e quem descia a colina, e esperou pacientemente a chegada do português.

A noite passou sem incidentes. Às quatro da manhã o sol apareceu de repente no horizonte, clareando de uma vez só o rio que se perdia no campo fértil e nos bosques densos, a cidadela e as plantações adjacentes.

Duas horas depois o marata viu do alto do seu observatório dois brancos saírem e correrem a toda velocidade pela trilha.

Um dos dois tinha galões nas mangas do casaco.

— O que será que está acontecendo? — murmurou Kammamuri. — Para estarem correndo desse jeito, deve ter acontecido alguma coisa muito grave no fortim. Por Xiva! Será que o pessoal da cidade avisou esses homens sobre a minha fuga?

Ele se encolheu no meio da folhagem, a fim de não ser visto por quem estava passando pela trilha, e ficou esperando, dominado por uma grande ansiedade.

Uma hora depois, os dois ingleses estavam subindo novamente em direção ao fortim, seguidos por um oficial da guarda e por um europeu com uma roupa de tecido branco, que levava uma latinha preta pendurada no cinto.

— Será que é um médico? — perguntou Kammamuri a si mesmo, ficando mais acinzentado do que propriamente pálido. — Será que tem alguém doente lá dentro? Será que o meu patrão está preso lá?... Senhor Yanez, por favor, seja rápido, venha o mais depressa possível!

Escorregou pelo tronco até o chão e rastejou até a trilha, decidido a interrogar o primeiro que passasse. Felizmente soaram doze horas, depois uma, duas e três sem que nenhum marinheiro ou algum guarda passasse por lá.

Perto das cinco horas, no entanto, um homem com um enorme chapéu de palha e um par de pistolas na cintura apareceu em uma curva da trilha. Kammamuri logo o reconheceu.

— Patrão Yanez! — exclamou.

O português, que vinha subindo com passos lentos, olhando com atenção para a direita e para a esquerda como se estivesse procurando alguém, parou ao ouvir o chamado. Avistando Kammamuri, apressou o passo e, assim que chegou perto, o empurrou para o meio de uma moita espessa, dizendo:

— Se algum guarda tivesse passado por aqui, você estaria perdido e, desta vez, para sempre; você tem de ter mais cuidado, amigo.

— Aconteceu alguma coisa grave no fortim, patrão Yanez — disse o marata. — Fiquei muito desconfiado e abandonei o meu esconderijo.

— Ficou desconfiado?... E do quê?

— De que o meu patrão esteja preso lá e que possa estar morrendo. Vi um branco ir até lá e acho que era um médico.

— Realmente foi o seu patrão que causou toda essa movimentação entre os soldados do fortim.

— O meu patrão!... Então o meu patrão está mesmo lá dentro?

— Está, meu caro.

— E está mal?

— Está morto.

— Morto! — exclamou o marata, cambaleando.

— Não se assuste, meu filho. Todo mundo acha que ele está morto, mas, ao contrário, está bem vivo.

— Ah! Patrão Yanez, que susto o senhor me deu! Vocês devem ter dado algum narcótico poderoso para ele beber.

— Dei algumas pílulas que deixam a vida suspensa por trinta e seis horas.

— Então estão achando que ele está morto?

— Fulminado.

— E como vamos salvá-lo?

— Esta noite, se eu não estiver errado, vamos desenterrá-lo.

— Entendo — disse o marata. — Depois que ele for enterrado, nós o desenterramos e o levamos para um lugar seguro.

— Você adivinhou, meu caro.

— Mas para onde vão levá-lo?

— Ainda vamos descobrir.

— De que jeito?

— Quando saírem do forte, nós vamos segui-los.

— E quando será o golpe?

— Esta noite.

— Só nós dois?

— Você e o Sandokan.

— Então eu preciso ir avisá-lo.

— Com certeza.

— E o senhor não vem conosco?

— Não posso.

— Não pode?

— Não.

— E pode-se saber por quê?

— Esta noite, o rajá vai dar um baile em homenagem ao embaixador holandês e, como você pode entender, não posso faltar sem despertar muitas suspeitas.

— Opa! — exclamou o marata, erguendo rapidamente a cabeça para o fortim.

— O que houve?

— Alguns homens estão saindo do forte.

— Por Júpiter!

Afastou com as mãos os galhos do arbusto espesso e olhou para o alto da colina.

Dois marinheiros haviam saído, carregando sobre um tipo de maca um corpo humano enrolado em uma espécie de rede. Atrás deles saíram mais dois marinheiros, levando enxadas e pás, e um guarda do rajá.

— Vamos nos preparar para ir embora — disse Yanez.

— Por onde eu tenho de ir? — perguntou Kammamuri, muito ansioso.

— Desça pelo lado oposto da colina.

— Vão enterrá-lo no cemitério?

— Ainda não sei. Vamos contornar o bosque, mas tome cuidado para não fazer barulho.

Saíram da moita e entraram no bosque que cobria quase toda a colina. Pulando troncos caídos, derrubando emaranhados de arbustos e cortando longas raízes, contornaram o forte e se viram na encosta oposta. Yanez se deteve.

— Onde estamos? — se perguntou.

— Olhe lá em cima — disse o marata.

De fato, era possível ver o pelotão. Estavam descendo uma trilha estreita que levava a uma pequena pradaria cercada de árvores fantásticas. No meio, rodeado por uma cerca baixa, havia um espaço cheio de pedras e de tabuinhas de madeira.

— Aquilo deve ser o cemitério — disse Yanez.

— Eles estão indo para aquele local? — perguntou Kammamuri.

— Estão.

— Agora eu posso respirar, patrão Yanez. Estava com medo de que jogassem o meu pobre patrão no rio.

— Também cheguei a pensar nisso.

— Vamos descer?

— Não precisa. A terra recém-revolvida vai nos mostrar onde eles o enterraram.

— Está na hora de eu ir embora?

— Espere um pouco.

Os marinheiros haviam entrado no cemitério e parado bem no meio, colocando Tremal-Naik no chão. Yanez os viu rondando durante alguns instantes entre as lápides, como se estivessem procurando alguma coisa; depois um deles ergueu a enxada e começou a escavar.

— É ali que vão enterrá-lo — disse o português ao marata.

— Não tem perigo de o meu patrão morrer asfixiado? — perguntou Kammamuri.

— Nenhum, meu amigo. Agora corra até o Sandokan e diga para ele reunir a tropa e vir até aqui para desenterrar o seu patrão.

— E depois?

— Depois voltem para o bosque e amanhã eu me junto a vocês. Amanhã à noite podemos ir embora deste lugar para sempre. Agora vá, amigo, vá.

O marata não precisou ouvir duas vezes a ordem. Empunhou a pistola e desapareceu sob as árvores com a rapidez de um cervo.

8. Yanez cai em uma armadilha

QUANDO YANEZ VOLTOU a Sarawak por volta das dez horas da noite, ficou surpreso com o movimento extraordinário que reinava em todos os bairros. Pelas ruas e vielas passavam e repassavam correndo dois, quatro, oito, ou grupos maiores de chineses em roupa de festa, de *dayachi*, malaios, macauenhos, *bughisi*, javaneses e filipinos, gritando, rindo, se chocando uns contra os outros e indo todos para a praça oval onde se erguia a casa do rajá. Sem dúvida ficaram sabendo da festa que o príncipe estava dando e acorriam em massa, com a certeza de que poderiam se divertir muito e beber bastante se estivessem na praça.

— Ótimo — murmurou o português, esfregando alegremente as mãos. — Sandokan vai poder passar perto da cidade sem ser visto por nenhum habitante. Meu caro príncipe, você está nos ajudando bastante. Nunca vou deixar de ser grato por isso.

Abrindo o caminho com os cotovelos e, muitas vezes, com os punhos também, depois de bons cinco minutos conseguiu chegar à praça. Inúmeras tochas de resina ardiam aqui e ali, iluminando de forma fantástica as casas, as árvores altas e belíssimas e o palacete do rajá, que estava rodeado por uma fila dupla de guardas bem armados.

Uma multidão considerável, parte alegre, parte embriagada, se apinhava naquele espaço, dando gritos furiosos, se misturando e se embaralhando cada vez mais. Os bons cidadãos de Sarawak, ouvindo a orquestra que tocava nos cômodos do palacete, dançavam loucamente, se esmagando contra as casas e contra as árvores, esbarrando e rompendo as filas de guardas, que muitas vezes eram obrigados a pôr as armas em riste.

— Chegamos um pouco tarde — disse Yanez, rindo. — O príncipe deve estar preocupado com a minha ausência prolongada.

Identificou-se junto aos guardas, subiu a escada e entrou no seu quarto para se lavar um pouco e guardar as armas.

— Estão se divertindo? — perguntou ao indiano que o rajá pusera à sua disposição.

— Muito, milorde — respondeu ele.

— Quem são os convidados?

— Europeus, malaios, *dayachi* e chineses.

— Uma mixórdia, então. Não vou precisar pôr a roupa preta que, aliás, nem tenho.

Escovou as veste, tirou as armas, escondendo, contudo, uma pistola curta em um bolso, e se dirigiu para o salão de bailes, em cuja soleira se deteve com a maior surpresa estampada no rosto.

A sala não era muito grande, mas o rajá mandara decorá-la com certo gosto. Diversos candeeiros pendiam do teto, espalhando uma luz forte; grandes espelhos venezianos enfeitavam as paredes; esteiras *dayache* pintadas de cores vivas cobriam o chão e nas mesinhas havia grandes vasos de porcelana chinesa com peônias de um vermelho muito vivo e grandes magnólias que perfumavam o ar, talvez até um pouco demais.

Os convidados não passavam de uns cinquenta, mas era enorme a quantidade de roupas e tipos diferentes. Havia quatro europeus com roupas de tecido branco, uns quinze chineses com vestes de seda, com cabeças raspadas e brilhantes que pareciam abóboras, dez ou doze malaios com aquela cor verde escura e capotes indianos largos e compridos, cinco ou seis chefes *dayachi* com as esposas, mais nus do que vestidos, mas enfeitados com centenas de pulseiras e de colares de dentes de tigre. Os outros eram macauenhos, *bughisi*, filipinos e javaneses, que se agitavam como possessos e que vociferavam como se ficassem indignados todas as vezes que a orquestra chinesa, formada por quatro tocadores de *piene-kin* (instrumento feito com dezesseis pedras sonoras) e por vinte flautistas, entoava uma música impossível de dançar.

— Mas que tipo de festa será esta? — perguntou Yanez, rindo. — Se uma das nossas senhoras da Europa a visse, aposto cem libras contra um centavo que deixaria a Sua Alteza Brooke e essa orquestra diabólica plantados aqui e iria embora.

Entrou na sala e foi em direção ao rajá, o único que usava a roupa preta e que estava conversando com um chinês gordo, sem dúvida um dos principais comerciantes da cidade. — Estão se divertindo! — disse.

145

— Ah! — exclamou o rajá, virando para ele. — Finalmente chegou, milorde! Estou esperando o senhor há duas horas.

— Fiz um passeio até o fortim e na volta errei o caminho.

— Assistiu ao funeral do prisioneiro?

— Não, Alteza. Não sou muito adepto de cerimônias fúnebres.

— Está gostando da festa?

— Tem um pouco de confusão demais, pelo que parece.

— Meu caro, estamos em Sarawak. Os chineses, os malaios e os *dayachi* não sabem fazer melhor do que isto. Pegue alguma *dayaca* e dance um pouco.

— Com esta música é impossível, Alteza.

— Concordo — disse o rajá, rindo.

Naquele instante, perto da porta ecoou um grito que cobriu a balbúrdia que reinava na sala.

O rajá se voltou bruscamente e, como ele, Yanez também virou. Tiveram tempo apenas de ver um indivíduo vestido de branco, com uma longa barba grisalha, que imediatamente foi puxado para trás.

— O que foi isso? — perguntou o rajá?

Algumas pessoas se dirigiram para a porta, mas voltaram quase no mesmo instante.

— Espere aqui, milorde — disse o rajá.

Yanez não respondeu nem se moveu. Aquele grito, que talvez não estivesse ouvindo pela primeira vez, o atingira no fundo da alma. Uma ligeira palidez de repente cobriu o seu rosto, e as suas feições, normalmente tão calmas, se alteraram por alguns instantes.

— Esse grito! — murmurou finalmente. — Onde eu já o ouvi antes?... Será que vai acontecer alguma catástrofe, justo agora que trouxemos a nave para o porto?

Enfiou uma mão no bolso do calção e silenciosamente armou a pistola, decidido a usá-la caso fosse necessário.

Naquele momento, o rajá voltou. Yanez logo viu que uma ruga sulcava a sua testa. Estremeceu e ficou preocupado.

— E então, Alteza? — perguntou, fazendo um esforço extraordinário para parecer calmo. — O que aconteceu?

— Nada, milorde — respondeu o rajá com tranquilidade.

— Mas aquele grito?... — insistiu Yanez.

— Foi um amigo meu que gritou.

— E qual o motivo?

— Ele sentiu um mal súbito.
— No entanto...
— O que o senhor quer dizer?...
— Aquele grito não era de dor.
— O senhor está enganado, milorde. Vamos lá, pegue alguma *dayaca* e, se possível, dance uma polca.

O rajá passou adiante e começou a conversar com um dos convidados, Yanez, por sua vez, ficou no mesmo lugar, acompanhando o dono da casa com um olhar inquieto.

— Está acontecendo alguma coisa errada — murmurou. — Fique alerta, Yanez.

Fingiu que ia para longe e, em vez disso, sentou atrás de um grupo de malaios. De lá viu o rajá olhar para trás e ao redor, como se estivesse procurando alguém.

Yanez estremeceu mais uma vez.

— Está me procurando — disse. — Muito bem, meu caro Brooke, vou disparar o primeiro tiro antes que você possa disparar contra mim.

Levantou-se, simulando a máxima calma, deu duas ou três voltas na sala e depois parou perto da porta. Havia ali um servo do rajá. Fez um sinal para que ele se aproximasse.

— Quem era aquele homem que deu um grito agora há pouco? — perguntou.

— Um amigo do rajá — respondeu o indiano.

— Qual o nome dele?

— Não sei, milorde.

— Onde está ele agora?

— No gabinete do rajá.

— Está adoentado?

— Não sei.

— Posso ir visitá-lo?

— Não, milorde. Há duas sentinelas vigiando na porta do gabinete, com a ordem de não deixar ninguém entrar.

— E você não conhece aquele homem?

— De nome, não.

— É um inglês?

— É.

— Há quanto tempo está em Sarawak?

O indiano pensou por alguns instantes, arranhando a testa.

— Chegou logo depois do combate que aconteceu na foz do rio — disse depois.

— Contra o Tigre da Malásia?

— É.

— Então é um inimigo do Tigre?

— É, porque foi procurar por ele nos bosques.

— Obrigado, amigo — disse Yanez, colocando uma rúpia na mão dele.

Saiu da sala e foi para o seu quarto. Estava pálido e pensativo.

Assim que entrou, fechou bem a porta, tirou da parede um par de pistolas e um cris com a ponta envenenada e, em seguida, abriu a janela e se inclinou sobre o parapeito.

Uma fila dupla de indianos armados com fuzis cercava a habitação. Um pouco mais longe, umas duzentas ou trezentas pessoas dançavam desordenadamente, dando gritos selvagens.

— Por aqui é impossível fugir — disse Yanez. — No entanto, eu preciso sair deste palácio o mais rápido possível. Estou sentindo que um grande perigo está me rondando de perto, que...

Parou repentinamente, atingido pela suspeita que faiscou na sua mente.

— Aquele grito... — murmurou, voltando a ficar muito pálido. — É isso, deve ter sido ele que gritou... isso mesmo, ele, Lorde Guillonk, o nosso grande inimigo... é, agora eu me lembro que Sambigliong disse que o viu à frente de um bando de *dayachi*, lá na floresta em que Sandokan está escondido... É ele, sim, é ele!...

Correu até a mesa e empunhou a pistola, dizendo:

— Yanez não pode matar o tio de Marianna Guillonk, mas vai defender a própria vida.

Aproximou-se da porta e tirou o ferrolho, mas não conseguiu abri-la. Apoiou o ombro e fez força, mas não teve o menor êxito. Uma exclamação surda irrompeu dos seus lábios.

— Estou trancado aqui dentro — disse. — Agora estou perdido.

Procurou outra saída, mas só havia as duas janelas e, sob elas, estavam os guardas do rajá e, um pouco mais longe, a multidão.

— Maldita seja esta festa! — exclamou com raiva.

Naquele instante, ouviu alguém bater na porta. Ergueu a pistola, gritando:

— Quem é?

— James Brooke — respondeu o rajá do lado de fora.
— Sozinho ou acompanhado?
— Sozinho, milorde, e sem armas.
— Entre, Alteza — disse Yanez com uma entonação irônica.

Pôs as pistolas no cinto, cruzou os braços no peito e, com a cabeça erguida e o olhar calmo, aguardou a entrada do temível adversário.

9. Lorde James Guillonk

O RAJÁ entrou.

Estava sozinho, sem armas e ainda vestido de preto. Mas não era mais o homem calmo e sorridente de pouco antes. Estava pálido, não por causa do medo, mas da cólera. A testa estava enrugada e o olhar, brilhante. O sorriso irônico que aparecia nos seus lábios dava medo de ver. Não era mais o príncipe de Sarawak; era o exterminador de piratas que se preparava para aniquilar um dos chefes mais poderosos da pirataria malaia.

Por alguns instantes ficou imóvel na soleira da porta, dardejando em Yanez um olhar agudo como a ponta de uma espada, depois deu três passos para dentro do quarto. A porta logo foi fechada às suas costas.

— Senhor — disse ele, com um tom duro.

— Alteza — disse Yanez no mesmo tom.

— Ou eu muito me engano, ou o senhor já entendeu o motivo da minha visita.

— É provável, Alteza. Por favor, fique à vontade.

O rajá sentou em uma cadeira; Yanez, por sua vez, se apoiou na escrivaninha sobre a qual estava o cris ao alcance da sua mão.

— Senhor — recomeçou o rajá, com voz tranquila. — Sabe como as pessoas me chamam em Sarawak?

— James Brooke.

— Não, me chamam de exterminador de piratas.

Yanez se inclinou, sorrindo.

— Que nome horrível, Alteza — disse.

— Agora que você já sabe quem é James Brooke, o rajá de Sarawak, vamos tirar a máscara e conversar.

— Vamos, Alteza.

— Se eu abordasse em Mompracem...

— Ah!... — exclamou Yanez. — Então já sabe...

— Deixe-me acabar, senhor. Se eu, repito, abordasse em Mompracem e pedisse hospitalidade ao Tigre da Malásia e ao seu lugar-tenente, e depois eles ficassem sabendo que eu sou um dos seus inimigos mais ferozes, o que iriam fazer comigo?

— Por Baco! Se se tratasse de James Brooke, o Tigre da Malásia ou o seu lugar-tenente não hesitariam em passar a corda no seu pescoço.

— Portanto, senhor Yanez de Gomera...

— Senhor Yanez? — interrompeu o português. — Quem falou que eu sou Yanez de Gomera?

— Um homem que já lutou contra o senhor.

— Então eu fui traído?

— Não exatamente, o senhor foi descoberto.

— Qual o nome desse homem, James Brooke? — gritou Yanez, dando um passo em direção ao rajá. — Eu quero saber o nome dele!

— E se eu me recusar a dizer?

— Vou obrigar o senhor.

O rajá explodiu numa gargalhada.

— O senhor está me ameaçando — disse —, sem se lembrar de que atrás daquela porta há dez homens armados até os dentes, esperando apenas uma palavra minha para entrar e prender o senhor. No entanto, vou satisfazer a sua vontade.

Bateu a mão três vezes. A porta foi aberta e um velho alto, ainda vigoroso, com o rosto bronzeado pelo sol tropical e uma longa barba branca, entrou a passos lentos. Yanez não conseguiu reter uma exclamação.

Reconhecera imediatamente aquele homem. Era o Lorde James Guillonk, o tio da falecida mulher do Tigre da Malásia, o inimigo que jurara enforcar os dois chefes da pirataria. Enfim, era o mesmo homem que o Sambigliong vira na floresta à frente de um pelotão de *dayachi*.

— Está me reconhecendo, Yanez de Gomera? — perguntou ele com voz surda.

— Estou, milorde — respondeu o português, que se recuperara logo da sua surpresa.

— Uma voz me dizia que um dia eu iria encontrar os raptores da minha sobrinha Marianna e, como se vê, eu não estava enganado.

— O senhor falou em raptores, milorde. Mas a Lady Marianna só foi raptada porque concordou com isso. Ela não detestava o Tigre da Malásia, ela o amava.

— Pouco me importa saber se ela amava ou odiava o pirata. Ela foi raptada das mãos de Lorde James Guillonk, seu tio, e isso me basta.

— Yanez de Gomera, procurei pelo senhor durante muitos anos, sem um instante de descanso. Sabe por quê?

— Não, milorde.

— Para me vingar.

— Eu já disse ao senhor que Lady Marianna não foi raptada. Do que o senhor quer se vingar, então?

— Do mal que fizeram ao me privar da única parente que eu tinha, da humilhação que me infligiram e do mal que fizeram à minha pátria. Responda agora: onde está a minha sobrinha? É verdade que ela morreu?

— A sua sobrinha, ou melhor, a mulher do Tigre da Malásia, repousa no cemitério da Batávia, milorde — disse Yanez, com voz triste.

— Morta, talvez, pelo infame que a raptou.

— Não, milorde, ela morreu de cólera. E se o senhor ainda não sabe disso, posso afirmar que Sandokan, o pirata sanguinário de Mompracem, chora e ainda vai chorar por muitos anos Lady Marianna Guillonk.

— Sandokan! — exclamou o Lorde, com um tom de ódio indescritível. — E onde está esse homem?

— O seu sobrinho, milorde, se encontra em um lugar seguro, no território do rajá de Sarawak.

— O que ele está fazendo aqui?

— Veio salvar um homem, injustamente condenado, que está apaixonado por Ada Corishant, parente do senhor.

— Você está mentindo — berrou o Lorde.

— Quem é esse homem condenado? — perguntou o rajá, saltando nos pés.

— Não posso dizer — respondeu Yanez.

— Lorde Guillonk — disse o rajá. — O senhor tem algum parente com o sobrenome Corishant?

— A mãe da minha sobrinha Marianna tinha um irmão chamado Harry Corishant.

— Onde morava esse Harry Corishant?

— Na Índia.

— Ainda está vivo?

— Ouvi dizer que ele morreu.

— Tinha uma filha chamada Ada?

— Tinha, mas ela foi raptada pelos tugues indianos e nunca mais se ouviu falar dela.

— O senhor acha que ela ainda está viva?

— Duvido muito.

— Então...

— Esse pirata está querendo nos enganar.

— Milorde — disse o português, levantando a cabeça e olhando nos olhos dele. — Se eu der a minha palavra de honra que tudo o que disse até agora é verdade, o senhor acreditaria em mim?

— Um pirata não tem honra — disse Lorde Guillonk com desprezo.

Yanez ficou pálido, e a sua mão correu para a coronha de uma pistola.

— Milorde — disse com voz grave. — Se não fosse o tio da falecida Lady Marianna que se encontra diante de mim, a esta hora eu já teria cometido um homicídio. É a quarta vez que poupo a sua vida, não se esqueça disso.

— Então fale. Talvez eu acredite nas suas palavras.

— Repito o que eu disse há poucos minutos. O Tigre da Malásia está aqui para salvar um homem, injustamente condenado, que está apaixonado por Ada Corishant, parente do senhor.

— Diga o nome desse homem e o local em que se encontra Ada Corishant.

— Ada Corishant está com o Tigre da Malásia.

— Onde?

— Não posso dizer por enquanto.

— Por quê?

— Porque o senhor seria capaz de cair sobre Sandokan e prendê-lo, ou até matá-lo. Se o senhor permitir que ele parta em liberdade para a sua ilha, eu digo onde ele está e o que está fazendo neste exato momento.

— Essa promessa nunca vai sair da minha boca — disse o rajá, intervindo. — Já passou da hora de o Tigre da Malásia desaparecer para sempre destes mares que ensanguentou durante tantos anos.

— E nem da minha — disse o Lorde Guillonk. — Há cinco anos espero por essa vingança.

— Muito bem, senhores, podem me mandar ser chicoteado, queimado em fogo lento, sofrer todos os tormentos imagináveis, mas da boca de Yanez de Gomera não vai sair mais uma sílaba.

Enquanto Yanez estava falando, dois indianos entraram pela janela e se aproximaram silenciosamente da escrivaninha. Pareciam estar esperando apenas um sinal para pular em cima dele.

— E então? — disse o rajá, depois de fazer um rápido aceno aos seus homens. — Então o senhor não vai falar?

— Não, Alteza — respondeu Yanez com uma firmeza inabalável.

— Muito bem, senhor, eu, James Brooke, rajá de Sarawak, o declaro preso.

Assim que aquelas palavras foram pronunciadas, os dois indianos se lançaram para o português, que ainda não tinha se dado conta da sua entrada, e o derrubaram, arrancando as suas pistolas.

— Miseráveis — gritou o prisioneiro.

Com um esforço hercúleo, conseguiu se livrar deles, mas outros indianos pularam para o quarto e rapidamente o amarraram e amordaçaram.

— É para matá-lo? — perguntou o chefe daqueles homens, desembainhando o cris.

— Não — disse o rajá. — Esse homem tem de fazer algumas revelações.

— Será que ele vai falar? — perguntou Lorde Guillonk.

— E bem mais rápido do que o senhor imagina, milorde — respondeu Brooke.

A um sinal seu, um dos indianos saiu. Voltou um pouco mais tarde, trazendo consigo uma bandeja de prata e uma taça cheia de um líquido esverdeado.

— Que bebida é essa? — perguntou o Lorde.

— Uma limonada — disse o rajá.

— E o que o senhor pretende fazer com ela?

— Ela vai fazer o prisioneiro falar.

— Duvido um pouco, rajá Brooke.

— O senhor vai ver.

— Tem algum veneno misturado nela?

— Um pouco de ópio e algumas gotas de *youma*.

— É alguma bebida indiana?

— É, milorde.

A um sinal seu, dois indianos levaram a bebida até Yanez, abriram sua boca à força e o obrigaram a engolir a limonada.

— Preste atenção, milorde — disse o rajá. — Em pouco tempo vamos saber onde o Tigre da Malásia está escondido.

O prisioneiro fora amordaçado de novo, apesar das mordidas e dos trancos violentos que dava, a fim de que não pudesse alvoroçar os convidados que continuavam dançando e bebendo na sala vizinha.

Depois de cinco minutos, o seu rosto pálido por causa da ira começou a se colorir, e os seus olhos, a brilhar como os de uma cobra enfurecida. As contorções e os esforços que fazia foram diminuindo aos poucos, até cessarem por completo.

— Deixem-no rir um pouco agora — ordenou o rajá.

Um indiano tornou a retirar a mordaça. Uma coisa estranha estava acontecendo: Yanez, que pouco tempo antes parecia que ia rebentar de raiva, agora ameaçava explodir de tanto rir!

Dava risadas convulsivas e tão fortes que parecia ter ficado louco de repente. E como se isso não bastasse, falava sem parar, ora de Mompracem, ora dos filhotes de tigre e ora de Sandokan, como se os amigos estivessem diante dele, da mesma forma que os inimigos.

— Esse homem está louco — disse o Lorde Guillonk, no auge da surpresa.

— Ele não está louco, milorde — disse o rajá, dando uma risada. — Foi a limonada que fez isso com ele.

Como o senhor pode ver, os indianos têm bebidas realmente maravilhosas.

— Ele vai nos dizer onde está o Tigre da Malásia?

— Sem dúvida. Basta perguntar.

— Meu caro amigo Yanez — disse o Lorde, virando para o português, que continuava a rir como se estivesse na maior alegria. — Conte para nós sobre o Tigre da Malásia.

O português, livre das cordas que amarravam os seus pulsos e os seus pés, se levantou assim que ouviu a voz do Lorde.

— Quem está falando do Tigre? — perguntou. — O Tigre, ha... ha...! O Tigre da Malásia... Quem ainda não ouviu falar dele? É você, velho, que ainda não o conhece?... Imagine, não conhecer o Tigre, o Tigre invencível... Ha!... Ha... Ha!...

— O Tigre está por aqui, talvez? — perguntou o rajá.

— Mas claro, está aqui, bem aqui, no território de James Brooke, do rajá de Sarawak. E aquele estúpido daquele Brooke nem imagina... Ha... Ha... Ha!...

— Mas esse homem está insultando o senhor, Alteza — disse o Lorde Guillonk.

— E o que isso importa? — disse o rajá, dando de ombros. — Está me insultando, mas vai entregar o chefe dos piratas de Mompracem nas nossas mãos.

— Continue, então, Alteza.

— Diga, Yanez, onde está o Sandokan?

— Você não sabe?... Ha!... Ha!... Não sabe onde o Sandokan está! Mas ele está bem aqui — disse Yanez, sem parar de rir.

— Mas aqui em que lugar?

— Que lugar? Está... está...

Ele se interrompeu. Talvez um raio de lucidez houvesse passado por sua cabeça no momento em que estava prestes a trair o fiel amigo.

— Por que você parou de falar? — perguntou o rajá. — Então você não sabe onde ele está?

Yanez explodiu em uma risada convulsiva que durou alguns minutos.

— Mas é claro que eu sei — disse em seguida. — Está em Sarawak.

— Você não está falando a verdade, Yanez.

— Estou, sim. Estou falando a verdade. E ninguém sabe melhor do que eu... Ha! Ha! Justo eu, não saber onde está o Sandokan... Ha!... Ha!... Mas você é um idiota.

— Então me diga onde ele está.

— Na cidade, eu já disse... É. A esta hora já deve ter chegado e vai desenterrar o suposto cadáver... e nós vamos dar boas risadas, vamos rir muito por termos enganado aquele estúpido daquele Brooke... Ha!... Ha!...

O rajá e o Lorde Guillonk se entreolharam no maior espanto.

— O suposto cadáver! — exclamaram a uma só voz. — Quem será esse suposto cadáver?

— Quem?... Você ainda não sabe?... É o Tremal-Naik, o tugue indiano.

— Ah!... Miserável — exclamou o rajá. — Agora estou entendendo tudo. Continue, Yanez, meu grande amigo. Quando vão desenterrar o suposto cadáver?

— Nesta noite mesmo... e amanhã nós vamos rir muito. Ah! vamos, sim. Ha!... Ha!... que bela jogada!... Ha!... Ha!...

— É o Sandokan que vai desenterrá-lo?

— É sim, o Sandokan, e nesta noite mesmo... Ha! Ha! Como nós vamos nos divertir amanhã... e o Tremal-Naik vai ficar muito feliz... Oh! Vai ficar muito feliz mesmo, muito feliz!...

— Isso já é o suficiente — disse o rajá. — Agora já sabemos o que precisamos fazer. Venha, milorde.

Saíram do quarto e foram para o gabinete, onde havia um capitão da guarda esperando, um belo indiano, de estatura alta e coragem comprovada, de uma sagacidade exclusiva e rara, antigo companheiro de armas do rajá.

— Kàllooth — disse o príncipe. — De quantos homens de confiança você pode dispor?

— De sessenta, todos indianos — respondeu o capitão.

— Que estejam prontos para partir em dez minutos.

— Está bem, rajá. E depois?

— Mande quatro sentinelas para ficarem no quarto de Yanez e diga que o matem como a um cão na primeira tentativa de fuga. Vá!

O indiano o saudou e saiu rapidamente.

— O senhor também virá, milorde? — perguntou o rajá.

— Nem precisava perguntar, Alteza — respondeu o Lorde Guillonk. — Eu odeio esse Tigre da Malásia.

— No entanto, ele é seu sobrinho, milorde — disse o rajá, sorrindo.

— Não o reconheço como tal.

— Está bem. Amanhã, se a sorte sorrir para nós, a pirataria malaia terá perdido para sempre os seus dois chefes. Agora é entre nós, Tigre da Malásia: James Brooke está desafiando você.

10. No cemitério

ENQUANTO OS ACONTECIMENTOS ora narrados tinham lugar na casa do rajá. Sandokan, que duas horas antes do sepultamento de Tremal-Naik tinha sido alcançado pelo bravo marata, estava se aproximando da grande cidade a passos largos, seguido por todo o seu bando de piratas terríveis, armados até os dentes e prontos para entrar em qualquer batalha.

A noite estava maravilhosa. Milhões e milhões de estrelas brilhavam no céu como diamantes, e a lua vagava no espaço, espalhando uma luz azulada de infinita doçura por cima dos grandes bosques.

Um silêncio quase absoluto reinava em toda parte, apenas quebrado, de vez em quando, por uma leve brisa que vinha do mar e curvava as folhas das árvores com um ligeiro sussurro.

Sandokan, com a carabina embaixo do braço, os olhos bem abertos, os ouvidos aguçados para perceber o menor rumor que assinalasse a presença de algum inimigo, caminhava na frente dos seus homens, acompanhado pelo marata, que vinha alguns passos atrás.

Os piratas o seguiam em fila indiana, com o dedo no gatilho dos fuzis, pisando com cuidado nas folhas secas e nos galhos mortos e olhando com toda a atenção para a direita e para a esquerda, a fim de não caírem em alguma armadilha.

Às dez horas, no momento em que começava a festa do rajá, os piratas chegaram à orla do enorme bosque.

O rio brilhava no leste como uma imensa faixa de prata e, perto das margens, as casas e casebres da cidade estavam cobertos por aquela luz esbranquiçada.

No meio delas, o olhar aguçado de Sandokan distinguiu a casa do rajá, cujas janelas estavam iluminadas.

— Está vendo alguma coisa lá, Kammamuri? — perguntou.

— Estou, capitão. Tem algumas janelas iluminadas.
— Então há gente dançando em Sarawak.
— Com certeza.
— Está bem. Amanhã James Brooke vai se arrepender!...
— Acho que vai mesmo, capitão.
— Vá na frente para nos mostrar onde fica o cemitério. Mas preste atenção para ficar longe da cidade.
— Não se preocupe, capitão.
— Agora vá.

O bando saiu da floresta e atravessou uma vasta planície cultivada e entremeada de grupos de *cetting* e de arecas aqui e ali.

Quando a brisa soprava com um pouco mais de força, chegavam da cidade alguns gritos confusos, mas nos campos não se via nenhum habitante nem pelotões de guardas.

Apesar disso, o marata começou andar a passos rápidos e levou o bando para um novo bosque que contornava a colina protegida pelo fortim.

Ele sabia que o rajá era extremamente desconfiado e que mantinha espiões em volta da cidade, temendo um ataque inesperado por parte dos piratas de Mompracem. Depois de uns vinte minutos, fez sinal para o bando parar.

— O que houve? — perguntou Sandokan, se aproximando.
— Já podemos ver o cemitério daqui — disse o marata.
— Onde ele fica?
— Olhe lá, capitão, naquela pradaria.

Sandokan olhou na direção indicada e viu o cercado. A lua embranquecia as lápides e as cruzes de ferro dos túmulos dos europeus.

— Você está ouvindo alguma coisa? — perguntou Sandokan.
— Nada — respondeu o marata. — A não ser a brisa que está soprando nos galhos das árvores.

Sandokan deu um assobio. Os piratas se apressaram a vir para perto dele e o rodearam.

— Ouçam-me, filhotes de tigre de Mompracem — disse ele. — Talvez não aconteça nada, mas temos de ter cuidado. Eu sei muito bem que o James Brooke é um homem astuto e desconfiado e que daria o seu reino para esmagar o Tigre da Malásia e os seus filhotes.

— Sabemos disso — responderam os piratas.

— Então todo cuidado é pouco para não sermos interrompidos nesta tarefa. Você, Sambigliong, vai escolher oito homens e colocá-los em volta do cemitério, a uns mil passos de distância. Ao primeiro sinal que ouvir, ou ao primeiro homem que vir, mande um dos homens me avisar.

— Está bem, capitão. — respondeu o pirata.

— Você, Tanauduriam, vai escolher mais seis e colocá-los em volta do cemitério, a cinquenta passos de nós. Você também deve vir me avisar ao primeiro ruído ou ao primeiro homem que vir.

— Deixe comigo, capitão.

— E você, Aïer-Duk, escolha quatro homens e suba até o meio da encosta da colina. Tem um fortim habitado lá em cima e pode ser que alguém decida descer.

— Está certo, Tigre da Malásia.

— Agora podem ir e, assim que eu der o primeiro assobio, recuem todos para o cemitério.

Os três pelotões se dividiram e tomaram três direções diferentes. Os outros piratas, chefiados pelo Tigre da Malásia e por Kammamuri, desceram para o local em que haviam enterrado Tremal-Naik.

— Você sabe exatamente onde ele está? — perguntou Sandokan a Kammamuri.

— Bem no meio do cemitério — respondeu o marata.

— A cova é muito funda?

— Não sei. O capitão Yanez e eu estávamos no sopé da colina quando os marinheiros o enterraram. Será que ele ainda está vivo?

— Vivo ele está, mas só vai abrir os olhos amanhã, depois do meio-dia.

— Para onde vamos depois que ele for desenterrado?

— Vamos voltar para os bosques e, assim que o Yanez se reunir a nós, vamos levá-lo para encontrar a Ada.

— E depois disso?

— Depois vamos embora imediatamente. Se o James Brooke perceber alguma coisa, virá à nossa procura por todo este território.

— Mas não temos um *praho*, capitão.

— Vamos dar um jeito de comprar um. Yanez e eu estamos com bastante dinheiro.

Haviam chegado ao cercado. Primeiro Sandokan, depois o marata e, por último os piratas, entraram no cemitério.

— Parece que estamos sozinhos — disse Sandokan. — Em frente.

Foram para o meio do cemitério e pararam sobre uma sepultura cavada recentemente.

— Deve ser aqui — disse o marata dominado por uma forte emoção. — Pobre patrão

Sandokan tirou a cimitarra e cavou a terra com cuidado. Kammamuri e os piratas o imitaram com os cris.

— Ele estava dentro de um caixão ou enrolado em uma rede? — perguntou Sandokan.

— Enrolado em uma rede — respondeu Kammamuri.

— Cavem com muito cuidado, se não ele pode ser ferido.

Escavando com atenção e retirando a terra com as mãos, atingiram dois pés de profundidade, quando a ponta de um cris encontrou um corpo um pouco mais duro.

— Ele está aqui — disse um pirata, retirando imediatamente o braço.

— Você achou o corpo? — perguntou Sandokan.

— Achei — respondeu o pirata.

— Tire a terra.

O pirata enfiou os braços na cova e jogou a terra para a direita e para a esquerda. De repente apareceu a rede que estava enrolada em Tremal-Naik.

— Tente erguê-la — disse Sandokan.

O pirata agarrou a rede e, reunindo todas as suas forças, começou a puxar. Aos poucos a terra foi levantada, depois se separou, e o homem sepultado apareceu.

— O meu patrão — murmurou o marata, com a voz sufocada pela alegria.

— Ponham-no aqui — disse Sandokan.

Tremal-Naik foi colocado perto da cova. A rede estava perfeitamente imóvel e úmida.

— Agora vamos ver — disse Sandokan.

Empunhou o cris e cortou com delicadeza o grosso tecido em todo o comprimento, pondo Tremal-Naik a descoberto.

O indiano tinha a aparência de um homem morto. Os músculos estavam rígidos, a pele, brilhante e com uma cor acinzentada e, ao mesmo tempo, bronzeada, os olhos revirados só deixavam entrever o branco, e os lábios estavam abertos e manchados por uma baba sanguinolenta. Qualquer pessoa que visse aquilo teria achado que ele fora assassinado com um veneno poderoso.

— O meu patrão — repetiu Kammamuri, se inclinando sobre ele. — É verdade mesmo que ele não está morto, capitão?

— Garanto a você que não — respondeu Sandokan.

O marata apoiou uma mão no peito de Tremal-Naik.
— O coração dele não está batendo — disse, aterrorizado.
— Mas ele não está morto, eu já disse.
— Não dá para ressuscitá-lo agora?
— Impossível.
— E amanhã ao...

O marata não acabou de fazer a pergunta. Um assobio agudo ecoou repentinamente na planície; era o assobio de alarme.

Sandokan, que estava ajoelhado ao lado de Tremal-Naik, ficou em pé de um salto, com a agilidade de um tigre. O seu olhar percorreu de uma vez só toda a pradaria.

— Tem um homem chegando — disse. — Será que há algum perigo rondando?

Um homem, um pirata, estava se aproximando do cercado com a rapidez de um cervo. Na mão direita trazia uma cimitarra desembainhada, que brilhava como se fosse prata sob a lua.

Em poucos instantes, depois de ter ultrapassado a cerca com um único pulo, chegou perto de Sandokan.

— É você, Sambigliong? — perguntou o Tigre da Malásia, enrugando a testa.

— Sou, meu capitão — disse o pirata, com voz entrecortada por causa da longa corrida.

— Quais são as novidades?
— Estamos prestes a ser atacados.
— Quem?
— Nós.

Sandokan deu um salto à frente. De repente estava completamente mudado. Os olhos soltavam raios, os lábios contraídos mostravam os dentes brancos como os de um animal carnívoro. O Tigre da Malásia estava acordando.

— Atacados? Nós?... — repetiu, apertando com muita força a terrível cimitarra.

— É, capitão. Um grupo de homens armados saiu da cidade e está se dirigindo a passos rápidos para cá — disse Sambigliong.

— Quantos homens são?
— Pelo menos, sessenta.
— E estão vindo para cá?

— Estão, capitão.

— O que será que aconteceu, então?... E o Yanez?... Por todos os raios do céu! Será que ele foi descoberto?... Ai de você, James Brooke, ai de você!...

— O que vamos fazer agora? — perguntou Sambigliong.

— Reunir os nossos homens em primeiro lugar.

Encostou um apito nos lábios e todos os piratas vieram para perto de Sandokan ao ouvir aquele som.

— Somos cinquenta e seis — disseram eles —, mas todos corajosos; nem cem homens nos assustariam.

— Nem sequer duzentos — disse Sambigliong, desembainhando a cimitarra. — Quando o Tigre da Malásia der o comando, vamos cair sobre Sarawak e pôr fogo em tudo.

— Não é preciso tanto, por enquanto — disse Sandokan. — Escutem.

— Pode falar, Tigre da Malásia.

— Você, Sambigliong, vai escolher oito homens e se esconder com eles atrás daquelas árvores. Você, Tanauduriam, escolha mais oito e se esconda atrás daquele outro canteiro de plantas, bem em frente ao Sambigliong.

— Está certo — responderam os dois chefes.

— Você, Aïer-Duk, vai escolher três homens e se posicionar no meio do cemitério.

— Está bem.

— Mas vão fingir que estão cavando uma cova.

— Por quê?

— Para deixar que os guardas se aproximem sem medo. Eu vou me esconder com os outros atrás da mureta e, quando chegar o momento, dou o sinal de ataque.

— Que sinal vai ser? — perguntou Sambigliong.

— Um tiro de fuzil. Assim que for dado o sinal, todos vocês vão descarregar as carabinas no inimigo e, em seguida, vamos atacar com as cimitarras.

— Ótimo plano! — exclamou Tanauduriam. — Eles vão ficar cercados.

— Aos seus lugares — ordenou o Tigre.

Sambigliong e seus homens foram se esconder na mata da direita; Tanauduriam e os outros, na da esquerda. O Tigre da Malásia se ajoelhou atrás da mureta, acompanhado pelos outros, e Aïer-Duk foi com os companheiros para perto de Tremal-Naik, onde fingiram estar cavando a terra.

Foi bem a tempo. Uma fila dupla de indianos acabava de desembocar na pradaria, precedida por um homem com uma roupa de tecido branco. Avançavam em silêncio, com os fuzis na mão, prontos para atacar.

— Kammamuri — disse Sandokan, enquanto observava o bando inimigo —, você está vendo aquele homem de branco?

— Estou, capitão.

— Você sabe quem é ele?

O marata juntou as sobrancelhas e olhou com toda atenção.

— Capitão — disse com alguma emoção —, eu poderia apostar que aquele homem é o rajá Brooke.

— Ele... ele... — exclamou o Tigre com ódio na voz. — Ele veio me desafiar!... Rajá Brooke, você está perdido.

— O senhor quer matá-lo?

— O meu primeiro golpe de fuzil vai ser para ele.

— O senhor não vai fazer isso, capitão.

O Tigre da Malásia virou para Kammamuri, mostrando os dentes.

— E quem vai me impedir? — perguntou, irado.

— É possível que o capitão Yanez esteja preso.

— É verdade.

— Não seria melhor capturar o rajá?

— Entendo. Você quer fazer uma troca.

— Quero, capitão.

— A ideia é excelente, Kammamuri. Mas como eu odeio aquele homem que fez tanto mal aos piratas malaios!

— Yanez vale mais do que o rajá.

— Você tem razão, marata. É isso, Yanez é prisioneiro, o meu coração está me dizendo.

— E então? Quem vai se encarregar de prendê-lo?

— Nós dois. Quieto agora e preste atenção ao sinal.

Os indianos estavam a quatrocentos metros do cemitério. Com medo de serem descobertos por Aïer-Duk, que continuava cavando, imitado pelos três companheiros, eles tinham se jogado no chão e avançavam rastejando.

— Só mais dez passos — murmurou Sandokan, atormentando o percussor da sua carabina — e então vou mostrar a vocês como o Tigre da Malásia é capaz de lutar no meio dos filhotes de tigre de Mompracem.

Em vez de continuar avançando, a um sinal do rajá os indianos haviam parado, lançando o olhar para as matas que cercavam a pradaria.

Sem dúvida, desconfiavam de uma armadilha.

Depois de alguns minutos, eles se distenderam, formando uma espécie de semicírculo, e retomaram a marcha, mas com mais cuidado.

Em determinado momento, Sandokan, que estava ajoelhado atrás da mureta, se levantou.

Apontou a carabina, mirou por alguns segundos e, em seguida, apertou o gatilho. Um tiro retumbou, quebrando o profundo silêncio que reinava no cemitério. Um indiano, o condutor da fila, caiu para trás um instante depois, com uma bala na testa.

11. O combate

AS DETONAÇÕES NEM bem haviam terminado e gritos assustadores ecoavam pela pradaria, à direita, à esquerda e em frente aos indianos.

Logo depois, dez, quinze, vinte tiros de espingarda partiam dos arbustos com uma rapidez fulminante. Quinze ou dezesseis indianos, uns mortos, outros feridos, caíram no meio do mato, antes mesmo de poderem disparar suas armas.

— Em frente, meus filhotes! — gritou o Tigre da Malásia, galgando a mureta, seguido por Kammamuri, Aïer-Duk e pelos outros. — Atrás daqueles cães!

Sambigliong e Tanauduriam se arremessaram para fora dos arbustos, empunhado a cimitarra e trazendo atrás os respectivos bandos.

— Viva o Tigre da Malásia! — gritavam alguns.

— Viva Sandokan! Viva Mompracem! — gritavam os outros.

Ao verem todos aqueles homens que vinham para cima deles, os indianos se reuniram às pressas, disparando os fuzis ao acaso. Três ou quatro piratas caíram, deixando o chão ensanguentado.

— Em frente, filhotes! — repetiu o Tigre.

Encorajados pelo chefe, os piratas se lançaram com fúria sobre as fileiras de indianos, ferindo com o sabre, sem piedade, todos os que encontravam pela frente.

O choque foi tão terrível, que os indianos se curvaram, uns sobre os outros, formando uma massa compacta de corpos humanos.

O Tigre da Malásia a atravessou como uma cunha que entra no tronco de uma árvore e a dividiu em duas.

Dois, três, cinco, dez piratas o seguiram, agarrando pelos ombros os indianos que, ao verem que não havia mais nenhuma esperança de vencer, se jogavam para a direita e para a esquerda, tentando salvar a vida por meio de uma fuga rápida.

Dez ou doze, contudo, se mantinham firmes e, entre eles, estava James Brooke.

Sandokan atacou furiosamente aquele grupo, decidido a destruí-lo para poder ter nas mãos o inimigo mortal.

Kammamuri, Aïer-Duk e Tanauduriam o acompanharam com vários outros piratas, enquanto Sambigliong ia atrás dos fugitivos para impedir que se reunissem e voltassem à carga.

— Renda-se, James Brooke! — gritou Sandokan.

O rajá respondeu com um tiro de pistola, cuja bala fez um pirata se estatelar no chão.

— Em frente, filhotes! — berrou Sandokan, derrubando um pirata que o impedia de mirar.

Em pouco tempo, apesar da resistência desesperada, o grupo foi aberto por meio de golpes das cimitarras e dos cris envenenados dos filhotes de tigre de Mompracem. Kammamuri e Tanauduriam se jogaram sobre o rajá, impedindo que ele seguisse os homens que fugiam pela pradaria, perseguidos por Aïer-Duk e seus companheiros.

— Renda-se! — gritou Kammamuri, arrancando dele o sabre e as pistolas.

— Eu me rendo — respondeu James Brooke, percebendo que qualquer resistência seria inútil.

Sandokan se adiantou, empunhando a cimitarra.

— James Brooke — disse ele com um tom zombeteiro —, agora o senhor me pertence.

O rajá, que fora derrubado pelo punho de ferro de Tanauduriam, se levantou, olhando no rosto do capitão dos piratas que nunca vira antes.

— Quem é o senhor? — perguntou com a voz sufocada pela raiva.

— Olhe bem para a minha cara — disse Sandokan.

— Será possível que você seja...

— Sou o Sandokan, ou melhor, o Tigre da Malásia.

— Bem que eu desconfiei. E agora, senhor pirata, o que deseja de James Brooke?

— Uma resposta, em primeiro lugar.

Um sorriso irônico aflorou os lábios do rajá.

— E o senhor acha mesmo que eu vou responder?

— Vai, nem que eu tenha de por fogo para fazer o senhor falar. James Brooke, eu o odeio, sabe, mas com um ódio de que só o Tigre da Malásia é capaz. O senhor prejudicou demais os piratas da Malásia, e eu posso muito bem vingar os homens que assassinou sem piedade.

— E será que eu não tinha, talvez, o direito de exterminá-los?

— E eu também tenho o direito de exterminar os homens da raça branca que mataram o meu coração. Mas vamos deixar os direitos para lá. Quero que responda à minha pergunta.

— Fale.

— O que você o senhor fez com o Yanez?

— Com o Yanez! — exclamou o rajá. — Esse indivíduo é muito importante para o senhor?

— Muito, James Brooke.

— Tem toda razão. Aquele branco tem uma coragem realmente extraordinária e pode ser muito útil.

— O senhor o prendeu?

— Prendi.

— Bem que eu desconfiava. Quando foi isso?

— Essa tarde.

— De que jeito?

— É muito curioso, senhor pirata.

— Está querendo dizer que não vai me contar?

— Vou contar, sim.

— Então fale.

— O senhor conhece o Lorde Guillonk?...

Ao ouvir aquele nome, Sandokan estremeceu. Uma ruga profunda se desenhou na sua testa ampla, mas logo desapareceu.

— Conheço — respondeu ele com voz surda.

— Se não me engano, o Lorde Guillonk é seu tio.

Sandokan não respondeu.

— Foi o seu tio que reconheceu Yanez e mandou prendê-lo.

— Ele!... — exclamou Sandokan. — De novo, ele!... E onde está o Yanez?

— Na minha casa, muito bem amarrado e vigiado.

— O que pretende fazer com ele?

— Ainda não sei, mas vou pensar no caso.

— Pensar no caso!... — exclamou o Tigre da Malásia, sorrindo, embora fosse um sorriso de dar medo. — Caso ainda não tenha percebido, James Brooke, o senhor está nas minhas mãos, já pensou nisso? E nem pensou na possibilidade de que amanhã de manhã pode ter deixado de ser o rajá de Sarawak?

Embora tivesse uma coragem mais do que extraordinária, o rajá empalideceu ao ouvir aquelas palavras.

— O senhor está pensando em me matar? — perguntou ele, com um tom de voz que tinha perdido toda a calma.

— Com o maior prazer, se não aceitar a troca — disse Sandokan, com frieza.

— Uma troca? Qual seria ela?

— O senhor vai me devolver o Yanez e eu lhe devolvo a liberdade.

— Então o senhor dá muito valor àquele homem?

— Muito.

— Por quê?

— Porque ele sempre gostou de mim como um irmão. Aceita a proposta?

— Aceito — disse o rajá, depois de pensar por um momento.

— O senhor vai ter de ser amarrado e amordaçado.

— Por quê?

— Os seus homens podem voltar aqui em número maior para lutar conosco.

— Vai me levar embora?

— Vou. A um lugar seguro.

— Faça o que bem entender.

Sandokan fez um gesto a Kammamuri. Imediatamente apareceram quatro macas feitas de galhos e carregadas por fortes piratas. A primeira estava livre, a segunda, ocupada por Tremal-Naik, e as duas últimas, por dois *dayachi* do bando de Sambigliong, gravemente feridos.

— Amordace e prenda o rajá — disse Sandokan ao marata.

— Está certo, capitão.

Ele amarrou o rajá com cordas fortes, sem que este opusesse resistência, o amordaçou com um lenço de seda e a seguir mandou que o colocassem na maca vazia.

— Aonde vamos, capitão? — perguntou quando acabou.

— Vamos voltar ao acampamento — respondeu Sandokan.

Encostou o apito de prata nos lábios e tocou três notas agudas.

Os piratas que estavam perseguindo os indianos voltaram rapidamente atrás, com Sambigliong e Aïer-Duk.

Sandokan fez a chamada depressa. Faltavam onze homens.

— Estão mortos — disse Tanauduriam.

— Vamos embora — ordenou Sandokan, sufocando um suspiro.

O bando se pôs imediatamente a caminho, se escondendo nos bosques e descrevendo um semicírculo em torno da colina dominada pelo fortim. Dez homens conduzidos por Sambigliong e por Tanauduriam abriam a caminhada com as carabinas embaixo dos braços, prontos para repelir um possível ataque. A seguir vinham as macas dos feridos, a do rajá e a de Tremal-Naik. Aïer-Duk, com o restante, fechava o grupo.

A viagem foi muito rápida. Às cinco horas da manhã, sem que tivessem encontrado nenhum indiano ou *dayaco*, chegaram ao vilarejo abandonado, protegido por uma sólida paliçada e terraplenos.

Sandokan enviou alguns homens à direita, à esquerda, à frente e para os fundos do vilarejo para impedir que fossem atacados inesperadamente pela tropa de Sarawak. Depois mandou desamarrarem o rajá, que não tentou pronunciar uma palavra durante a viagem.

— Se não for pedir demais, escreva, James Brooke — disse, apresentando um papel de carta e um lápis.

— O que devo escrever? — perguntou o rajá, parecendo muito calmo.

— Que é prisioneiro do Tigre da Malásia e que, para salvar o senhor, devem libertar Yanez, ou melhor, o Lorde Welker imediatamente.

O rajá pegou o papel, colocou sobre os joelhos e se preparou para escrever.

— Um momento — disse Sandokan.

— Tem mais alguma coisa? — perguntou o inglês, erguendo a sobrancelha.

— Acrescente que se Yanez não tiver chegado daqui a três ou quatro horas, vou enforcar o senhor na maior árvore da floresta.

— Está certo.

— E mais uma coisa — disse Sandokan.

— O quê?

— Que não tentem vir libertá-lo com a tropa toda, porque assim que eu vir o primeiro bando armado, enforco o senhor do mesmo jeito.

— Parece que o senhor está louco para me ver enforcado — disse o rajá com ironia.

— Não nego isso, James Brooke — respondeu Sandokan, dardejando um olhar feroz sobre ele. — Escreva.

O rajá pegou o lápis, escreveu a carta e em seguida a entregou a Sandokan.

— Está bem — respondeu este depois de ler. — Sambigliong!

O pirata veio depressa.

O combate

— Você vai levar esta carta a Sarawak — disse o Tigre. — Entregue-a ao Lorde James Guillonk.

— Devo levar as minhas armas?

— Não, nem sequer o seu cris. Vá e volte depressa.

— Vou correr com a velocidade de um cavalo, capitão.

O pirata escondeu a carta sob o cinto, jogou a cimitarra, o machado e o cris no chão e saiu correndo.

— Aïer-Duk! — disse Sandokan, virando para o pirata que estava ao seu lado. — Você vai vigiar com a maior atenção este inglês. Ai de você se ele fugir! Mando fuzilar você.

— Confie em mim — respondeu o filhote de tigre.

Sandokan armou a sua carabina, chamou Kammamuri, que estava acocorado perto do patrão dele, ainda desacordado, e saiu do vilarejo, indo para uma colina da qual se podia ver a distância a cidade de Sarawak.

— Então vamos salvar o capitão Yanez — perguntou o marata, que o seguia.

— Vamos — respondeu Sandokan. — Ele deve chegar aqui em duas horas.

— O senhor tem certeza?

— Absoluta. O rajá vale tanto quanto Yanez.

— Mas fique em guarda, capitão — disse o marata. — Os indianos, e tem muitos deles em Sarawak, são capazes de atravessar um bosque sem produzir o menor barulho.

— Não tenha medo, Kammamuri. Os meus piratas são mais espertos do que os indianos e nenhum inimigo vai conseguir chegar perto do nosso vilarejo sem ser descoberto.

— E o rajá não vai nos perseguir depois?

— Com toda a certeza, Kammamuri. Assim que ele voltar a Sarawak, vai reunir os seus homens e os *dayachi* para seguir o nosso rastro.

— Isso quer dizer que vamos enfrentar uma nova batalha.

— Não, porque vamos embora imediatamente.

— Para onde?

— Para a baía onde se encontra Ada Corishant.

— E depois?

— Vamos comprar um *praho* e ir embora para sempre desta costa, garanto.

— E para onde o senhor vai levar o meu patrão?

— Para onde ele quiser ir.

Tinham chegado então à colina que se erguia alguns metros acima das árvores mais altas do bosque. Sandokan encostou as mãos nos olhos para protegê-los dos raios de sol e olhou atentamente as terras em redor.

A quinze ou dezesseis quilômetros estava Sarawak. O rio que passava ao lado se destacava claramente entre o verde das plantações e do bosque, parecendo uma enorme faixa de prata.

— Olhe ali — disse Sandokan, indicando ao marata um homem correndo como um cervo na direção da cidade.

— Sambigliong! — exclamou Kammamuri. — Se ele conseguir manter aquele trote, vai estar aqui em duas horas.

— Espero que sim.

Sentou-se, acendeu um cigarro e começou a fumar, olhando com atenção para a cidade. Kammamuri o imitou.

Uma hora transcorreu, tão devagar que mais pareceu um século, sem que nada acontecesse. Depois passou mais uma, ainda mais longa do que a primeira para os dois piratas. Finalmente, por volta das dez horas, um grupo de pessoas apareceu ao lado de um bosque de castanheira-da-índia. Sandokan ficou em pé de um salto. No rosto, normalmente tão impassível, aparecia uma grande ansiedade. Era fácil perceber que aquele homem, aquele pirata sanguinário, gostava demais do seu fiel companheiro, o corajoso Yanez.

— Onde está ele? Onde está ele?... — Kammamuri o ouviu murmurar com voz insegura.

— Estou vendo alguém de branco no meio do grupo. Olhe!

— É isso mesmo, também estou vendo! — exclamou Sandokan com uma alegria indescritível. — É ele. O meu bom Yanez. Ande logo, meu irmão, ande logo!

Ficou ali, imóvel, inclinado, com os olhos fixos naquela roupa branca e depois, quando viu o grupo desaparecer na grande floresta, desceu precipitadamente a colina, correndo para o campo.

Os dois piratas que estavam de vigia no bosque chegaram ao mesmo tempo.

— Capitão! — gritaram. — Eles estão trazendo o senhor Yanez.

— Quantos são? — perguntou Sandokan, que só a muito custo conseguia se conter.

— Doze, contando com Sambigliong.

— Estão armados?

— Não.

Sandokan levou o apito aos lábios e tocou três notas agudas. Em poucos instantes, todos os piratas estavam ao redor dele.

— Preparem as armas — disse o Tigre.

— Senhor! — gritou James Brooke, que estava sentado embaixo de uma árvore, cuidadosamente vigiado por Aïer-Duk. — Está pretendendo assassinar os meus homens?

O Tigre se virou para o inglês.

— James Brooke — disse com voz grave. — O Tigre da Malásia cumpre o que promete. Dentro de cinco minutos você estará livre.

— Quem vive? — gritou naquele instante uma sentinela colocada a duzentos metros das trincheiras.

— Amigos — respondeu a voz clara de Sambigliong. — Podem baixar os fuzis.

12. A ressurreição de Tremal-Naik

O GRUPO VINHA SAINDO do meio do bosque. Era formado por Sambigliong, um oficial da guarda do rajá, dez indianos desarmados e por Yanez, que não estava nem com as mãos, nem com os pés amarrados.

Ao avistar o amigo, Sandokan não conseguiu mais se conter. Correu ao encontro dele, afastou violentamente os indianos e abraçou-o com força. No entanto, aquele homem era o Tigre da Malásia, era o feroz capitão dos piratas de Mompracem, que há tantos anos ensanguentava as ondas do mar malaio.

— Yanez!... Meu irmão! — exclamou ele com a voz sufocada pela alegria.

— Sandokan, meu grande amigo, finalmente estou vendo você de novo! — gritou o bom português, que também estava muito emocionado. — Por Júpiter! Já estava achando que nunca mais iria abraçar você!

— Nunca mais vamos nos separar, meu amigo. Eu juro.

— Eu acredito, irmãozinho. Que ótima ideia a sua, a de prender o rajá. Eu sempre disse que você é um grande homem. E o Tremal-Naik? Onde está aquele pobre indiano?

— A poucos metros daqui.

— Está vivo?

— Está, mas ainda desacordado.

— E a noiva dele?

— Ainda está louca, mas vai voltar a si.

— Senhor — chamou uma voz naquele instante.

Sandokan e Yanez se voltaram. James Brooke estava diante deles, calmo, embora um pouco pálido, e com os braços cruzados no peito.

— O senhor está livre, James Brooke — disse Sandokan. — O Tigre da Malásia cumpre a sua palavra.

O rajá inclinou ligeiramente a cabeça e deu alguns passos à frente. Depois, voltando bruscamente, disse:

— Tigre da Malásia, quando é que vamos nos ver de novo?
— Está querendo uma revanche? — perguntou Sandokan com ironia.
— James Brooke nunca perdoa!

Sandokan olhou para ele por alguns instantes em silêncio, quase como se estivesse surpreso com o fato de aquele homem ousar desafiá-lo, e em seguida, estendendo o braço direito para o mar, disse com uma entonação que dava medo.

— Existe uma ilha lá longe: Mompracem. O mar que a circunda ainda está vermelho de sangue e cheio de navios despedaçados. Quando o senhor chegar perto daquela costa, vai ouvir o rugido do Tigre da Malásia, e os filhotes de tigre vão sair ao seu encontro. Mas não se esqueça, James Brooke, de que o Tigre e seus filhotes estão com sede de sangue.

— Vou atrás de vocês.
— Quando?
— No ano que vem.

Um sorriso aflorou nos lábios do pirata.

— Vai ser tarde demais — disse ele.
— Por quê? — perguntou o rajá, surpreso.
— Porque até lá você não vai ser mais o rajá de Sarawak. Porque até lá, a revolução terá estourado no seu estado, e o sobrinho do sultão Muda-Hassin vai se sentar no seu lugar.

Ao ouvir aquelas palavras, o rajá empalideceu e deu um passo atrás.

— Por que o senhor está inventando essas coisas? — perguntou ele em um tom de voz que não tinha nada de calmo.
— Não estou inventando nada, milorde — disse Sandokan.
— Então está sabendo de alguma coisa?
— É possível.
— Se eu pedir ao senhor que se explicasse...
— Não vou explicar coisa alguma — interrompeu Sandokan.
— Só me resta então agradecer por me avisar.

Fez uma nova inclinação, se juntou à sua guarda e foi embora a passos rápidos na direção de Sarawak.

Com os braços cruzados no peito, o olhar sombrio, Sandokan o acompanhou com os olhos. Quando não o viu mais, um suspiro saiu dos seus lábios.

— Esse homem ainda vai me trazer infelicidade — murmurou. — Sou capaz de sentir isso.

— O que está acontecendo, Sandokan? — perguntou Yanez, se aproximando. — Você parece preocupado.

— Estou com um pressentimento triste, meu irmão — disse o pirata.

— Que pressentimento é esse?

— O de que as coisas ainda não acabaram entre mim e o rajá.

— Acha que ele vai nos atacar?

— O coração me diz que sim.

— Não acredite nos pressentimentos, irmãozinho. Dentro de dois ou três dias, teremos ido embora desta terra, sem ter mais nada a temer por parte do rajá. Aonde vamos agora?

— À baía, e rápido. Não me sinto seguro aqui.

— Então vamos. Mas... e o Tremal-Naik?

— Ele não vai acordar antes do meio-dia.

Sandokan deu o sinal de partida e o grupo com os feridos e com Tremal-Naik se pôs a caminho, apesar da rápida caminhada da manhã. Seguiram por uma pequena trilha aberta pelos habitantes da floresta, sabe-se lá quantos anos atrás.

Sandokan e Yanez, com dez dos filhotes mais fortes, abriam a marcha com as carabinas na mão, e vinham em seguida as macas e todos os outros, dois a dois, com os olhos girando para os dois lados da trilha e os ouvidos bem aguçados para detectar o menor ruído.

Haviam percorrido cerca de um quilômetro e meio, quando Aïer-Duk, que tinha se adiantado alguns metros para explorar o caminho, inesperadamente parou, armando o fuzil. Yanez e Sandokan correram para o lado dele.

— Não se movam — disse o *dayaco*.

— O que foi que você viu? — perguntou Sandokan.

— Uma sombra atravessando depressa aquela mata lá longe.

— Homem ou animal?

— Tive a impressão de que era um homem.

— Pode ser um pobre coitado de um *dayaco* — disse Yanez.

— Mas também pode ser um espião do rajá — disse Sandokan.

— Você acha?

— Tenho quase certeza.

— Aïer-Duk, escolha quatro homens e dê uma batida no bosque. Enquanto isso, nós vamos continuar andando.

O *dayaco* chamou quatro companheiros e se embrenhou no denso bosque, rastejando entre as raízes, os galhos das árvores e os arbustos.

— Vamos em frente — disse Sandokan.

Retomaram a marcha no meio de duas linhas densas de *sontar*, uma espécie de palmeira que, ao ter o tronco perfurado, dá um suco açucarado muito gostoso e cujas folhas eram utilizadas pelos antigos povos da Malásia para escrever.

Pouco depois o grupo se reuniu a Aïer-Duk e seus companheiros. Haviam rondado a floresta em todas as direções, mas só encontraram pegadas recentes de homens.

— Eram muitas? — perguntou Sandokan, que estava muito preocupado.

— Quatro — respondeu o *dayaco*.

— Eram marcas de pés descalços ou de sapatos?

— De pés descalços.

— Talvez esses dois homens sejam *dayachi*. Vamos depressa, filhotes, não estamos em segurança aqui.

Pela terceira vez o grupo se pôs a caminho, observando atentamente as árvores e os arbustos e, depois de três quartos de hora, chegou à margem de um respeitável curso de água que desaguava em uma grande baía semicircular.

Sandokan mostrou ao português uma ilhota de, no máximo, uns trezentos e cinquenta metros, sombreada por lindas palmeiras sagu, duriões, mangostões e arecas sacaríferas; na extremidade meridional, era protegida por um fortim *dayaco* antigo, mas ainda sólido, construído com pranchões e estacas de teça, madeira dura como o ferro e capaz de resistir às balas de um canhão de calibre nada pequeno.

— É lá que se encontra a *Virgem do templo*? — perguntou Yanez.

— Lá mesmo, naquele fortim — respondeu Sandokan.

— Você não poderia ter achado um lugar melhor. A baía é linda, e a ilha, bem protegida. Se James Brooke vier nos atacar, vai encontrar um osso duro de roer.

— O mar está a poucos metros da ilha, Yanez — disse Sandokan.

— E o que quer dizer isso?

— Que um navio pode bombardear o fortim.

— Vamos nos defender.

— Não temos canhões.

— Mas os nossos homens são corajosos.

— É verdade, mas são poucos e...

— O que houve?

— Quieto!... Você ouviu?...

— Eu?... Não ouvi nada, Sandokan.
— Parece que alguém quebrou um galho.
— Onde?
— No meio daquela mata.
— Será que são mesmo espiões?... Estou começando a ficar preocupado, Sandokan.
— Eu também. Vamos depressa: não vejo a hora de chegar à ilhota. Aïer-Duk!...

O *dayaco* se aproximou do Tigre.

— Escolha oito homens e acampem aqui — disse Sandokan. — Se virem homens rondando nesta área, me avise.

— Conte comigo, capitão — respondeu o *dayaco*. — Ninguém vai chegar à baía sem a minha permissão.

Sandokan, Yanez e os outros homens desceram para a baía, cuja margem era coberta por densos bosques, e chegaram a uma pequena enseada, perto da qual estava escondida uma chalupa embaixo de um monte de caniços e de galhos de loureiro.

O Tigre deu uma rápida olhada em volta, mas não viu ninguém. Uma forte preocupação se desenhou em seu rosto.

— Um dos meus dois homens deveria estar aqui, vigiando a chalupa — disse.

— Provavelmente os dois estão no fortim.

— E como teriam deixado a chalupa aqui?... Yanez, o meu coração está batendo com muita força... acho que aconteceu uma desgraça.

— Qual?

— O rapto da Ada.

— Se isso for verdade, será um golpe terrível!

— Quieto!...

— Outro barulho?

— Isso mesmo, capitão Yanez — confirmaram os piratas, empunhando as armas.

Era possível ver os ramos de um arbusto se agitando a cem passos da praia.

— Quem vive? — gritou Sandokan.

— Mompracem — respondeu uma voz.

Pouco depois um pirata saía dos arbustos. Estava ofegante e suado como se tivesse corrido muito e apertava um fuzil.

— Viva o Tigre!... — exclamou ele ao ver o chefe.
— De onde você está vindo? — perguntou Sandokan.
— Da floresta, capitão.
— Onde está a *Virgem*?...
— No fortim.
— Tem certeza?
— Deixei-a há cerca de duas horas sob a guarda do Koty.

Sandokan respirou livremente.

— Eu estava começando a ficar com medo — disse. — Como está ela?
— Ótima.
— O que ela estava fazendo?
— Quando eu saí de lá, ela estava dormindo.
— De onde você está vindo?
— Do bosque.
— Viu alguém por lá?
— Eu, não, mas hoje de manhã o Koty viu um homem passeando pela margem e olhando com muita curiosidade para o fortim. Ao perceber que estava sendo observado, desapareceu depressa.
— E você não viu esse homem?
— Procurei bastante, mas não consegui descobri-lo.
— Será que é um espião do rajá? — perguntou Yanez.
— É provável — respondeu Sandokan, que parecia preocupado.
— Será que eles virão nos atacar aqui?...
— Quem pode saber?...
— O que você pretende fazer?...
— Ir embora daqui o mais rápido possível. Vamos embarcar.

Os dois capitães e seus homens embarcaram na chalupa, atravessaram o braço de mar, que tinha a largura de duzentos ou trezentos metros, e desceram embaixo da fortaleza, onde Koty estava esperando.

— A *Virgem* ainda está dormindo? — perguntou Sandokan.
— Está, capitão.
— Aconteceu alguma coisa estranha?
— Não.
— Vamos vê-la — disse Yanez.

Sandokan apontou para Tremal-Naik, que tinha sido colocado sobre uma camada de mato e folhas verdes.

— Faltam poucos minutos para o meio-dia — disse. — Espere até ele acordar.

Mandou que os homens entrassem no fortim e se sentou ao lado do indiano, que ainda não dava sinal de vida. Yanez acendeu um cigarro e se estendeu ao lado dele.

— Ainda vai demorar muito para ele abrir os olhos? — perguntou, depois de algumas tragadas, a Sandokan, que estava olhando atentamente para o rosto do indiano.

— Não, Yanez. Estou vendo que a pele dele aos poucos está readquirindo a cor natural. Isso é sinal de que o sangue começa a circular de novo.

— Você vai levá-lo para ver a Ada já?

— Já, não, mas antes desta noite, sim.

— Será que a pobrezinha vai reconhecê-lo?

— Talvez.

— E se não reconhecer? E se ela não recuperar a razão?

— Vai recuperar.

— Duvido, irmãozinho.

— Pois bem, faremos uma prova.

— Qual?

— Vou contar no devido tempo.

— E por quê?...

— Quieto!...

Uma leve respiração inesperadamente elevou o peito largo de Tremal-Naik e fez os lábios vibrarem de leve.

— Está acordando — murmurou Yanez.

Sandokan se inclinou sobre o indiano e pôs uma mão na cabeça dele.

— Está, sim — disse.

— É rápido?

— É.

— Sem fazer nenhuma punção?

— Não precisa, Yanez.

Uma segunda respiração, mais forte do que a primeira, ergueu novamente o peito de Tremal-Naik. e os lábios tornaram a se mexer. Depois as mãos, que estavam abertas, se fecharam devagar, as pernas também se flexionaram aos poucos e finalmente os olhos abriram, bem arregalados, e se fixaram em Sandokan.

Ficou assim por alguns instantes, como se estivesse surpreso de ainda estar vivo. Depois, com um esforço violento, sentou, exclamando:

— Vivo!... Ainda estou vivo!...

— E livre — disse Yanez.

O indiano olhou para o português. Logo o reconheceu.

— Você!... Você!... — exclamou. — Mas o que aconteceu? Como vim parar aqui? Eu dormi?...

— Por Baco! — exclamou Yanez, rindo. — Você não se lembra daquela pílula que eu lhe dei no fortim?

— Ah!... Lembro... agora estou me lembrando... você veio encontrar comigo... Como eu estou agradecido por ter me libertado!...

Dizendo isso, Tremal-Naik se jogou aos pés de Yanez. Este o levantou e o apertou contra o peito afetuosamente.

— Como você é bom — exclamou o indiano, que parecia ter recuperado as forças de repente e que estava fora de si de alegria. — Livre! Afinal estou livre!... Muito obrigado, muito obrigado!...

— Agradeça a este homem, Tremal-Naik — disse Yanez, indicando Sandokan, que olhava comovido para o indiano com os braços cruzados no peito. — É a este homem, ao Tigre da Malásia, que você deve a liberdade.

Tremal-Naik se precipitou para Sandokan, que o abraçou, dizendo:

— Você é meu amigo!

Naquele instante, um grito de alegria soou atrás deles. Kammamuri, que saíra do fortim, vinha correndo com a velocidade de um cervo, berrando:

— Meu bom patrão!... Meu patrão!

Tremal-Naik correu para o fiel marata, que parecia estar ficando louco de tanta alegria. Os dois indianos se abraçaram várias vezes, sem conseguir trocar uma só palavra.

— Kammamuri, meu bom Kammamuri! — exclamou finalmente Tremal-Naik. — Já estava achando que nunca mais iria vê-lo nesta vida. Mas como você chegou até aqui? Afinal os tugues não mataram você?

— Não, patrão, não. Eu fugi para procurar o senhor.

— Para me procurar? Mas você sabia que eu estava neste lugar?

— Sabia, patrão, fiquei sabendo. Ah, patrão! Como eu lamentei pelo senhor depois daquela noite fatal. Eu posso abraçar o senhor, sentir o senhor, mas custo a acreditar que ainda está vivo e livre. Nunca mais vamos nos separar, não é verdade?

— Não, Kammamuri, nunca mais.

— Vamos morar com o senhor Yanez e com o Tigre da Malásia. Que homens, patrão, que homens! Se o senhor soubesse tudo o que fizeram por nós, quantas lutas...

— Pare com isso Kammamuri — disse Yanez. — Qualquer outro homem teria feito a mesma coisa que nós.

— Isso não é verdade, patrão. Nenhum homem poderá um dia fazer o que o Tigre da Malásia e o senhor Yanez fizeram.

— Mas por que se interessaram tanto por mim? — perguntou Tremal-Naik. — Afinal, nunca nos vimos antes.

— Porque você era o noivo de Ada Corishant — disse Sandokan. — E Ada Corishant é prima da minha falecida mulher.

Ao ouvir aquele nome, o indiano deu um passo para trás, oscilando para a direita e para a esquerda, como se tivesse recebido uma punhalada no meio do peito. Em seguida cobriu o rosto com as mãos, murmurando com voz embargada:

— Ada!... Oh minha Ada adorada!...

Um soluço ergueu o peito dele, e duas lágrimas, talvez as primeiras que brilhavam naqueles olhos, deslizaram pelas faces bronzeadas.

Sandokan chegou perto dele, puxou as mãos que cobriam o rosto e disse com delicadeza:

— Por que está chorando, Tremal-Naik? Este é um dia de alegria.

— Ah! Meu amigo!... — murmurou o indiano. — Se você soubesse como amei aquela mulher!... Ada!... Oh minha Ada!...

Um segundo soluço dilacerou o peito do indiano, e novas lágrimas despontaram sob os cílios.

— Fique calmo, Tremal-Naik — disse Sandokan. — Você não perdeu a sua Ada.

O indiano levantou a cabeça que estava curvada sobre o peito. Um raio de esperança brilhava em seus olhos negros.

— Ela está salva?...

— Está!... — disse Sandokan. — E está aqui, nesta ilha.

Um urro que mais parecia saído da garganta de um animal irrompeu dos lábios de Tremal-Naik.

— Ela está aqui... aqui... — gritou ele, olhando em volta aturdido. — Onde está ela?... Quero vê-la!... Ada!... Ada!... Oh, minha adorada Ada!...

Fez menção de se arremessar em direção ao fortim, mas Sandokan o agarrou pelos pulsos com tanta força que fez estalar os ossos.

— Calma — disse a ele. — Ela está louca.

— Louca!... A minha Ada!... — gritou o indiano. — Ah!... Mas quero vê-la, meu amigo, quero vê-la nem que seja por um instante.

— Vai vê-la, prometo.
— Quando?
— Daqui a pouco.
— Obrigado, amigo! Obrigado!
— Sambigliong! — gritou Yanez.

O *dayaco*, que estava fazendo a ronda em volta do fortim, examinando com atenção as paliçadas para ter certeza de que eram suficientemente sólidas para resistir a um ataque, correu ao ouvir o chamado do português.

— A *Virgem do templo* ainda está dormindo? — perguntou Sandokan.

— Não, capitão — respondeu o pirata. — Saiu há poucos instantes com seus guardiões.

— Para onde foi ela?

— Para a costa.

— Venha, Tremal-Naik — disse Sandokan, puxando o indiano pela mão. — Mas recomendo muita calma, pois ela está louca.

13. As duas provas

ERAM DUAS HORAS da tarde. Um sol luminoso chamejava no céu, se refletindo nas águas azuladas da baía, e uma brisa leve e fresca soprava do mar, sussurrando misteriosamente entre as folhas das árvores. Nem na ilhota, nem na baía se ouvia o menor ruído além do gorgolejo monótono das ondas que rompiam contra a costa, do voejar incessante e do chilreio da cacatua negra e dos faisões ocelados, pássaros fantásticos da família dos faisões.

Tremal-Naik, tomado de uma enorme excitação que, em vão, tentava controlar, Sandokan, Yanez e Kammamuri caminhavam a passos rápidos em direção à ponta setentrional da ilhota, oculta por uma compacta cortina de árvores gomíferas e por trepadeiras.

A poucos metros da costa, um dos guardiões da louca, que estava escondido atrás de um arbusto, se levantou.

— Onde está a minha Ada? — perguntou Tremal-Naik, correndo ao encontro do homem.

— Está na praia — respondeu o pirata.

— Fazendo o quê? — perguntou Sandokan.

— Olhando o mar.

— Onde está o seu companheiro?

— A poucos passos daqui.

— Vá buscá-lo e voltem para o fortim.

Tremal-Naik, Sandokan, Yanez e o marata atravessaram rapidamente a densa cortina de árvores e pararam do outro lado. Um grito sufocado escapou dos lábios do indiano.

— Ada!... — exclamou ele.

Ameaçou dar um salto para se arremessar para a praia, mas Sandokan depressa o segurou pelos pulsos.

— Calma — disse a ele. — Você não pode se esquecer de que aquela mulher está louca.

— Vou ficar calmo.

— Promete?

— Prometo.

— Então vá. Vamos ficar esperando aqui.

Sandokan, Yanez e Kammamuri sentaram no tronco de uma árvore caída, e Tremal-Naik, aparentemente calmo, mas na realidade dominado por uma grande agitação, foi em direção à praia.

Lá, a pouca distância do mar, sentada à sombra de uma belíssima árvore de cravo-da-índia, cujas flores exalavam um perfume inebriante, estava a *Virgem do templo*, com as mãos cruzadas sobre a fantástica couraça de ouro que cintilava com o reflexo dos diversos diamantes, os cabelos negros sobre os ombros e os olhos fixos na extensão azul de água que se abria diante dela e que vinha quebrar a seus pés, produzindo um doce murmúrio. Não falava, não se movia. Poderia ser confundida com uma bela estátua colocada ali para abençoar a praia.

Com as feições alteradas, os olhos chamejantes, ofegante, Tremal-Naik se aproximou da noiva a passos rápidos e silenciosos. Parou a uma pequena distância da jovem, que parecia não ter ouvido a chegada dele.

— Ada!... Ada!... — exclamou de repente o indiano, com voz sufocada.

A louca não se mexeu. Talvez ainda não tivesse ouvido.

— Ada!... Oh, minha querida Ada!... — repetiu Tremal-Naik correndo para se ajoelhar aos pés dela.

Ao ver aquele homem diante dela, estendo as mãos em um gesto suplicante, a *Virgem do templo* se levantou sobressaltada. Olhou fixamente para o indiano, depois deu dois passos para trás, murmurando:

— Os tugues!...

A louca não reconheceu o antigo noivo.

— Ada!... Minha querida Ada! — gritou Tremal-Naik, dominado por um desespero terrível. — Então você não me reconhece mais?

— Os tugues!... — repetiu ela, mas sem manifestar terror.

Tremal-Naik deu um grito de dor e de raiva.

— Mas você não me reconhece mais, Ada? — exclamou o pobre infeliz, enfiando as unhas na carne. — Você não se lembra mais do desgraçado Tremal-Naik, do *Caçador de serpentes da selva negra*? Volte a si, Ada, volte a si. Você não se lembra mais daquelas noites em que me viu na selva?

Não se lembra mais daquela noite em que eu vi você no templo sagrado? Não se lembra mais daquela noite fatal em que os tugues nos fizeram prisioneiros? Ada! Oh minha Ada, tente reconhecer o seu Tremal-Naik, tente!...

A louca o escutara sem pestanejar, sem fazer o mínimo gesto. Estava claro que não se lembrava de mais nada. A loucura apagara tudo o que existia no coração daquela mulher.

— Ada... — recomeçou Tremal-Naik, que não podia conter as lágrimas. — Olhe para mim, olhe para mim! Oh minha Ada. Não é possível que você não se lembre do seu Tremal-Naik.

Mas por que você não responde? Por que não olha para mim? Por que não se atira nos meus braços?

Talvez seja porque mataram o seu pai?... Isso mesmo, mataram... mataram...

Ao lembrar daquilo, o infeliz indiano explodiu em soluços, escondendo o rosto nas mãos.

De repente, a louca, que assistira impassível ao desespero daquele homem que um dia idolatrara, deu um passo à frente e se inclinou para o chão.

A sua expressão sofreu uma rápida mudança: empalideceu mais, e uma luz brilhava em seus grandes olhos negros.

— Soluços — murmurou ela. — Por que você está chorando?

Quando ouviu aquelas palavras, Tremal-Naik levantou a cabeça.

— Ada!... — gritou ele, estendendo os braços para ela. — Você está me reconhecendo?

A louca olhou para ele durante alguns minutos em silêncio, enrugando as sobrancelhas várias vezes.

Parecia estar tentando recordar onde vira o rosto daquele indiano, onde ouvira a sua voz.

— Soluços — repetiu ela. — Por que você está chorando aqui?

— Porque você não me reconhece mais, Ada — disse Tremal-Naik. — Olhe para mim, olhe!

Ela se inclinou para ele, depois deu um passo para trás e estourou na risada.

— Os tugues! Os tugues! — exclamou.

Em seguida virou de costas e foi embora depressa, se dirigindo para o fortim.

Tremal-Naik deu um grito de desespero.

— Grande Xiva! — exclamou, voltando a explodir em soluços. — Está tudo perdido! Ela não me reconhece mais!

Caiu novamente de joelhos, mas depois se levantou de um salto e se lançou atrás da louca, que estava prestes a desaparecer em um pequeno bosque.

Mal havia dado cinco passos, contudo, quando dois braços de ferro o detiveram.

— Acalme-se, Tremal-Naik — disse uma voz.

Era Sandokan, que saíra do local em que estava, acompanhado por Yanez e por Kammamuri.

— Ah! É você — balbuciou o indiano.

— Acalme-se — repetiu Sandokan. — Ainda não está tudo perdido.

— Ela não me reconhece mais. E eu que sonhava em apertá-la entre os braços, depois de tanto tempo, tanta angústia, tanto sofrimento! É o fim de tudo. É o fim — murmurou o pobre indiano.

— Ainda há uma esperança, Tremal-Naik.

— Por que me iludir? Ela está louca, nunca mais vai sarar.

— Vai sarar, sim, e hoje à noite. Palavra do Tigre da Malásia.

Tremal-Naik olhou para Sandokan com os olhos cheios de lágrimas.

— Não é uma esperança passageira, então? — perguntou ele. — É verdade mesmo o que está dizendo? Você, que tem sido tão generoso comigo, que me fez tanto bem, produza também esse milagre e a minha vida será sua.

— Vou realizar esse milagre, eu prometo, Tremal-Naik — disse Sandokan com voz grave.

— E quando?...

— Esta noite, eu já disse.

— E como vai ser isso?

— Você logo vai saber. Kammamuri!

O marata deu um passo à frente. O bom rapaz tinha lágrima nos olhos, da mesma forma que o seu patrão.

— Pode falar, capitão — disse ele.

— Na noite em que o seu patrão apareceu na caverna de Suyodhana, você também estava no templo?

— Estava, capitão.

— Você é capaz de repetir tudo o que o chefe dos tugues disse, e também o que o seu patrão respondeu?

— Sou, palavra por palavra.

— Muito bem, então venha comigo ao forte.

— Você quer que a gente faça alguma coisa enquanto isso? — perguntou Yanez.

— No momento não preciso de você nem de Tremal-Naik — disse Sandokan. — Vão dar um passeio e não voltem ao forte antes do anoitecer. Vou preparar uma surpresa para vocês.

Sandokan e o marata se afastaram em direção ao forte. Yanez passou o braço pelo do infeliz Tremal-Naik, e ambos começaram a caminhar em direção à costa, conversando.

— O que será que ele está preparando? — perguntou Tremal-Naik ao português.

— Não tenho a menor ideia, Tremal-Naik, mas sem dúvida deve ser alguma coisa extraordinária.

— Para a minha Ada?

— Com certeza.

— Será que ele vai conseguir fazer que ela recupere a razão?

— Acho que sim. O Tigre da Malásia conhece milhares de segredos que a gente ignora.

— Ah! Contanto que ele consiga!

— Vai conseguir, Tremal-Naik. Diga uma coisa, esse tal de Suyodhana ainda está vivo?

— Acho que sim.

— Ele é um homem poderoso?

— Muito poderoso, senhor Yanez. Tem milhares e milhares de estranguladores sob o seu comando.

— Vai ser difícil atingi-lo.

— Praticamente impossível.

— Impossível para qualquer pessoa, mas não para o Tigre da Malásia. Quem sabe um dia, talvez, o Tigre da Malásia e o Tigre da Índia possam se encontrar frente a frente.

— Você acha que isso pode acontecer?

— Tenho um pressentimento. Diga mais uma coisa, Tremal-Naik, você acha que a sede dos tugues ainda é em Raimangal?

— Acho que não. Quando os ingleses me interrogaram, eu revelei o local em que os tugues moravam, e alguns navios foram enviados a Raimangal, mas voltaram sem ter encontrado um único estrangulador.

— Será que eles fugiram?

— Sem a menor dúvida.
— Mas para onde?
— Não sei.
— Os tugues são ricos?
— Riquíssimos, senhor Yanez, porque eles não se contentam apenas em estrangular. Costumam saquear caravanas e estados inteiros.
— Que belo inimigo para se combater! O Tigre da Malásia iria se divertir muito. Quem sabe, um dia, cansados de Mompracem, a gente possa ir à Índia para medir forças com Suyodhana e os seus estranguladores.
— Vocês pretendem voltar a Mompracem?
— Pretendemos, Tremal-Naik — disse Yanez. — Amanhã vamos enviar alguns homens a Sarawak para comprar *prahos* e depois voltamos à nossa ilha.
— E eu vou com vocês?
— Se vier conosco, vai expor a *Virgem do templo* a um perigo constante. Você sabe que somos piratas e de temos que lutar um dia após o outro.
— Para onde eu vou, então?
— Vamos escolher uma escolta de piratas corajosos que vão levar vocês à Batávia. Temos um palacete lá e vocês dois podem morar nele.
— Isso já é demais, senhor Yanez — disse Tremal-Naik com voz emocionada. — Não basta terem arriscado a vida para me salvar, ainda querem me dar uma casa.
— E uma reserva de diamantes no valor de alguns milhões, meu caro Tremal-Naik.
— Não posso aceitar.
— Não se deve recusar nada ao Tigre da Malásia, Tremal-Naik. Ele pode ficar muito irritado.
— Mas...
— Fique quieto, Tremal-Naik. Um milhão não é nada para nós.
— Isso quer dizer que vocês são riquíssimos, então?
— Talvez mais até do que os tugues indianos.
Enquanto estavam conversando, o sol se pôs rapidamente, e a escuridão caiu.
Yanez consultou o relógio ao fraco clarão das estrelas.
— São nove horas — disse ele. — Podemos voltar ao forte.
Deu uma última olhada na grande extensão de água, que parecia deserta até o limite extremo do horizonte, e abandonou a costa, entrando

no bosque. Tremal-Naik o seguiu, triste e pensativo, com a cabeça inclinada sobre o peito.

Poucos minutos depois, os dois companheiros estavam diante do fortim. Viram Sandokan na entrada, fumando um cachimbo fleumaticamente.

— Estava esperando vocês — disse ele, indo ao encontro dos dois homens. — Está tudo pronto.

— O que está pronto? — perguntou Tremal-Naik.

— Aquilo que deve fazer a *Virgem do templo* recuperar a razão.

Pegou os dois amigos pelas mãos e os levou para dentro de uma enorme cabana que ocupava quase todo o interior do forte, antigamente destinada a abrigar uma guarnição de bom tamanho e uma grande quantidade de víveres e munição.

Tremal-Naik e Yanez deram um grito de surpresa.

Em poucas horas, a grande sala fora convertida por Sandokan, Kammamuri e pelos piratas em uma horrível caverna que, em parte, Tremal-Naik achou parecida com o templo dos tugues indianos, onde o cruel Suyodhana executara uma vingança medonha.

Uma infinidade de galhos resinosos acesos iluminava o ambiente com uma luz azulada, lívida, cadavérica. Eles tinham acumulado aqui e ali pedras enormes, erguido troncos de árvores que podiam passar por colunas, enfeitados com monstros de argila toscamente modelados. Alguns representavam Vixnu, o deus protetor dos indianos que mora no Vaicondu, ou o mar de leite da serpente Adissescien, outros, os deuses *cateri*, gigantescos gênios do mal que, divididos em cinco tribos, ficam andando pelo mundo do qual não podem sair nem ser dignos da bem-aventurança prometida aos homens, a não ser depois de terem recolhido um determinado número de orações.

No centro, fora erigida, também em argila, uma estátua horrível de se ver. Tinha quatro braços, uma língua enorme, e os pés repousavam sobre um cadáver. Na frente daquele monstro foi colocada uma pequena bacia, dentro da qual nadava um peixinho.

— Onde estamos? — perguntou Yanez, olhando atônito para aqueles monstros e para os archotes.

— Em um templo dos tugues indianos — respondeu Sandokan.

— Quem fez todos esses monstros horríveis?

— Nós, meu irmão.

— Em tão pouco tempo?

As duas provas

— Tudo é possível, quando se quer.
— Quem é aquela figura medonha com quatro braços?
— Kali, a deusa dos tugues — disse Tremal-Naik, que a tinha reconhecido.
— Tremal-Naik, você acha que este templo improvisado parece com o dos tugues?
— Parece, Tigre da Malásia. Mas o que estão pretendendo fazer?
— Escutem.
— Estamos ouvindo.
— Eu digo e afirmo que só um choque extraordinário pode fazer Ada recuperar a razão
— Eu também sou da mesma opinião, Sandokan — disse Yanez. — E já entendi o seu plano.
— É mesmo?
— Você vai reproduzir a cena que aconteceu no templo dos tugues indianos, quando Tremal-Naik se apresentou a Suyodhana.
— Isso mesmo, Yanez, é exatamente isso. Vou ser o chefe dos tugues e tenho de repetir as palavras pronunciadas por aquele homem terrível na noite fatal.
— Quando vamos começar?
— Daqui a pouco.
— E os tugues? — perguntou Tremal-Naik.
— Os tugues vão ser representados pelos meus homens — disse Sandokan. — Eles já foram instruídos por Kammamuri.
— Então vamos.

Sandokan encostou o apito de prata nos lábios e emitiu um som agudo. Imediatamente, trinta *dayachi* seminus, com um laço de fibra de ratã enrolado nos quadris e uma cobra com cabeça de mulher pintada no meio do peito, entraram na grande cabana e se alinharam ao lado da monstruosa divindade dos tugues.

— Por que estão com uma cobra no peito? — perguntou Yanez.
— Todos os tugues têm uma tatuagem parecida — respondeu Tremal-Naik.
— Pelo que parece, Kammamuri se lembrou de todos os detalhes.
— Estão todos prontos?
— Estamos — responderam os *dayachi*.
— Yanez — disse, então, Sandokan —, vou confiar a você uma parte importante.

— O que eu tenho de fazer?

— Como você é branco, vai representar o pai da Ada. Conduza os outros piratas, que vão fingir ser os sipais indianos, e faça tudo o que Kammamuri disser.

— Está certo.

— Quando eu fingir que estou atacando fora do forte, você vai cair como morto na frente da Ada.

— Conte comigo, irmãozinho. Todos a seus postos.

Tremal-Naik, Yanez e Kammamuri saíram, enquanto Sandokan sentava em frente à estátua da deusa Kali e os *dayachi* que representavam os tugues se alinhavam ao lado dele.

A um sinal do Tigre, um pirata tocou doze vezes uma espécie de gongo que fora encontrado em um canto do fortim.

Quando soou o último toque, a porta da cabana abriu e a *Virgem do templo* entrou, amparada por dois *dayachi*.

— Continue andando, *Virgem do templo* — disse Sandokan com voz grave. — Suyodhana assim ordena.

Ao ouvir o nome de Suyodhana, a louca parou de andar e se libertou dos braços dos dois piratas. O seu olhar, que subitamente estava brilhante e dilatado, se fixou em Sandokan, de pé no meio do templo, depois nos *dayachi*, que conservavam uma imobilidade absoluta, e por último na deusa Kali.

Um tremor agitou o seu corpo, e algumas rugas apareceram na sua testa alva.

— Kali — murmurou com um tom em que se percebia uma sensação de terror. — Os tugues...

Deu mais alguns passos, sem deixar de olhar ora para Sandokan, ora para os piratas, ora para a monstruosa divindade dos tugues, em seguida passou duas ou três vezes a mão na testa e pareceu fazer um esforço supremo para chamar de volta à memória alguma cena terrível.

De repente, Tremal-Naik irrompeu no templo e se arremessou para ela, gritando:

— Ada!...

A jovem parou imediatamente; o rosto estava muito pálido e mostrava uma ansiedade inexprimível. Os olhos, que pareciam estar perdendo aos poucos aquela luz estranha, própria dos loucos, se fixaram em Tremal-Naik.

— Ada!... — repetiu ele com voz lancinante. — Volte a si!...

Naquele instante, ouviram uma voz gritando:

AS DUAS PROVAS

— Fogo!...

Alguns disparos ribombaram na soleira do templo, e alguns homens, chefiados por Yanez, entraram no templo, enquanto os *dayachi*, exatamente como os tugues naquela noite fatal, começaram a fugir em todas as direções.

Ada continuou imóvel. De súbito, teve um tremor, depois se inclinou para frente, como se tentasse ouvir uma nova descarga ou alguma outra voz.

Sandokan estava parado na extremidade do templo e não a perdia de vista. Percebeu, talvez, o que a jovem estava esperando?... Talvez sim, pois começou a gritar com voz trovejante, como gritara o feroz Suyodhana:

— Fujam!... Nós nos encontramos na selva!...

Assim que acabou de pronunciar aquelas palavras, um grito muito agudo escapou dos lábios da louca.

Ela deu um passo à frente com o rosto transtornado e os braços para o alto, cambaleou, girou sobre si mesma e caiu nos braços de Yanez.

— Ela está morta!... Morta!... — urrou Tremal-Naik em um tom desesperado.

— Não está — disse Sandokan. — Está salva!

Apoiou uma mão no peito da *Virgem*. O coração estava batendo, muito fraco, mas estava batendo.

— Desmaiou — disse ele.

— Então está salva — disse Yanez.

— Será que isso é verdade?... — exclamou Tremal-Naik, que ria e chorava ao mesmo tempo.

Kammamuri vinha voltando com água. Sandokan borrifou várias vezes o rosto da jovem e esperou até ela voltar a si.

Transcorreram alguns minutos, depois um suspiro profundo saiu dos lábios da jovem.

— Está prestes a acordar — disse Sandokan.

— Devo ficar aqui? — perguntou Tremal-Naik.

— Não — respondeu Sandokan. — Quando tivermos contado tudo a ela, mando alguém chamar você.

O indiano olhou demoradamente para a *Virgem do templo* e saiu, sufocando um soluço.

— Você tem esperanças, Sandokan? — perguntou Yanez.

— Muitas — respondeu o pirata. — Amanhã esses dois infelizes vão poder se unir para sempre.

— E nós?...

— Quieto, Yanez! Ela está abrindo os olhos.

De fato, a jovem estava voltando a si. Deu outro suspiro, mais longo do que o primeiro, em seguida abriu os olhos e os fixou em Sandokan e Yanez. Aquele olhar não era mais o mesmo; estava límpido, era o olhar de uma mulher completamente sã.

— Onde eu estou? — perguntou ela com voz fraca, tentando se levantar.

— Entre amigos, senhora — respondeu Sandokan.

— Mas o que foi que aconteceu? — murmurou ela. — Será que eu estava sonhando? Onde estou?... Quem são vocês?...

— Senhora - disse Sandokan — volto a dizer que está entre amigos. Perguntou o que aconteceu? Vou dizer: a senhora não está mais louca.

— Louca?... louca?... — exclamou a *Virgem* surpresa. — Eu estava louca? Não foi um sonho? Ah!... Estou me lembrando... Que coisa horrível... Que coisa horrível...

Uma explosão de choro sufocou a voz dela.

— Acalme-se, senhora — disse Sandokan. — Aqui a senhora não corre nenhum perigo. Suyodhana não existe mais e não há tugues por aqui. Não estamos na Índia, mas, sim, em Bornéu.

Com um esforço violento, Ada ficou de pé, apertou com força as mãos de Sandokan e disse, chorando:

— Em nome de Deus, me conte o que aconteceu e quem são vocês. Não consigo entender nada.

Eram as perguntas que Sandokan esperava ouvir. Nesse momento, com voz grave, narrou resumidamente tudo o que acontecera, primeiro na Índia, depois em Mompracem e, por último, em Bornéu.

— Agora — concluiu Sandokan —, se a senhora ainda ama Tremal-Naik, aquele indiano corajoso que realizou verdadeiros milagres por sua causa, basta fazer um sinal para que ele esteja a seus pés.

— Se ainda o amo?... — exclamou Ada. — Onde está ele?... Preciso vê-lo, depois de uma separação tão longa.

— Tremal-Naik — gritou Yanez.

O indiano entrou correndo no templo e se jogou aos pés da Ada, exclamando:

— Minha!... Você ainda é minha!... Diga mais uma vez, Ada, que quer ser minha mulher!...

A jovem pousou a mão na cabeça do noivo:

— Quero. Quero ser sua mulher — disse ela. — Meu pai me prometeu a você e eu ainda o amo.

Naquele exato instante, uma descarga de fuzis ribombou na margem da baía, seguida de uma voz trovejante que gritava:

— Alerta!... Piratas de Mompracem!... O inimigo chegou!...

14. A vingança do rajá Brooke

AO OUVIR AQUELES TIROS de fuzis e os gritos, o Tigre da Malásia deu um salto em direção à porta da cabana, soltando um verdadeiro rugido.

— O inimigo está aqui!... — exclamou com os dentes cerrados. — Aqui, neste exato momento!... James Brooke, ai de você!...

Puxou a cimitarra, uma arma terrível nas mãos daquele homem aterrorizante, e se arremessou para fora, gritando:

— Venham a mim, filhotes de tigre de Mompracem!...

Yanez, os piratas, Kammamuri e até os dois noivos correram atrás dele com armas em punho. Mesmo a *Virgem do templo* empunhara, ela também, uma cimitarra e estava pronta para combater ao lado dos seus benfeitores.

Aïer-Duk e seus oito homens estavam descendo rapidamente a ladeira que conduzia à baía.

Atrás deles, Sandokan avistou um grande agrupamento de homens armados meio escondidos entre as árvores da floresta, alguns brancos, outros indianos e *dayachi*.

— Alerta, piratas de Mompracem! O inimigo chegou — gritou Aïer-Duk, se precipitando para a barca que estava encalhada na margem.

Seis ou sete tiros de fuzil ecoaram na floresta, e algumas balas caíram na água.

— É a tropa do rajá Brooke! — exclamou Sandokan. — E justo agora, quando eu estava achando que a minha missão tinha acabado! Muito bem, James Brooke, venha me desafiar também! O Tigre da Malásia não tem medo de você!

— O que vamos fazer, Sandokan? — perguntou Yanez, que nem tinha tirado da boca o cigarro que acendera alguns minutos antes.

— Vamos combater, meu irmão — respondeu o pirata.

— Eles vão nos cercar.

— E daí?

— Estamos em uma ilha, irmãozinho.

— Mas dentro de um forte.

Depois de atravessarem rapidamente o braço de mar, Aïer-Duk e seus homens haviam desembarcado na ilha. Sandokan e Yanez correram até o corajoso *dayaco*, que estava com um braço sangrando.

— Você foi pego de surpresa? — perguntou Sandokan.

— Fui, capitão, mas consegui trazer todos os meus homens de volta.

— Quantos são os inimigos?

— Uns trezentos, no mínimo.

— Quem está no comando?

— Um homem branco, capitão.

— O rajá?

— Não, não é o rajá; é um tenente da marinha.

— Um homem de estatura alta e com enormes bigodes ruivos? — perguntou Yanez.

— Isso mesmo - respondeu o *dayaco*. — E está trazendo cerca de quarenta marinheiros europeus.

— É o tenente Churchill.

— E quem é esse Churchill? — perguntou Sandokan.

— É o comandante do fortim que fica no alto da cidade de Brooke.

— E você não viu o rajá? — perguntou o Tigre a Aïer-Duk.

— Não, capitão.

Sandokan rangeu os dentes.

— O que você tem? — perguntou Yanez.

— Estou com medo que o maldito nos ataque pelo mar — disse o pirata. — Talvez a esta hora o *Realista* esteja chegando à baía.

— Por Júpiter! — exclamou Yanez, enrugando a testa. — Vamos ficar presos entre dois fogos!

— Com toda certeza.

— Que diabo!...

— Mas vamos lutar, e quando não tivermos mais balas e pólvora, vamos atacar com a cimitarra e com o cris.

O inimigo, que se detivera a seiscentos metros da margem da baía, agora começava a avançar, se escondendo atrás das árvores e dos arbustos. A fuzilaria, que fora suspensa por um momento, agora recomeçava com força.

— Por Júpiter! — exclamou Yanez —, mais uma saraivada!

— Vamos nos retirar para o forte — disse Sandokan. — Ele é sólido e vai resistir às balas de fuzis.

Os piratas, Tremal-Naik, Ada e Kammamuri voltaram a entrar, mas só depois de ter afundado a barca, para que o inimigo não pudesse aproveitá-la para atravessar o braço de mar.

Foi feita uma barricada com pedras enormes na porta de entrada, várias frestas foram abertas na paliçada, que era alta o suficiente para desencorajar uma escalada e, em seguida, todos os combatentes assumiram o posto mais conveniente, com exceção da *Virgem do templo*, que foi levada à grande cabana.

— Fogo, filhotes de tigre de Mompracem! — trovejou Sandokan, que, juntamente com Yanez e sete ou oito dos mais ousados piratas, subira para o telhado da grande cabana.

O grito de guerra dos piratas respondeu a esse comando, sendo acompanhado de numerosos tiros de fuzil.

— Viva o Tigre da Malásia! Viva Mompracem!

O inimigo chegara à praia, sem parar de disparar nem por um momento. Alguns homens tentavam derrubar árvores, talvez com a intenção de fazer uma jangada e abordar a ilha.

Logo perceberam, contudo, que não seria muito fácil se aproximar de um fortim defendido pelos terríveis piratas de Mompracem.

Disparos mortíferos partiam do cercado com tanta rapidez e com uma precisão tão matemática, que em poucos minutos quinze ou dezesseis homens jaziam mortos.

— Fogo, filhotes de tigre de Mompracem! — ouviam o Tigre da Malásia gritando a todo instante.

— Viva o Tigre da Malásia!... Viva Mompracem! — respondiam os piratas e descarregavam as armas, fazendo mira na massa mais compacta de inimigos.

Os soldados do rajá depressa foram obrigados a recuar até o bosque e a se ocultar atrás dos troncos das árvores.

Mal acabara de ser feita a retirada, quando apareceu na margem oposta da baía outra grande tropa de homens, que mal podiam ser avistados à luz incerta das estrelas.

Uma terrível saraivada de balas caiu quase imediatamente sobre o forte e sobre o telhado da grande cabana onde se encontrava Sandokan, de pé e com o fuzil na mão.

— Por Júpiter! — exclamou Yanez, que ouviu algumas balas assobiarem no seu ouvido. — Mais inimigos!

— E barcos também — disse Sambigliong, que estava ao seu lado.
— Onde?
— Olhe lá, na extremidade da baía. São dois, quatro, sete, uma verdadeira esquadrilha!...
— Com mil trovões! — exclamou o português. — Ei, irmãozinho!
— O que você quer? — perguntou Sandokan, carregando a sua carabina.
— Estamos prestes a ficar cercados.
— Você não tem um fuzil?
— Tenho.
— E uma cimitarra e um cris?
— Claro que sim.
— Pois bem, meu irmão, vamos lutar.

Subiu para o telhado da cabana, sem se preocupar com as balas que passavam por perto, e trovejou:

— Filhotes de tigre de Mompracem, vingança! O exterminador dos piratas está chegando! Todos vocês para as paliçadas e atirem naqueles cães que vieram nos desafiar!

Os piratas abandonaram precipitadamente as fendas e subiram como gatos para o alto do cercado.

Tremal-Naik, Sambigliong, Tanauduriam e Aïer-Duk os orientavam e encorajavam com a voz e dando o exemplo.

Não demorou muito para que a fuzilaria recomeçasse, agora com uma fúria inacreditável. Embaixo de cada árvore da orla brilhava um raio, sempre seguido de um disparo. Centenas e centenas de balas se cruzavam no ar, com silvos chorosos.

De vez em quando, no meio daquela balbúrdia que continuava aumentando, se ouviam a voz trovejante do Tigre da Malásia, os gritos dos filhotes, os comandos dos oficiais do rajá e os urros selvagens dos indianos e dos *dayachi*. Mas algumas vezes não eram gritos de triunfo, nem urros de entusiasmo: eram urros lancinantes, urros dos feridos, urros dos moribundos.

De repente ouviram uma detonação fortíssima, vinda do mar, que cobriu o cascatear da fuzilaria. Era a voz poderosa do canhão.

— Ah! — exclamou Sandokan. — A frota do rajá!

Olhou para o oceano. Uma grande sombra vinha entrando na baía, se aproximando da ilha: dois faróis, um verde e outro vermelho, brilhavam de ambos os lados.

— Ei, Sandokan!... — gritou uma voz. — Com todos os diabos!...

— Coragem, Yanez! — respondeu Sandokan.
— Por Júpiter! Tem um navio atrás de nós.
— Se tiver de ser, vamos abordar e...

Não terminou. Uma chama brilhou na proa da nave que estava entrando na baía e uma bala acabou despedaçando uma parte do cercado.

— O *Realista* — exclamou Sandokan.

De fato, aquele navio que vinha ajudar os atacantes era a escuna do rajá James Brooke, a mesma que atacara e pusera a pique a *Helgoland*.

— Maldito — rugiu Sandokan, encarando o navio com olhos que lançavam raios. - Ah! por que não tenho pelo menos um *praho*. Eu faria você ver como os filhotes de tigre de Mompracem são capazes de combater com armas brancas!...

Outro tiro de canhão ecoou na ponte do navio inimigo e uma nova bala veio abrir mais um buraco.

O Tigre da Malásia deu um grito de dor e de raiva.

— Está tudo acabado! — exclamou.

Pulou do telhado da cabana para o chão, sendo seguido por todos os seus companheiros, enquanto uma nuvem de metralha varria o topo do forte, e subiu na barricada que fechava a entrada, gritando:

— Fogo, filhotes de tigre de Mompracem, fogo! Vamos mostrar ao rajá como os piratas da Malásia sabem combater!...

A batalha assumia agora proporções assustadoras. A tropa do rajá, que até então se mantivera escondida no bosque, começou a avançar para a praia e a abrir um fogo infernal de lá; a flotilha, que mantivera uma distância respeitável até agora, ao se sentir apoiada pelos canhões do navio, fizera um movimento à frente, decidida a se apoderar da ilha, pelo que parecia.

A posição dos piratas logo passou a ser desesperadora. Eles combatiam com uma raiva explosiva, ora atirando contra o navio, ora contra a flotilha, ora contra as tropas agrupadas na praia da baía, sempre encorajados pela voz do Tigre da Malásia; mas eram muito poucos para enfrentar tantos inimigos.

As balas caíam sem parar, entrando pelas fendas e por entre as fissuras da cerca, derrubando de cada vez dois ou três dos piratas que atiravam do alto da paliçada. E frequentemente não eram simples balas, mas granadas que os canhões do *Realista* jogavam e que, explodindo com uma violência medonha, abriam brechas assustadoras, pelas quais o inimigo poderia entrar assim que desembarcasse.

Às três horas da madrugada, novos reforços se juntaram aos atacantes.

Tratava-se de um elegante iate, armado com um único, mas poderoso, canhão, que logo abriu fogo contra as paliçadas, agora já em ruínas.

— Acabou — disse Sandokan do alto da barricada, ao mesmo tempo que, com o rosto transtornado, continuava a atirar contra a flotilha, que não parava de avançar. — Dentro de dez minutos vamos ser obrigados a nos render.

Uma hora depois só restavam sete pessoas no fortim: Sandokan, Yanez, Tremal-Naik, Ada, Sambigliong, Kammamuri e Tanauduriam. Já haviam descido da cerca, que não oferecia mais proteção nenhuma, e ido para a grande cabana, parte da qual já estava destruída pela canhonada do *Realista* e do iate.

— Sandokan — disse Yanez em certo momento —, não podemos resistir mais.

— Enquanto tivermos pólvora e balas, não devemos parar — respondeu o Tigre da Malásia, olhando a flotilha inimiga, que, depois de ser rechaçada seis vezes seguidas, voltava à carga para desembarcar os seus homens.

— Não estamos sozinhos, Sandokan. Temos uma mulher conosco, a *Virgem do templo*.

— Ainda podemos vencer, Yanez. Vamos deixar o inimigo desembarcar e depois nos atiramos com todas as forças contra eles. Eu estou me sentindo tão forte, que poderia lutar contra todos esses malditos que o rajá enviou.

— E se uma bala atingir a *Virgem*? Olhe, Sandokan, olhe!...

Uma granada lançada pelo *Realista* explodia naquele instante, destruindo um longo trecho da parede. Alguns fragmentos de ferro entraram no salão, assobiando por cima do grupo de piratas.

— Vão matar a minha noiva!... — exclamou Tremal-Naik, se jogando imediatamente à frente da *Virgem do templo*.

— Temos de nos render ou nos preparar para a morte — disse Kammamuri.

— Vamos nos render, Sandokan — gritou Yanez. — Temos de salvar a prima da falecida Marianna Guillonk.

Sandokan não respondeu. Colocado em uma das janelas, com o fuzil nas mãos, olhos chamejantes, lábios entreabertos e as feições alteradas por uma raiva violenta, olhava para o inimigo, que se aproximava rapidamente da ilha.

— Vamos nos render, Sandokan — repetiu Yanez.

O Tigre da Malásia respondeu com um suspiro rouco.

Uma segunda granada entrou por um buraco e atingiu a parede oposta, onde explodiu, arremessando estilhaços incandescentes para todos os lados.

— Sandokan!... — gritou Yanez pela terceira vez.

— Irmão — murmurou o Tigre.

— Temos de nos render.

— Render-me!... — gritou Sandokan com um tom que já não tinha nada mais de humano. O Tigre da Malásia se render a James Brooke!... Ah! Por que eu não tenho um canhão para enfrentar aquele homem maldito? Por que os filhotes que ficaram em Mompracem não estão aqui comigo?... Render-me!... O Tigre da Malásia se rendendo!

— Existe uma mulher aqui que deve ser salva, Sandokan!...

— Sei disso...

— E esta mulher é prima da sua falecida mulher.

— É verdade! É verdade!...

— Vamos nos render, Sandokan.

Uma terceira granada explodiu no quarto, enquanto duas balas de grosso calibre atingiram o topo da cabana e destruíram boa parte do telhado. O Tigre da Malásia virou e olhou para os companheiros. Todos eles estavam empunhando as armas, prontos para continuar a luta; no meio deles estava a *Virgem do templo*. Parecia tranquila, mas ele podia ler uma forte ansiedade nos olhos dela.

— Não existe mais nenhuma esperança — murmurou o pirata com voz surda.

— Dentro de dez minutos nenhum destes bravos homens estará em pé. Temos de nos render.

Afundou a cabeça entre as mãos e parecia querer afundar a testa.

— Sandokan! – disse Yanez.

Um grito estrondoso de urra cobriu a voz dele. Os soldados do rajá haviam atravessado o braço de mar e caminhavam na direção do forte.

Sandokan sacudiu o corpo. Empunhou a terrível cimitarra e fez menção de se atirar para fora da cabana, para se opor ao avanço dos vencedores, mas se conteve.

— Soou a última hora para os tigres de Mompracem! — exclamou, demonstrando dor. — Sambigliong, ice a bandeira branca.

Com um gesto, Tremal-Naik deteve o pirata que estava amarrando um pano branco no cano de um fuzil e se aproximou de Sandokan, trazendo a noiva pela mão.

— Tigre — disse ele — se você se render, eu, Kammamuri e a minha noiva estamos salvos, mas vocês, que são piratas, e por isso são odiados até a morte pelo rajá, acabarão sendo enforcados, sem a menor dúvida. Vocês nos salvaram: as nossas vidas estão nas suas mãos. Se ainda tiverem esperança de vencer, ordene o ataque e nós vamos nos lançar contra o inimigo, gritando: Viva o Tigre da Malásia! Viva Mompracem!

— Obrigado, meus nobres amigos — disse Sandokan com voz emocionada, agarrando com força as mãos da jovem e do indiano. — Mas agora o inimigo já desembarcou, e somos apenas sete. Vamos nos render.

— Mas e o que vai ser do senhor? — perguntou Ada.

— James Brooke não vai mandar me enforcar, senhora — disse o pirata. — O Tigre ainda dispõe de muitos trunfos.

— A bandeira branca, Sambigliong — disse Yanez, depois de acender outro cigarro.

O pirata subiu para o telhado da cabana e agitou o pano branco.

Imediatamente se ouviu o toque de clarim ecoando na ponte do *Realista*, acompanhado por gritos estrondosos de urra.

Sandokan saiu da cabana com a cimitarra em punho, atravessou a praça do forte coberta de destroços e cadáveres, de armas e de balas de canhão, e se deteve perto da barricada destruída.

Duzentos soldados do rajá haviam desembarcado e estavam alinhados na praia, com armas nas mãos, preparados para se lançar ao ataque.

Uma chalupa, que trazia o rajá Brooke, Lorde Guillonk e doze marinheiros, se soltara do *Realista* e vinha se aproximando rapidamente da ilha.

— Ele é meu tio — murmurou Sandokan com voz triste.

Cruzou os braços no peito depois de embainhar a cimitarra e esperou tranquilamente os seus inimigos mais obstinados.

A embarcação, vigorosamente impelida adiante, em poucos minutos abordou perto do fortim. James Brooke e Lorde Guillonk desembarcaram, seguidos a uma pequena distância por um grupo de fortes soldados, e se aproximaram de Sandokan.

— Está pedindo uma trégua ou se rendeu? — perguntou o rajá, enquanto o cumprimentava com o sabre.

— Eu me rendo, senhor — disse o pirata, retribuindo a saudação. — Os seus canhões e homens domaram o Tigre de Mompracem.

Um sorriso de triunfo apareceu nos lábios do rajá.

— Eu sabia que acabaria vencendo o indomável Tigre da Malásia — disse ele. — O senhor está preso!

Sandokan, que até então não se mexera, ao ouvir aquelas palavras, reergueu orgulhosamente a cabeça, lançando para o rajá um daqueles seus olhares capazes de fazer tremer até os homens mais corajosos do mundo.

— Rajá Brooke — disse ele com voz sibilante. — Há cinco tigres de Mompracem comigo. Apenas cinco, mas ainda são capazes de sustentar uma luta contra todas as suas tropas. Há cinco homens comigo que são capazes de se arremessar contra vocês a um sinal meu, deixando todos no chão, sem vida, apesar das tropas que estão em torno de nós. Só vai me prender depois que eu tiver dado àqueles homens a ordem de depor armas.

— Então não se rende?

— Eu me rendo, mas com uma condição.

— Senhor, gostaria que notasse que as minhas tropas já desembarcaram; gostaria que notasse que vocês não passam de seis homens, e nós somos duzentos e cinquenta; gostaria que notasse que basta um sinal meu para que seja fuzilado. Acho estranho que o Tigre da Malásia, derrotado, ainda queira ditar condições.

— O Tigre da Malásia ainda não está vencido, rajá Brooke — disse Sandokan orgulhosamente. — Ainda tenho a cimitarra e o cris.

— Devo ordenar o ataque?

— Depois que eu tiver dito o que estou pedindo.

— Fale.

— Rajá Brooke, eu, o capitão Yanez de Gomera e os *dayachi* Tanauduriam e Sambigliong fazemos parte, todos, do bando de Mompracem e nos rendemos com as seguintes condições: Que sejamos julgados pela Suprema Corte de Calcutá e que seja dada total liberdade para irem aonde bem entenderem a Tremal-Naik, ao seu criado Kammamuri e à miss Ada Corishant!...

— Ada Corishant! Ada Corishant! — exclamou Lorde Guillonk, correndo até Sandokan.

— Isso mesmo, Ada Corishant — disse Sandokan.

— Não é possível que ela esteja aqui!

— E por que, milorde?

— Por que ela foi raptada pelos tugues indianos e nunca mais se ouviu falar nela.

— No entanto, ela está neste forte, milorde.

— Lorde James — disse o rajá. — O senhor chegou a conhecer miss Ada Corishant?

— Cheguei, alteza — respondeu o velho Lorde. — Eu a conheci poucos meses antes que ela fosse raptada pelos sectários de Kali.

— O senhor a reconheceria se a visse?

— Reconheceria, e tenho certeza de que ela também me reconheceria, embora já se tenham passado bem uns cinco anos depois daquela época lamentável.

— Muito bem, senhores, me acompanhem — disse Sandokan.

Fez que atravessassem a paliçada e os conduziu à grande cabana, onde Yanez, Tremal-Naik, Kammamuri, Tanauduriam e Sambigliong estavam reunidos ao redor da *Virgem do templo*, com os fuzis nas mãos e o cris entre os lábios.

Sandokan pegou Ada pela mão e a mostrou ao Lorde, dizendo:

— O senhor a reconhece?

Dois gritos responderam.

— Ada!

— Lorde James!

Em seguida, o velho e a jovem se abraçaram efusivamente e se beijaram. Ambos tinham se reconhecido.

— Senhor — disse o rajá, virando para Sandokan. — Como aconteceu de miss Ada estar em suas mãos?

— Ela mesma vai dizer — respondeu Sandokan.

— Isso mesmo, isso mesmo, eu quero saber o que houve! — exclamou Lorde James, que continuava a abraçar e a beijar a jovem, chorando de alegria. — Quero saber de tudo.

— Conte tudo, então, miss Ada — disse Sandokan.

A jovem não se fez de rogada e contou brevemente ao Lorde a ao rajá a sua história, que os leitores já conhecem bem.

— Lorde James — disse ela, quando terminou — devo a minha vida a Tremal-Naik e a Kammamuri; a minha felicidade, ao Tigre da Malásia. Abrace estes homens também, milorde.

Lorde James se aproximou de Sandokan, que olhava para os seus companheiros com os braços cruzados no peito e o rosto ligeiramente alterado.

— Sandokan — disse o velho com voz emocionada. — O senhor raptou a minha sobrinha, mas me devolveu outra mulher que eu amava tanto quanto ela. Eu o perdoo, venha me abraçar, meu sobrinho, me abrace!...

205

O Tigre da Malásia se precipitou para os braços do velho e aqueles inimigos encarniçados, depois de tantos anos se beijaram no rosto.

Quando se separaram, grossas lágrimas corriam pelas faces do velho Lorde.

— É verdade que a sua mulher está morta? — perguntou ele com voz entrecortada.

Ao ouvir aquela pergunta, o rosto do Tigre da Malásia se alterou assustadoramente.

Ele fechou os olhos e os cobriu com os dedos crispados, dando um gemido rouco.

— Responda, Sandokan, responda — pediu o velho.

— É verdade, ela está morta — disse o Tigre, com voz lancinante.

— Pobre Marianna! Pobre sobrinha!

— Cale-se, cale-se — murmurou Sandokan.

Um soluço sufocou a voz dele. O Tigre da Malásia estava chorando! Yanez se aproximou do amigo e pôs uma mão no ombro dele:

— Coragem, irmãozinho — disse ele. — O Tigre da Malásia não pode demonstrar fraqueza diante do inimigo.

Sandokan enxugou as lágrimas com raiva e levantou a cabeça com um gesto orgulhoso.

— Rajá Brooke, estou à sua disposição. Eu e meus companheiros nos rendemos.

— Quais são os seus companheiros? — perguntou o rajá com expressão anuviada.

— Yanez, Tanauduriam e Sambigliong.

— E o Tremal-Naik?

— O quê?... O senhor ousaria...

— Não ousaria nada — disse James Brooke. — Obedeço a ordens e a nada mais.

— O que está querendo dizer?

— Que Tremal-Naik continuará preso, exatamente como vocês.

— Alteza!... — exclamou Lorde Guillonk. — Alteza!...

— Sinto muito pelo senhor, milorde, mas não cabe a mim conceder a liberdade a Tremal-Naik. Ele estava sob a minha custódia e tenho de devolvê-lo às autoridades inglesas que, com certeza, vão reclamá-lo.

— Mas o senhor ouviu toda a história deste meu novo sobrinho.

— É verdade, mas não posso transgredir as ordens que recebi das autoridades anglo-indianas. Em poucos dias um navio de deportados vai chegar a Sarawak e eu tenho de transferi-lo ao comandante.

— Senhor!... — exclamou Tremal-Naik com voz entrecortada. — Não pode permitir que me separem da minha Ada e me levem para Norfolk.

— Rajá Brooke — disse Sandokan. — O senhor está cometendo uma infâmia.

— Não estou; eu obedeço a ordens — respondeu o rajá. — Lorde Guillonk pode voltar a Calcutá, explicar as artimanhas covardes dos tugues e obter a liberdade dele. Prometo que, de minha parte, terá apoio total.

Ada, que até agora estava silenciosa, oprimida por uma angústia mortal, deu um passo à frente:

— Rajá — disse ela quase sem voz. — O senhor quer que eu fique louca de novo?...

— A senhorita vai recuperar o seu noivo, miss. As autoridades anglo-indianas vão reconsiderar o processo e não vamos desistir enquanto Tremal-Naik não for posto em liberdade.

— Então me deixe embarcar no navio com ele.

— A senhorita?... Ora essa!... Está brincando comigo?...

— Quero ir com ele.

— Em um navio de condenados?... Em uma confusão infernal como aquela?...

— Estou dizendo que quero ir com ele — disse ela exaltada.

James Brooke olhou para ela com certa surpresa. Parecia ter ficado impressionado com a energia extrema daquela jovem.

— Responda — disse Ada ao ver que ele continuava mudo.

— Isso não é possível, miss — disse depois. — O comandante do navio não a aceitaria. Seria melhor para você que acompanhasse o seu tio até a Índia para obter a graça para o seu noivo. O seu testemunho será suficiente para convencê-los a libertá-lo.

— É verdade, Ada — disse Lorde Guillonk. — Se você for com Tremal-Naik, vou estar sozinho e ficaria faltando o testemunho principal para salvar o seu noivo.

— Mas vocês estão querendo que eu o abandone de novo!... — exclamou ela, explodindo em soluços.

— Ada!... — disse Tremal-Naik.

— Alteza — disse Sandokan, indo em direção ao rajá. — Poderia me conceder cinco minutos de liberdade?...

— O que pretende fazer? — perguntou James Brooke.

— Quero ver se consigo convencer miss Ada a ir com Lorde James.

— Então faça isso.

— Mas a sua presença não é necessária. Quero falar livremente, sem que outras pessoas me ouçam.

— Concedo o que me pede. Mas quero avisá-lo que, se está esperando fugir, está completamente enganado, pois esta baía está cercada.

— Sei disso. Sigam-me, amigos.

Ele saiu da cabana semidestruída e conduziu os amigos até a cerca do forte.

— Ouçam, amigos — disse ele. — Ainda tenho recursos que fariam o rajá empalidecer se ele soubesse. Miss Ada, Lorde James...

— Não me chame de Lorde James, mas de tio, Sandokan — disse o inglês. — Você também é meu sobrinho.

— É verdade, meu tio — disse o Tigre comovido. — Miss Ada, não insista mais e desista da ideia de ir com o seu noivo para a ilha Norfolk. Em vez disso, vamos tentar conseguir que o rajá mantenha Tremal-Naik em Sarawak até que as autoridades de Calcutá tenham revisto o processo e decidido a sorte dele.

— Mas será uma separação muito longa — disse Ada.

— Não, miss, vai ser rápida, eu garanto. Vou tentar obter isso do rajá para ganhar tempo.

— O que você está querendo dizer com isso? — perguntaram Tremal-Naik e Lorde Guillonk.

Um sorriso aflorou nos lábios de Sandokan.

— Ah! — disse ele. — Acham que eu não sei a sorte que me espera em Calcutá também?... Os ingleses me odeiam e eu entrei em uma guerra árdua e feroz demais contra eles para que agora tenha a esperança de que me deixem vivo. Ainda quero ser livre, percorrer os mares e rever a minha selvagem Mompracem.

— Mas o que está pretendendo fazer? Está contando com alguém? — perguntou Lorde Guillonk.

— Com o sobrinho de Muda-Hassin.

— O sultão deposto por Brooke? — perguntou o Lorde.

— Ele mesmo, tio. Sei que ele está conspirando para reconquistar o trono e minando lenta, mas insistentemente, a força de Brooke.

— O que podemos fazer? — perguntou Ada. — Devo a minha vida a vocês e devo a liberdade de Tremal-Naik também.

— Procure encontrar aquele homem e diga que os tigres de Mompracem estão dispostos a ajudá-lo. Os meus piratas vão desembarcar aqui, se colocando à frente dos revoltosos, e vão atacar em primeiro lugar a nossa prisão.

— Mas eu sou inglês, meu sobrinho — disse o Lorde.

— Eu sei e não espero nada do senhor, meu tio. O senhor não pode conspirar contra um compatriota.

— Mas quem vai agir?

— Miss Ada e Kammamuri.

— Oh! Sim, senhor — disse a jovem. — Diga: o que devo fazer?...

Sandokan desamarrou o jaquetão e retirou uma bolsa cheia da faixa que tinha sobre a camisa de seda.

— Procure o sobrinho de Muda-Hassin e diga que Sandokan, o Tigre da Malásia, lhe envia como presente estes diamantes, que valem dois milhões, para apressar a revolta.

— E o que eu devo fazer? — perguntou Kammamuri.

Sandokan retirou do dedo um anel com um formato especial, enfeitado com uma grande esmeralda, e estendeu a ele, dizendo:

— Você vai a Mompracem. Mostre esse anel aos meus piratas, diga que eu sou prisioneiro e que é para eles embarcarem nos navios e ajudarem a insurreição do sobrinho de Muda-Hassin. Vamos voltar: o rajá está desconfiado.

Voltaram à cabana destruída, onde Brooke estava esperando, rodeado pelos oficiais que já haviam desembarcado.

— E então? — perguntou ele brevemente.

— Ada desiste da ideia de ir com o noivo com a condição de que o senhor, Alteza, mantenha Tremal-Naik prisioneiro em Sarawak até que a Corte de Calcutá tenha revisto o processo — disse o Lorde.

— Que seja — disse o Lorde depois de alguns instantes de reflexão.

Nesse momento, Sandokan avançou, jogou no chão a cimitarra e o cris e disse:

— Sou seu prisioneiro.

Yanez, Tanauduriam e Sambigliong também depuseram suas armas. Lorde James, com olhos úmidos, se pôs entre o rajá e Sandokan.

— Alteza — disse. — O que pretende fazer com o meu sobrinho?

— Vou conceder o que ele me pediu.

— Ou seja?

— Vou mandá-lo para a Índia. A Corte Suprema de Calcutá vai se encarregar do julgamento dele.

— Quando ele vai partir?

— Dentro de quarenta dias, com o navio correio que chega de Labuan.

— Alteza... ele é meu sobrinho e eu cooperei para que fosse capturado.

— Sei disso, milorde.

— Ele salvou Ada Corishant, Alteza.

— Também sei disso, mas não há nada que o homem chamado de *o exterminador de piratas* possa fazer a respeito.

— E se o meu sobrinho prometesse ir embora para sempre destes mares?... E se o meu sobrinho jurasse ao senhor que nunca mais iria rever Mompracem?...

— Pare com isso, tio — disse Sandokan. — Nem eu nem os meus companheiros temos medo da justiça humana. Quando soar a última hora, os tigres de Mompracem saberão morrer como bravos.

Ele se aproximou do velho Lorde, que chorava em silêncio, e o abraçou, enquanto Tremal-Naik abraçava Ada.

— Adeus, senhora — disse ele depois, apertando a mão da jovem que soluçava. — Tenha esperança!...

Olhou para o rajá, que o esperava perto da porta, e erguendo a cabeça orgulhosamente, disse:

— Estou às suas ordens, Alteza.

Os quatro piratas e Tremal-Naik saíram do fortim e tomaram seus lugares nas embarcações. Quando estas se puseram ao largo, indo em direção ao *Realista*, voltaram a olhar para a ilhota.

Na frente da porta da cerca podiam ver o Lorde e Ada à direita e Kammamuri à esquerda. Os três estavam chorando.

— Pobre tio, pobre miss — disse Sandokan, suspirando. — É o destino!... É o destino!... Mas a separação vai ser curta e você, James Brooke, está prestes a perder o trono!...

15. O iate de Lorde James

DEPOIS DAQUELA CANHONADA furiosa e daquela luta medonha que exterminaram os indomáveis tigres da selvagem Mompracem e venceram os últimos sobreviventes do bando aterrorizante, a baía estava novamente em silêncio.

O *Realista* se distanciara junto com a pequena flotilha, e as tropas do rajá haviam tomado o caminho dos bosques para voltar a Sarawak. Apenas o iate continuava ancorado perto da pequena ilha, esperando pelo proprietário, Lorde James.

Na frente do fortim, sentada em um pedaço da cerca que as balas dos canhões haviam destruído, Ada estava soluçando. Perto dela se encontravam o velho Lorde e Kammamuri.

— Vamos embarcar, minha sobrinha — dizia o Lorde. — Não é com lágrimas que poderemos salvá-lo.

— É verdade, patroa — dizia o marata. — Temos de agir, e rápido. Lembre-se de que em quarenta dias Sandokan vai ser levado para a Índia e que se esse homem for embora, nem mesmo o meu patrão vai poder se salvar.

— Estou com o coração despedaçado, meu tio. Não sei, mas é possível que a maldição da terrível divindade dos tugues esteja pesando sobre mim.

— Pare de cismar com isso, Ada, e vamos embora.

— Mas aonde vamos?

— A Mompracem — disse uma voz atrás deles.

Os três viraram e se viram diante de um pirata com o rosto desfigurado e manchado de sangue.

— Quem é você? — perguntou o Lorde, dando um passo para trás.

— Aïer-Duk, um dos chefes dos bandos do Tigre da Malásia.

— Ainda está vivo!... — exclamaram Ada e Kammamuri.

— Achei que um homem livre poderia ser mais útil ao capitão do que um morto e, quando vi que a batalha estava perdida, fiquei caído no meio dos cadáveres.

— Mas você está ferido, pobre homem!... — exclamou Ada.

— Bah!... — fez o pirata, dando de ombros. — A bala que me atingiu só arranhou a minha cabeça.

— É uma sorte que você ainda esteja vivo — disse o Lorde. — É você que deverá ir a Mompracem para buscar o bando de Sandokan.

— Estou pronto para partir, milorde. Ouvi tudo o que o capitão disse e assim que eu encontrar um bote qualquer, vou para lá. Vou fazer que todos os tigres de Mompracem embarquem e os levarei até o sobrinho de Muda-Hassin.

— Vou conseguir um barco a vapor para você — disse o Lorde. — Tenho um.

— Quando é que posso partir?

— Assim que chegarmos a Sarawak. A bordo, meus amigos, vamos voltar à cidade.

— Vamos, tio — disse Ada. — Não quero ficar atrás de Tremal-Naik e de seus corajosos amigos.

— Só uma coisa, milorde — disse Kammamuri.

— Fale.

— Se voltarmos a Sarawak, não vamos deixar o rajá desconfiado? Seria melhor que ele pensasse que fomos à Índia.

— É verdade — disse Lorde James, atingido por aquela reflexão. — Ele poderia pensar que iríamos tentar libertar Sandokan e Tremal-Naik. Você é um homem esperto, Kammamuri.

— Sou marata — respondeu indiano com orgulho.

— Milorde — disse Aïer-Duk —, o senhor sabe onde está o sobrinho de Muda-Hassin?

— Em Sedang.

— Livre?

— Sob vigilância.

— Sedang fica perto do rio com o mesmo nome, se não me engano.

— Isso mesmo.

— Vão e ancorem na foz daquele rio, milorde. Dentro de duas semanas vou me reunir ao senhor com a flotilha de Mompracem. Enquanto isso, vocês podem tentar se aproximar do sobrinho Ed Muda-Hassin e informá-lo dos eventos que estão prestes a acontecer.

— Acho que esta é a melhor ideia — disse o Lorde. — Desta forma vamos evitar a desconfiança do rajá. Podemos embarcar agora, amigos: não temos mais nada a fazer aqui.

Uma chalupa do iate esperava por eles na extremidade da ilhota com seis marinheiros dentro. O Lorde, Ada, Kammamuri e o pirata que escapara miraculosamente da morte embarcaram nela e foram para o barco.

Aquele iate era um dos mais bonitos e mais elegantes que já se viram naqueles mares. Comportava cento e cinquenta toneladas no total; tinha uma quilha estreita, a proa talhada em ângulo reto, mas construída à prova de recifes, e estava equipado como escuna, com velas caranguejas que tinham um bom desenvolvimento para poder aproveitar até as brisas mais fracas.

Lorde James, um verdadeiro fidalgo, mandara mobiliar o barco com requinte. As cabines e o salão do quadro de popa não poderiam ser mais elegantes nem mais cômodos, e a cantina e a despensa, mais bem providas.

Havia vinte homens nele, escolhidos na maioria entre os *bughisi*, marinheiros valentes que não perdem em nada para os malaios e que ainda são considerados os mais intrépidos lobos-do-mar de todo o vasto arquipélago da Sonda.

Somente o mestre e o subcapitão eram de outra raça, pois eram mestiços anglo-indianos, sem dúvida discípulos da escola marítima de Calcutá ou de Bombaim.

Mal o Lorde pôs os pés no iate, o subcapitão, um homem bonito, alto, com a pele ligeiramente bronzeada que traía o cruzamento do sangue indiano com o europeu, olhos muito negros e muito inteligentes e feições enérgicas, mas que mantinham ainda um não sei quê de orgulho selvagem, se adiantou e disse:

— Devo dirigir a proa para a baía, milorde?

— Deve, sim — respondeu o velho capitão. — Mas vamos a Sedang, e não a Sarawak.

— Está certo, milorde. O senhor tem alguma outra ordem para me dar?

— Escolha duas cabines para estes homens — continuou o Lorde, indicando Kammamuri e Aïer-Duk —, e providencie para que o ferido receba os devidos cuidados.

A seguir, deu o braço a Ada e a levou ao quadro de popa e depois a uma cabine elegantíssima, dizendo:

— Está em sua casa, minha sobrinha.

— Obrigada, tio — respondeu ela. — Vamos partir agora?

— Neste instante.

— E quando chegaremos a Sedang?

— Dentro de três dias, se o vento se mantiver favorável.

— Estou ansiosa para ver o sobrinho do sultão.
— Acredito.
— Será que vamos conseguir, tio?
— Com o apoio dos filhotes de tigre de Mompracem, vamos, minha sobrinha.
— Esses homens são assim tão terríveis?
— Você teve uma amostra agora há pouco de como eles sabem lutar. Quando souberem que o seu chefe foi feito prisioneiro, virão todos e vão arriscar a vida para salvá-lo.
— Eles devem adorar aquele homem valente.
— Até a loucura. Eu conheço aqueles homens, que antigamente eram meus inimigos. Quando lutam, são mais aterrorizantes que os tigres, e os canhões não são suficientes para detê-los!
— Mas será que o sobrinho de Muda-Hassin tem partidários?
— Tem, e muitos. Brooke é temido por seus soldados, mas é odiado pelas atrocidades que cometeu contra os piratas malaios. Até mesmo os nossos compatriotas várias vezes lançaram protestos de indignação contra ele.
— Mas é um homem enérgico e vai se defender de todas as formas.
— É verdade, mas não será capaz de resistir à onda de devastação que vai se abater contra ele.
— Quem dera que isso pudesse acontecer depressa, tio — disse Ada, suspirando. — Pobre Tremal-Naik!... Pensar que ele está mais uma vez longe de mim, justo quando a felicidade estava sorrindo para nós!... Ah!... Meu tio, nós dois nascemos com uma estrela ruim.
— Esta vai ser a última prova, Ada. Quando conseguirmos libertá-lo eu os levarei comigo para a Índia, mas longe de Calcutá, ou para Java, para protegê-los das vinganças do impiedoso Suyodhana, e nunca mais vamos nos separar.
— Sandokan também vai vir conosco?
— Ele?... Trata-se de um homem que não foi feito para a vida tranquila, mas quem sabe... talvez ele possa nos seguir até a Índia, mas só se for para travar uma luta medonha contra os tugues e o chefe deles. Mas agora chega: descanse tranquila na sua cabine, pois você está precisando muito, Ada. Vou voltar para a ponte.

O Lorde saiu do quadro e subiu à coberta.

O iate já saíra da baía e estava velejando na ampla baía de Sarawak, com a proa voltada para o leste.

O mar estava deserto. O *Realista* e a pequena flotilha haviam partido uma hora antes e já deviam ter chegado à foz do rio. Provavelmente estavam prestes a chegar à cidade, levando com eles os prisioneiros.

Até mesmo a costa, que se desenhava para o sul, formando como que um imenso arco, parecia estar deserta. Viam-se apenas densas florestas que se estendiam até o mar, e mais ao longe se agigantava o alto cone de Matang.

O vento, que se mantinha muito favorável, impelia o esbelto iate com uma velocidade de seis ou sete nós por hora. Se não diminuíssem a corrida, em dois dias, e não em três, aquele rápido veleiro poderia chegar à foz do Sedang.

Três horas mais tarde, quando o iate se encontrava quase em frente a Sarawak, a chalupa a vapor que estava atracada à popa foi puxada para baixo da escada de boreste. A máquina já estava sob pressão, e a hélice, pronta para funcionar.

Aïer-Duk, que recebera cuidados para suas feridas, mais dolorosas do que perigosas, na realidade, apareceu na ponte, pronto para se pôr ao largo e ir a Mompracem.

— Suas instruções, milorde — disse ele.

— Você já sabe: armar a frota e vir para a foz do rio. Quantos homens ficaram em Mompracem?

— Duzentos, mas valem por mil.

— Há *prahos* suficientes?

— Temos trinta, armados com quarenta canhões e sessenta balistas.

— Quando estiver voltando, procure não ser surpreendido pela frota do rajá.

— Se a encontrarmos, nós a destruiremos, milorde.

— E assim vão dar o alarme.

— É verdade. Vamos agir com cuidado.

— Agora vá: todos os minutos são preciosos. A chalupa navega a dez nós por hora e em dois dias você pode chegar a Mompracem.

— Espero ver o senhor em breve, milorde.

Aïer-Duk desceu para a chalupa, onde dois foguistas esperavam por ele, e deu o comando de se afastar da costa. Um quarto de hora mais tarde, a rápida embarcação não passava de um ponto negro que mal podia ser avistado na superfície azul do mar.

O iate retomara o curso leste, mantendo-se distante da foz do Sarawak, para não ser avistado pelos pequenos barcos guarda-costas do rajá, forçando o Lorde a chegar despercebido a Sedang.

Durante a noite, o rápido veleiro ultrapassou a pequena baía encerrada entre as duas longas penínsulas que formam o anteporto da cidade e, no dia seguinte, bordejava em direção à costa.

Às sete horas da noite, como o vento continuava muito fresco, ele chegou à foz do rio em cujas margens ficava a cidadezinha de Sedang.

A âncora foi baixada em uma pequena doca semioculta por duriões altíssimos e por arecas sacaríferas fantásticas, cujas folhas emplumadas projetavam uma sombra densa sobre a margem.

— Não há ninguém aí, tio? — perguntou Ada, que subira para a coberta.

— Não, a foz está deserta — respondeu o Lorde. — Sedang é uma cidade com poucos habitantes.

— Quando vamos procurar o sobrinho de Muda-Hassin?

— Amanhã, mas temos de trocar de pele.

— O que o senhor quer dizer com isso?

— Que homens brancos seriam notados imediatamente, e o rajá não demoraria a ser informado.

— O que temos de fazer?

— Temos de nos transformar em indianos, pintando o rosto.

— Para salvar Tremal-Naik e seus corajosos amigos, estou disposta a tudo, tio.

— Até amanhã, Ada.

16. O governador de Sedang

DOZE HORAS DEPOIS, uma chalupa com seis *bughisi* da tripulação do iate, o Lorde, Ada e Kammamuri subia o rio para ir a Sedang.

Os marinheiros haviam vestido o traje nacional, que consistia de um saiote multicolorido e um pequeno turbante, e o Lorde e Ada, pintados com uma bela cor bronzeada, haviam se enrolado em ricas vestes de cores vivas, presas na cintura por largas faixas de seda vermelha, para se fazer passar por príncipes indianos em uma viagem, fazendo um passeio.

Apenas Kammamuri conservara a vestimenta marata, que não levantaria a menor suspeita. O rio estreito e de águas turvas estava quase deserto. De vez em quando apareciam nas margens algumas daquelas grandes cabanas fincadas em palafitas de cinco ou seis metros de altura, de fabricação *dayaca*.

Do contrário, havia apenas bosques de árvores gomíferas como as *giunta wan*, as árvores de pimenta-do-reino, já cobertas de bagas avermelhadas que dão um grão bastante aromático, as *gluga*, de cuja casca macerada se extrai uma espécie de papel; árvores imensas de cânfora, que exalavam um perfume profundo, bananeiras, arecas e ratãs, uma planta sarmentosa que, naquela região, apresentam cipós e que atingem um comprimento extraordinário, chegando muitas vezes a trezentos metros.

Em meio àquela rica vegetação se viam símios de nariz longo, balançando nos galhos mais altos das árvores, ou tucanos gigantescos, pássaros extravagantes com bicos enormes, quase do tamanho do próprio corpo com um capacete estranho, em forma de uma grande vírgula, em cima. Apareciam também bandos de faisões enfeitados com penas muito longas, cacatuas negras e ainda alguns daqueles morcegos enormes que os indígenas chamam de *kulang*, do tamanho de um cachorro e com asas tão grandes que chegam a medir, juntas, um metro e trinta.

Ao meio-dia, a chalupa, que subia o rio com ajuda da maré, chegou a Sedang e ancorou na extremidade do povoado.

Embora se gabe com o nome de cidade, Sedang não passa de uma aldeia parecida com Kutsching, a segunda cidade do reino de Sarawak. Naquela época, ela se compunha de um agrupamento de cerca de uma centena e meia de cabanas fincadas em palafitas, sendo quase todas habitadas por *dayachi-laut*, ou seja, *dayachi* costeiros, de algumas casinhas com telhados arqueados pertencentes aos poucos chineses e de dois prédios de madeira, um habitado pelo sobrinho de Musa-Hassin, que era mantido como prisioneiro, ainda mais porque era sabido que ele aspirava à reconquista do trono, e o outro pelo governador, uma criatura totalmente devotada ao rajá e que contava com uns vinte indianos armados.

Como não havia em Sedang sequer um restaurante modesto, o Lorde adquiriu uma das casinhas chinesas mais bonitas, situada próxima ao rio, na extremidade setentrional da cidadezinha, levou Ada e Kammamuri até lá e depois disse à sobrinha:

— A minha missão acaba aqui. Fiz tudo o que eu podia fazer por você sem comprometer a minha honra de marinheiro inglês e de compatriota de James Brooke. Não posso participar da guerra que você e os piratas estão prestes a fazer estourar, mesmo que o Estado de Sarawak seja totalmente independente, sem nenhum laço com a Inglaterra, e apesar de ultimamente estar desgostoso com a atitude de rigor exagerado do Brooke em relação a Tremal-Naik. Continuo sendo seu tio e seu protetor, mas, como inglês, tenho de ficar neutro.

— Então o senhor já vai embora?... — disse Ada triste.

— Preciso ir. Vou voltar ao meu iate, mas devo ficar na foz do rio enquanto as hostilidades não forem abertas para poder proteger você, se for necessário. Você ainda se lembra como ser uma mulher bastante enérgica para agir, mesmo estando sozinha.

— Oh! Claro, tio!... Estou decidida a tudo.

— Vou deixar quatro marinheiros encarregados de defendê-la e ajudá-la. Vão lhe obedecer como a mim mesmo. São homens de coragem comprovada e de uma fidelidade a toda prova.

Adeus, e se algum perigo estiver ameaçando você, envie um dos marinheiros até mim. O meu iate está armado e, a qualquer pedido seu, pode subir o rio imediatamente.

Abraçaram-se por muito tempo, depois o Lorde voltou a embarcar e desceu o rio. A jovem ficou na margem, vendo-o se afastar sem prestar atenção a um guarda do rajá que se aproximou e começou a observá-la com grande curiosidade e uma certa desconfiança.

Ela só se deu conta da presença dele quando o viu ao seu lado.

— Quem é a senhora? — perguntou o guarda.

A jovem lançou um olhar agudo e altivo para o indiano.

— O que você quer? — perguntou ela.

— Saber quem é a senhora — respondeu o indiano.

— Isso não lhe diz respeito.

— Esta é a ordem, pois a senhora é estrangeira.

— Ordem de quem?

— Do governador.

— Não o conheço.

— Mas ele tem de saber quem são as pessoas que desembarcam em Sedang.

— Qual o motivo disso?...

— O sobrinho de Muda-Hassin está aqui.

— Não sei quem é ele.

— É o sobrinho do sultão que reinava antes em Sarawak.

— Não conheço nenhum sultão.

— Não importa: preciso saber quem é a senhora.

— Sou uma princesa indiana.

— De que região?...

— Da grande tribo dos maratas — disse Kammamuri, que se aproximara silenciosamente deles.

— Uma princesa marata!... — exclamou o indiano, estremecendo. — Mas eu também sou marata!

— Não, você é um renegado — disse Kammamuri. — Se fosse um verdadeiro marata, seria livre como eu e não um escravo ou servo de um homem que pertence à raça que nos oprime, um inglês.

Um lampejo de raiva brilhou nos olhos do soldado, mas logo passou e ele inclinou a cabeça, murmurando:

— É verdade.

— Vá embora — disse Kammamuri —, os maratas livres desprezam os traidores.

O indiano estremeceu e em seguida, erguendo o olhar que parecia úmido, disse com voz triste:

O *vilarejo* dayaco *de Sedang.*

— Não, eu não esqueci a minha pátria, não esqueci a minha tribo, o ódio pelos opressores da Índia não se apagou no meu coração e ainda sou um marata.

— Você?... — disse Kammamuri com mais desprezo ainda. — Então dê uma prova!...

— Pode pedir o que quiser.

— Esta é a minha patroa, uma princesa de uma das nossas tribos mais destemidas. Jure obediência a ela, como fizeram todos os filhos livres das nossas montanhas, se você tiver coragem!...

O indiano deu uma rápida olhada em torno para ter certeza de que não era observado e depois caiu aos pés de Ada com a testa encostada no chão, dizendo:

— Ordene: por Xiva, Vixnu e Brahma, as divindades protetoras da Índia, eu juro obedecer.

— Agora eu o reconheço como um compatriota — disse Kammamuri. — Siga-nos!...

Entraram na casa do chinês, que estava protegida pelos quatro marinheiros do iate, com revólveres na cintura e prontos a defenderem a sobrinha do patrão contra qualquer atentado por parte dos guardas do rajá, e foram até um pequeno quarto de paredes cobertas com papel florido de Tung, mobiliado com cadeiras leves de bambu e com algumas mesas cobertas de chaleiras e xícaras de porcelana da cor do céu depois de uma tempestade, a tonalidade preferida dos filhos do Império Celestial.

— Ordene — repetiu o indiano, se prostrando novamente diante de Ada.

A jovem, fixando um olhar demorado sobre ele, como se quisesse ler a sua alma, disse então:

— Você sabe que eu odeio o rajá?

— A senhora!... — exclamou o indiano, erguendo a cabeça e olhando espantado para ela.

— Eu — disse ela com energia.

— Talvez a senhora tenha alguma reclamação dele.

— Não, mas eu o odeio porque é um inglês, odeio porque sou marata e ele pertence à raça dos opressores da Índia e porque um dia pertenceu àquela companhia que destruiu a independência dos nossos rajás. Nós, os povos livres, juramos ódio eterno àqueles homens da Europa distante e, como não podemos atingi-los na Índia, estamos tentando destruí-los em outros locais.

— Mas a senhora é uma mulher poderosa?... — perguntou o indiano ainda mais espantado.

— Tenho homens valentes, tenho navios e canhões.

— E está trazendo a guerra para cá?...

— Estou, já que encontrei um opressor da nossa pátria que está tentando agora oprimir outros homens da mesma cor que nós.

— Mas quem vai ajudar a senhora nessa tarefa?

— Quem?... O sobrinho de Muda-Hassin.

— Ele!...

— Ele.

— Mas ele está preso.

— Vamos libertá-lo.

— Ele já sabe que a senhora está se preparando para lutar por ele?...

— Não, mas pretendo me encontrar com ele.

— Eu já disse que ele é um prisioneiro.

— Vamos ter de distrair o guarda.

— De que jeito?...

— Você vai descobrir o jeito.

— Eu?...

— Esta é a prova que estou esperando de você, se for realmente um marata.

— Jurei obedecer à senhora e Bangawadi não vai faltar à palavra dada — disse o indiano com voz solene.

— Então queremos saber — disse Kammamuri, que até então ficara calado. — quantos guardas estão vigiando Hassin?

— Quatro.

— Dia e noite?

— Sempre.

— Ele nunca fica sozinho?...

— Não, nunca saem de perto dele.

— Tem algum marata entre esses indianos?

— Não, são todos de Guzerate.

— E são leais ao governador?...

— Incorruptíveis.

O marata fez um gesto de irritação e pareceu imergir em pensamentos profundos.

— Cá estamos — disse ele depois de alguns instantes. — Quem é o governador?...

— Um mestiço anglo-bengalês.
— Ele nunca vai trair o rajá, então.
— Oh nunca!... — exclamou o indiano.
— Está certo.

Ele começou a vasculhar no amplo cinto passado nos quadris e retirou um diamante do tamanho de uma avelã.

— Vá até o governador — disse, então, virando para o indiano — e diga que a princesa Raibh mandou oferecer este presente e que solicita ser recebida por ele.

— Mas o que você pretende fazer, Kammamuri? — perguntou Ada.

— Depois eu digo, patroa. Vá, Bangawadi: estamos contando com o seu juramento.

O indiano pegou o diamante, se prostrou mais uma vez diante da jovem e saiu a passos rápidos.

Kammamuri o acompanhou com o olhar enquanto pôde e em seguida virou para Ada e disse:

— Acho que vamos conseguir, patroa.
— Conseguir o quê?
— Raptar Muda-Hassin.
— Mas como?...

Em vez de responder, Kammamuri tirou do cinto uma bolsa e mostrou algumas pílulas minúsculas que exalavam um odor muito peculiar.

— Foi o senhor Yanez que me deu — disse ele —, e já pude comprovar como são fortes. Basta colocar uma em um copo de água, ou de vinho, ou de café para fazer dormir mesmo uma pessoa muito forte.

— E como elas vão ser úteis a nós? — perguntou a jovem com o maior espanto.

— Vamos fazer o governador e os guardas que vigiam a casa de Hassin dormir.

— Não consigo entender como.

— Com o presente que enviamos, o governador vai nos convidar para jantar, ou nós o convidamos. Eu me encarrego de fazer que ele beba o narcótico e, quando estiver dormindo, vamos até a casa de Hassin e repetimos o processo com os guardas.

— Mas será que esses indianos vão nos deixar entrar na casa do prisioneiro?...

— Bangawadi vai se encarregar de resolver isso, fingindo ter recebido ordens do governador para visitar Hassin.

— E para onde vamos levar o prisioneiro?...

— Para onde ele quiser, provavelmente para onde estiverem os seus partidários. Eu me encarrego de conseguir cavalos para os nossos homens.

Ele estava prestes a sair quando viu Bangawadi voltando. O indiano parecia contente, com um sorriso nos lábios.

— O governador está esperando pelos senhores — disse ele, entrando.

— Ele gostou do presente?... — perguntou Kammamuri.

— Nunca o vi com um humor tão bom como o de hoje.

— Vamos, patroa — disse o marata.

Saíram precedidos pelo guarda e seguidos pelos quatro marinheiros do iate, que haviam recebido do Lorde a incumbência de não deixá-la sozinha nem por um instante. Poucos minutos depois chegaram ao palácio do governador de Sedang.

Aquele prédio, chamado pomposamente de palácio pelos habitantes da região, não passava de uma modesta casa de madeira de dois andares, com o telhado coberto de telhas azuis como as casas do bairro chinês de Sarawak, cercada por uma paliçada e protegida por duas peças de canhão enferrujadas, mantidas ali mais para meterem medo do que para serem usadas, pois não seriam capazes de dar dois tiros seguidos sem explodir. Uma dúzia de indianos, vestidos como os sipais de Bengala, com o jaquetão vermelho, calças brancas, turbante na cabeça, mas descalços, se encontravam alinhados diante da cerca e apresentaram garbosamente as armas à princesa dos maratas. O governador estava esperando pela jovem ao pé da escada, sinal evidente de que o presente de grande valor surtira efeito.

Sir Hunton, o comandante de Sedang, era um anglo-indiano que participara do cruzeiro sangrento do *Realista* contra os piratas de Bornéu na qualidade de mestre da tripulação.

Não tinha mais de quarenta anos, mas parecia ter mais, pois aquele clima era pouco propício aos estrangeiros. Era alto, como todos aqueles da raça indiana, mas entroncado; a pele era ligeiramente bronzeada com uma tonalidade dourada, tinha olhos negros, a barba mais densa do que a dos hindustânicos puros, e já estava grisalho.

Tendo dado provas de grande coragem e fidelidade, fora destinado ao comando de Sedang, com a responsabilidade de exercer uma vigilância constante sobre o sobrinho de Muda-Hassin, visto que James Brooke não ignorava que o parente do falecido sultão era um rival poderoso.

Ao ver a princesa indiana, Sir Hunton deu um passo à frente, estendendo a mão para ela e descobrindo a cabeça. Em seguida, ofereceu galantemente o braço e a levou para um salão decorado com certa elegância e com móveis europeus.

— A que devo a honra de sua visita, Alteza? — perguntou ele, sentando em frente à jovem. — É um acontecimento raro ver uma pessoa distinta como a senhora chegar a esta cidade perdida nas fronteiras do reino.

— Estou fazendo uma viagem de lazer pelas ilhas da Sonda, Sir, e não quis deixar de ver Sedang também, o único lugar em que é possível admirar aos aterrorizantes cortadores de cabeças chamados *dayachi*.

— Veio aqui por pura curiosidade? Achava que era por outro motivo.

— Qual?...

— Para ver o sobrinho de Muda-Hassin.

— Não tenho ideia de quem seja ele.

— Um rival do rajá Brooke que passa o tempo todo sonhando com conspirações.

— Então deve ser um homem interessante.

— Pode ser.

— Se o senhor me der permissão, não vou deixar de ir vê-lo.

— Eu não daria permissão a ninguém, mas, à senhora, Alteza, que veio da Índia e que, por isso, não pode ter o menor interesse além da curiosidade, não posso negar esse favor.

— Obrigada, Sir.

— Vão ficar muito tempo aqui?...

— Alguns dias, até acabarem de reparar algumas avarias no meu iate.

— Então veio em um iate?...

— Vim, Sir.

— E depois vai a Sarawak?

— Com certeza: quero encontrar o famoso exterminador dos piratas, pois sou uma de suas maiores admiradoras.

— É um homem valente, o rajá!

— Acredito.

— Vai voltar ao iate esta noite?...

— Não, estou hospedada em uma casinha.

— Espero que me dê a honra de aceitar a minha hospitalidade em minha casa.

— Ah!... Senhor!...

— É a melhor de Sedang.
— Obrigada, Sir, mas dou muito valor à minha liberdade.
— Então espero que fique comigo hoje.
— Não poderia recusar tal cortesia.
— Vou fazer o possível para que não fique entediada, Alteza.
— E para tanto vai me apresentar o seu prisioneiro real — disse Ada, rindo.
— Depois da refeição, Alteza. Vamos tomar o chá na casa de Hassin.
— É um homem educado ou um selvagem?...
— Um homem astuto e educado, que vai nos receber muito bem.
— Conto com o senhor. Jantarei com o senhor esta noite.

Ela se levantou ao ver um sinal de Kammamuri, que a seguira e se mantivera em um canto do salão. O governador a imitou e a conduziu até a porta, onde o batalhão indiano rendeu as honras devidas à sua posição de princesa hindustânica.

Quando voltou para casa, sempre acompanhada de Kammamuri e dos quatro marinheiros do iate, encontrou o indiano Bangawadi esperando na porta, em uma pose que indicava certa impaciência.

— Você de novo? — perguntou a jovem.
— Isso mesmo, patroa — respondeu ele.
— Tem novidades?...
— Falei com Hassin.
— Quando?
— Há poucos minutos.
— E o que disse a ele?...
— Que há pessoas interessadas na sorte dele e que vão tentar ajudá-lo a fugir.
— O que ele respondeu?...
— Que está disposto a tudo.
— Você é um homem corajoso, Bangawadi.
— E vai ser ainda mais corajosos se for até ele de novo — acrescentou Kammamuri.
— Estou à sua disposição.
— Então vá e diga a ele que esta noite a princesa Raibh vai fazer uma visita a ele na companhia do governador e que ele deve tentar ficar sozinho, nem que seja no próprio quarto. Diga a ele também que deixe comigo a preparação do chá para o governador.

Em seguida, retirou um pequeno diamante do cinto, deu ao indiano e acrescentou:

— Este diamante é para você pagar bebidas às sentinelas que estão de guarda na casa de Hassin. Depois eu pago você por esta noite!...

17. A fuga do príncipe Hassin

SIR HUNTON, QUE NÃO TINHA a menor dúvida de que convidara uma autêntica princesa indiana, e não desconfiava da trama tão bem urdida pelo esperto marata, fez as honras da casa com a maior cortesia e sem poupar gastos, já que ganhara um diamante que não deveria valer menos do que trinta mil liras.

O jantar oferecido à princesa convidada não poderia ser melhor. O cozinheiro saqueara a despensa, os galinheiros dos *dayachi* e os viveiros de pesca. Não faltaram sequer autênticas garrafas de vinho espanhol que o governador recebera como presente de um amigo das Filipinas e que guardara com o maior cuidado para as ocasiões especiais.

Ada apreciou a refeição e tagarelou amavelmente com o governador. Tentou, principalmente, fazer que ele bebesse bastante, com brindes infindáveis; à Índia, à prosperidade de Sarawak, de Sedang, do rajá e da velha Inglaterra.

Começava a anoitecer quando eles estavam prestes a dar a última dentada no tradicional pudim.

— O príncipe Hassin não vai ficar preocupado se não nos vir? — disse Ada, depois de ter lançado um olhar para fora. — Está escurecendo depressa, senhor governador.

— Ele já foi avisado de que vamos tomar chá com ele, Alteza — respondeu Sir Hunton.

— Então não devemos fazê-lo esperar demais.

— Se acha que não, vamos.

— Um passeio pela margem do rio vai nos fazer bem.

Ela se levantou e jogou na cabeça uma rica mantilha de seda para se proteger da umidade da noite, que é muito perigosa naquelas regiões. Kammamuri, que participara da refeição na qualidade de secretário da amável princesa, já saíra.

Dois dos marinheiros do iate estavam esperando na beira do rio.
— Está tudo pronto? — perguntou a eles.
— Está — responderam.
— Quantos cavalos foram requisitados?
— Oito.
— Onde eles estão?
— Na orla do bosque.
— Está certo; vão para junto dos seus companheiros.

Ada estava saindo naquele instante de braços dados com o governador. Kammamuri foi encontrar com ela e, com um gesto rápido, informou que estava tudo pronto.

A noite estava fantástica. No leste, uma nuvem ligeiramente rosada, mas que se tornava cinza bem depressa, indicava o lugar onde o sol desaparecera. O céu se cobria rapidamente de estrelas, que se refletiam nas águas calmas do rio.

Morcegos gigantes davam voltas no ar e miríades de lagartixas pulavam entre os arbustos e as árvores, enquanto os *to-chi*, outro tipo de lagartixas, mais parecidas com tarântulas, saíam das rachaduras das casas para dar início às suas ousadas evoluções nos forros dos quartos, dando os leves gritos parecidos com dos tucanos: *to-qui!... to-qui!...*

No rio, um bateleiro ainda estava cantando uma música monótona, enquanto os juncos chineses, os únicos barcos que conseguem chegar até a cidade Sedang, acendiam suas lanternas monumentais de papel oleado ou de talco.

Milhares de perfumes vinham da floresta vizinha: as árvores da cânfora, de nozes-moscadas, as árvores dos cravos-da-índia e os mangostões exalavam seus aromas penetrantes.

Ada não estava falando. Em vez disso, tentava apressar o passo; o governador, que bebera um pouco a mais, a acompanhava, fazendo um esforço enorme para se manter de pé.

Felizmente, o caminho era curto. Poucos minutos depois eles chegaram diante do palácio do herdeiro do sultão, um edifício bem modesto que não passava de uma pequena casa de dois andares, rodeada por uma varanda e guardada por quatro indianos armados, encarregados de vigiar atentamente o prisioneiro.

Depois de se fazer anunciar, o governador conduziu a princesa a um salão decorado com divãs e tapetes, em parte já puídos, alguns espelhos e uma mesa, sobre a qual estavam amontoados na maior desordem bibelôs chineses, xícaras, chaleiras, bolas de marfim vazadas e outras bugigangas parecidas.

O sobrinho de Muda-Hassin estava esperando por eles sentado em uma velha poltrona meio desconjuntada, enfeitada com um pequeno gavial, emblema dos sultões de Sarawak.

Naquela época, o rival de James Brooke estava com apenas trinta anos. Era alto, tinha um porte majestoso, com uma bela cabeça coberta de longos cabelos negros. O rosto era ligeiramente bronzeado e tinha uma barba fuliginosa, mas rala, e olhos ardentes e inteligentíssimos.

Usava na cabeça o turbante verde dos sultões de Bornéu e, nas costas, uma longa túnica de seda branca, amarrada no quadril por uma faixa larga de seda vermelha, de cujas pregas saíam as empunhaduras de dois cris, insígnia dos grandes chefes, enquanto, do lado, pendia uma *golok*, o sabre malaio pesado, longo e afiadíssimo, feito de ferro batido.

Ao ver o governador entrar, ele se levantou e fez uma pequena inclinação; depois fixou os olhos na jovem, com grande curiosidade, dizendo:

— Sejam bem-vindos à minha casa.

— A princesa Raibh demonstrou vontade de vir visitar o senhor, por isso eu a trouxe, com a esperança de lhe proporcionar um prazer — respondeu o governador.

— Agradeço a sua cortesia, senhor. São tão raras as distrações nesta cidade, e as visitas, mais raras ainda!... O rajá Brooke está errado em me deixar neste isolamento total.

— O rajá desconfia do senhor, como já sabe.

— Sem motivos, pois não tenho mais partidários. A administração sensata do rajá Brooke levou todos eles de mim.

— Os *dayachi* sim, mas os malaios...

— Eles também, Sir Hunton... mas vamos deixar a política de lado e permitam que eu prepare um bom chá.

— Ouvi falar que você tem chás realmente excelentes — disse o governador, rindo.

— O verdadeiro chá florido, garanto. O meu amigo Taï-Sin sempre me traz de presente quando vem a Sedang.

— Aí está uma bela oportunidade para procurar partidários entre os chineses de Cantão. Aposto que o seu fornecedor de chá não vai ter dificuldades em encontrá-los.

Uma luz penetrante brilhou no olhar profundo do futuro sultão, mas ele não fez nenhum gesto que pudesse trair a raiva interna.

— Sirvam o chá — disse ele.

Kammamuri foi ligeiro em passar de um cômodo ao outro, onde se ouvia um barulho de xícaras. Pouco tempo depois entrou, acompanhado de um pequeno malaio que trazia um serviço completo em uma bandeja de prata.

O esperto marata despejou a deliciosa bebida e, na xícara destinada ao governador, deixou cair uma pílula que dissolveu rapidamente.

Ofereceu a primeira à sua patroa, a segunda a Sir Hunton, a terceira ao sobrinho do sultão e depois foi para o cômodo vizinho.

Encheu depressa quatro xícaras, dissolveu uma pílula em cada uma e disse ao pequeno malaio:

— Venha comigo e traga a bandeja.

— Tem outros convidados, senhor? — perguntou o empregado.

— Tem — respondeu o marata com um sorriso misterioso. — Existe uma saída que não passe pelo salão?

— Existe.

— Então vá na minha frente.

O malaio o levou para um terceiro cômodo, cuja porta dava para fora. A poucos passos dali, os quatro guardas vigiavam.

— Jovens — disse o marata, indo na direção deles. — A minha patroa, a princesa Raibh, mandou oferecer a vocês o chá de Hassin. Brindem à saúde dela e aqui estão algumas rúpias que ela envia como presente.

Os quatro indianos não se fizeram de rogados. Embolsaram solicitamente as rúpias e beberam o chá de um trago, brindando à saúde da generosa princesa.

— Boa vigilância, rapazes — disse Kammamuri com ironia.

Voltou depois ao salão do sobrinho do sultão. Naquele exato momento, o governador, vencido pelo poderoso narcótico, desabava da cadeira e caía esparramado no tapete.

— Bom descanso — disse o marata.

Ada e Hassin tinham se levantado.

— Ele está morto?... — perguntou este último, com entonação selvagem.

— Não, só está dormindo — respondeu Ada.

— E não vai acordar?

— Vai, mas só daqui a vinte e quatro horas. Quando isso acontecer, nós já estaremos muito longe daqui.

— Então é verdade que vocês vieram aqui para me libertar?...
— É.
— E que vão me ajudar a reconquistar o trono dos meus antepassados?
— É verdade.
— Mas por quê?... O que eu posso fazer pela senhora?...
— Vai saber mais tarde: agora temos de fugir.
— Estou pronto para seguir vocês: basta que ordenem.
— O senhor tem partidários?
— Todos os malaios estão do meu lado.
— E os *dayachi*?
— Esses vão lutar sob a bandeira de Brooke.
— O senhor conhece algum lugar seguro onde possa esperar que os seus partidários se reúnam?
— Conheço, o *kampong* do meu amigo Orango-Tuah.
— Fica muito longe?
— Perto da foz do rio.
— Vamos; os cavalos estão prontos.
— Mas e os guardas?
— Dormindo, como o governador — disse Kammamuri.
— Vamos — disse Ada.

O jovem príncipe pegou as joias que estavam em um pequeno cofre, retirou um fuzil da parede e acompanhou Ada e Kammamuri, depois de ter lançado um último olhar para o governador, que roncava sonoramente.

Diante da porta, os quatro guardas estavam deitados uns sobre os outros, imersos em um sono profundo. Kammamuri pegou as carabinas e as cartucheiras deles e depois deu um assobio.

Viram sair do bosque vizinho os quatro marinheiros do iate e Bangawadi, trazendo consigo os oito cavalos.

Kammamuri ajudou sua patroa a montar um dos melhores animais e em seguida saltou rapidamente para cima de outro, dizendo:

— A galope!...

O grupo, guiado pelo príncipe, que conhecia o caminho melhor do que Bangawadi, começou a galopar, acompanhando a orla da grande floresta que se estendia ao longo da margem direita do rio.

Os cavaleiros estavam chegando à cidade quando ouviram uma voz gritar na margem oposta:

— Quem vem lá?

— Ninguém responde — disse o príncipe.

— Quem vem lá? — repetiu a voz com um tom ameaçador.

Como não teve nenhuma resposta, a sentinela, que devia ter avistado o grupo de cavaleiros, apesar de a noite estar escura, atirou, gritando:

— Às armas!...

A bala passou assobiando sobre o grupo e se perdeu na floresta.

— Usem as esporas! — gritou Kammamuri.

Os cavalos aumentaram a velocidade, enquanto se ouviam os guardas do palácio do governador gritando na cidade:

— Às armas!...

O grupo percorreu um bom trecho da margem direita e depois atravessou o rio a cerca de um quilômetro e meio da cidade e passou para a margem esquerda, para utilizar o caminho que conduzia à costa.

— O senhor acha que eles vão vir atrás de nós? — perguntou Ada ao príncipe.

— Acho que sim, senhora — respondeu ele. — A esta hora já devem ter encontrado o governador e percebido a minha fuga. Vão vir atrás das nossas pegadas.

— Mas eles são apenas vinte.

— Dezesseis, senhora, pois quatro estão dormindo.

— Melhor ainda. Podemos repeli-los com facilidade.

— Mas eles vão procurar reforços nas cidades dos *dayachi* e em menos de doze horas haverá duzentos ou trezentos homens armados atrás de nós.

— Vamos chegar ao *kampong* antes disso?

— Em duas horas estaremos lá e, se vierem nos atacar, vão encontrar um osso duro de roer pela frente. Em dois dias espero ter reunido cinco ou seis mil malaios e uns cem *prahos*.

— Armados com canhões?...

— Só alguns deles. Não serão suficientes para atacar a frota de Brooke. Felizmente, dentro de quatro ou cinco dias chegarão muito artilheiros.

— A senhora disse artilheiros?... — exclamou o príncipe, no auge do espanto.

— Disse, e vão estar acompanhados dos mais aterrorizantes piratas de Bornéu.

— Quais?

— Os de Mompracem.

— De Mompracem?... Então Sandokan, o invencível Tigre da Malásia, vai vir me ajudar?...

— Ele não, mas talvez o bando dele a esta hora já esteja navegando para a baía de Sarawak.

— Mas onde está Sandokan?

— Nas mãos do rajá.

— Ele? Prisioneiro?... Mas isso não é possível!...

— Foi derrotado por forças vinte vezes superiores às suas, depois de um combate medonho, e foi feito prisioneiro junto com o seu tenente e o meu noivo. Eu ajudei o senhor a fugir para me ajudar a salvá-los.

— Mas onde eles estão agora?

— Em Sarawak.

— Vamos libertá-los, senhora, eu juro. Quando os malaios souberem que o bando de Mompracem está participando da luta, vão todos aderir à revolta. Só restam alguns dias de poder a James Brooke.

— Ah! — gritou uma voz naquele instante.

O príncipe freou violentamente o próprio cavalo e se colocou à frente da jovem, desembainhando o *golok*.

— Quem vive? — gritou.

— Guerreiros de Orango-Tuah.

— Vão dizer ao seu chefe que o sobrinho de Muda-Hassin veio visitá-lo.

Em seguida, virando para a jovem e indicando uma massa escura que se erguia na orla de uma grande floresta, disse:

— Aí está o *kampong*!... Agora podemos desafiar os guardas do governador.

18. A derrota de James Brooke

O KAMPONG DE ORANGO-TUAH era uma grande cidade malaia, fortificada, como são geralmente todas as cidades de Bornéu, para se defender dos saques dos povos do interior e, principalmente, dos *dayachi*, com os quais estão quase sempre em guerra.

Ele se compunha de trezentas cabanas de madeira com telhados cobertos de folhas de nipa, protegidas por uma paliçada alta e sólida e por densos matagais de bambu espinhoso, obstáculos quase intransponíveis para os pés nus dos indígenas.

Além disso, os habitantes podiam contar com meia dúzia de *prahos* armados com balistas, ancorados em um pequeno lago que se comunicava com o mar por meio de um canal.

Orango-Tuah, um malaio fortíssimo, de cor escura, olhos puxados e maçãs do rosto salientes, um antigo batedor dos mares antes da repressão sanguinária de James Brooke, foi imediatamente avisado e correu ao encontro de seu príncipe, seguido por um grande número de súditos, trazendo galhos resinosos acesos.

A acolhida foi festiva. Toda a população, despertada pelo tam-tam, acorreu em massa para felicitar os futuro senhor de Sarawak.

Orango-Tuah conduziu os hóspedes para a melhor cabana da cidade. Depois, ao saber que os guardas do governador vinham em sua perseguição, mandou que cinquenta homens armados de fuzis se postassem nos bosques vizinhos para rechaçá-los.

Tomadas essas providências, mandou que os subchefes fizessem uma reunião de conselho para promover rapidamente a insurreição nas cidades malaias e reunir uma tropa considerável, antes que a notícia da fuga do príncipe chegasse a Sarawak.

Naquela mesma noite, quarenta mensageiros partiram para o interior e três *prahos* saíram para o mar a fim de avisar os malaios costeiros da grande luta que estava sendo preparada, enquanto dois outros eram enviados para cruzar em direção ao cabo Sirik e dar apoio ao bando de Mompracem na chegada ao *kampong*.

Ada, por sua vez, enviou um dos marinheiros do iate à foz do rio para avisar Lorde James dos preparativos que estavam sendo feitos.

No dia seguinte, os primeiros reforços começaram a afluir ao *kampong*. Eram bandos de malaios, a maioria armada de fuzis, que vinham de todas as partes para combater sob a bandeira do seu príncipe.

Também do mar chegavam, a todo instante, *prahos* tripulados por um grande número de homens e armados com algumas peças de artilharia.

Três dias depois, sete mil malaios estavam acampados ao redor do *kampong*. Só esperavam o bando de Mompracem para se pôr em marcha em direção a Sarawak e atacar de surpresa sobre a cidade.

Todos os caminhos do interior já estavam fortemente ocupados para impedir que os *dayachi* levassem notícias sobre o andamento da insurreição contra o rajá, que ainda devia ignorar a fuga do seu temível adversário.

No quinto dia, a flotilha de Mompracem ancorou na praia do *kampong*. Era formada por vinte e quatro *prahos* grandes, armados com quarenta canhões e sessenta balistas e tripulados por duzentos combatentes que, pela coragem e habilidade guerreira, valiam por mil malaios.

Assim que desembarcou, Aïer-Duk foi procurar Ada, que estava hospedada na casa de Orango-Tuah.

— Senhora — disse ele —, os Tigres de Mompracem estão preparados para cair sobre Sarawak. Juraram libertar Sandokan e seus amigos, ou morrer.

— Os malaios só estavam esperando vocês chegarem — respondeu a jovem. — Mas jure, antes de mais nada, que não vão fazer nenhum mal a James Brooke e que, se vencerem, vão deixá-lo ir embora livre.

— Vamos proteger a fuga dele, já que quer assim. A senhora fala em nome do nosso capitão, por isso vamos obedecer.

Duas horas mais tarde, o exército malaio, conduzido pelo futuro sultão, saía do *kampong*, indo pelo caminho costeiro, enquanto a flotilha de Mompracem, na qual Ada e Kammamuri embarcaram, se punha ao largo, seguida pelos outros cem *prahos* que vieram de todas as cidades da ampla baía de Sarawak.

Foram tomadas todas as providências para pegar de surpresa a capital do rajá e foi combinado um dia para o ataque simultâneo por terra e pelo rio.

A flotilha, que navegava lentamente, dando tempo para que as tropas avançassem, toda noite se reunia perto da costa para aguardar os mensageiros de Hassin. Aïer-Duk, contudo, tinha de se esforçar muito para acalmar a impaciência dos filhotes de tigre de Mompracem, que estavam quase loucos de vontade de vingar a derrota impingida ao seu chefe.

Para não ficar sem fazer nada, perseguiam os veleiros que se dirigiam a Sarawak, impedindo, assim, que o rajá recebesse notícias sobre o avanço daquela esquadra suspeita.

Quatro dias depois, perto do pôr do sol, a flotilha chegou à foz do rio. Naquela noite, as tropas de Hassin deveriam cair sobre a cidade.

Aïer-Duk ordenou que o *praho* que transportava Ada ficasse escondido em uma pequena enseada da foz, para não expor a jovem aos horrores da batalha, mas Kammamuri passou para o navio do chefe, pois não queria ficar ocioso naquele momento supremo.

— Traga Tremal-Naik para mim — disse Ada, antes que se separassem.

— Posso ficar completamente estropiado, mas o patrão vai ser salvo — respondeu o valente marata. — Assim que desembarcar, eu vou rodear o palácio do rajá, pois tenho certeza de que os prisioneiros são mantidos lá dentro.

— Vá, meu valente amigo, e que Deus o proteja!

Aïer-Duk dera as últimas ordens de combate. Mandara para a frente da esquadra os *prahos* maiores, armados com canhões e tripulados pelos piratas mais intrépidos de Mompracem.

Eles estavam encarregados de sustentar o primeiro choque, e os outros iriam se apinhar contra a frota para a abordagem.

Às dez horas da noite, a flotilha se pôs em movimento, subindo rapidamente o rio. Todas as velas foram arriadas para manter as pontes às escuras, e os pequenos barcos eram movidos a remos.

O rio parecia estar deserto: nenhum navio inimigo aparecia, nem perto da margem direita, nem da esquerda, e até nas florestas, fáceis de serem defendidas, não havia soldados.

Mas aquele silêncio não tranquilizava Aïer-Duk. Ele achava impossível que não tivesse vazado nenhuma notícia daquela insurreição que há cinco dias irrompia pelo reino e que o rajá, um homem astuto, ousado, bem servido pelos *dayachi* e pela guarda indiana, se deixasse pegar de surpresa. Estava com medo de uma armadilha perto da cidade e por isso aguçava cada vez mais os olhos e os ouvidos.

À meia-noite a flotilha estava a menos de um quilômetro de Sarawak. As primeiras casas começavam a ser avistadas na linha escura do horizonte.

— Você não está ouvindo nada? — perguntou Aïer-Duk a Kammamuri, que estava ao seu lado.

— Nada — respondeu o marata.

— Este silêncio me preocupa. Hassin já devia ter chegado para começar a atacar logo.

— Talvez esteja esperando ouvir os nossos canhões.

— Ah!...

— O que houve?...

— A frota!...

Em uma curva do rio apareceu uma massa imponente que parecia estar impedindo a passagem. Eram os navios do rajá em linha de batalha, prontos para rechaçar o ataque. De repente, cinco ou seis raios romperam a escuridão, seguidos de um estrondo terrível. A frota de Brooke começara um fogo infernal contra a esquadra dos atacantes.

Um grito tremendo ecoou no rio:

— Viva Mompracem!...

— Viva Hassin!...

Quase no mesmo instante, na parte norte da cidade, se ouviram descargas furiosas da artilharia. As tropas de Hassin caíam sobre a capital.

— Abordar, filhotes de tigre de Mompracem!... — trovejou Aïer-Duk. — Viva o Tigre da Malásia!

Os *prahos* se atiraram contra os navios do rajá, apesar das metralhas que varriam as pontes e das balas que destroçavam os massames. Ninguém resistiria à fúria daquele ataque.

Em um piscar de olhos, os navios foram cercados por todos os lados por aqueles numerosos barcos tripulados pelos mais intrépidos batedores do mar da Malásia.

Filhotes de tigre e malaios escalaram as laterais das naves, pularam os costados e invadiram as pontes, cercando as tripulações que ficaram impotentes para reagir diante de tanta fúria, as desarmaram e prenderam nas estivas e nas baterias. As bandeiras do rajá foram arriadas e, no lugar delas, foram hasteadas as bandeiras vermelhas de Mompracem, enfeitadas com uma cabeça de tigre.

— Para Sarawak!... — trovejaram Kammamuri e Aïer-Duk.

Os *prahos* retomaram o largo para atacar a cidade. A batalha iniciada pelas tropas malaias estava em pleno desenvolvimento e era cada vez mais encarniçada nas ruas da capital.

Em todos os bairros e até nos canais, a artilharia ecoava. Ouviam-se os gritos dos malaios, que avançavam para a praça onde se destacava o palácio do rajá.

Algumas casas estavam pegando fogo em diversos pontos, emitindo no interior uma luz sanguínea, enquanto nuvens de faíscas voavam no alto, levadas pelo vento para longe, através dos campos.

Aïer-Duk e Kammamuri abordaram o cais e, à frente de quatrocentos homens, irromperam no bairro chinês, cujos habitantes também haviam se insurgido.

Dois grupos de indianos da guarda, colocados na saída do bairro, tentaram repeli-los com duas descargas de fuzis, mas os tigres de Mompracem os atacaram com as cimitarras em punho e os puseram em uma fuga desordenada.

— Para o palácio!... — berrou Kammamuri.

E correndo atrás daquele bando aterrorizante, chegou à praça principal. O palácio do rajá só estava protegido por um punhado de guardas que, após uma rápida resistência, se dispersaram.

— Viva o Tigre da Malásia!... — trovejaram os piratas de Mompracem.

— Viva Mompracem!...

Era a voz de Sandokan. Os filhotes de tigre a reconheceram.

Correram escada acima, derrubaram as portas que estavam barricadas, percorreram correndo os cômodos e, finalmente, em uma cela com grades resistentes, encontraram Sandokan, Yanez, Tremal-Naik, Tanauduriam e Sambigliong.

Nem esperaram que eles dissessem alguma coisa. Ergueram-nos nos braços e os levaram em triunfo para a praça, em meio a gritos ensurdecedores.

Naquele exato momento, uma onda de indianos fugitivos, que haviam sido repelidos pelas tropas de Hassin, irrompeu na praça.

Sandokan pegou a cimitarra de um de seus homens e se arremessou no meio dos fugitivos, seguido por Yanez, Tremal-Naik e de mais uns vinte homens.

Os indianos se dispersaram, mas um homem ficou: era James Brooke, com a roupa rasgada, o sabre ensanguentado ainda em punho e os olhos turvos.

— Agora o senhor é meu!... — gritou Sandokan, arrancando o sabre dele.

— O senhor! — exclamou o rajá com voz ameaçadora. — O senhor de novo!

— Estava me devendo esta revanche, Alteza.

— Está me chamando de Alteza por ironia!... O meu reino acabou e eu não passo de um prisioneiro reservado para a vingança do sobrinho do homem que eu defendi com a minha própria espada e que me deu, em retribuição, um trono tão instável.

— Não é um prisioneiro, James Brooke: o senhor está livre — disse Sandokan, abrindo caminho entre os piratas. — Aïer-Duk!... Conduza Sua Alteza à foz do rio e vele por sua vida.

O ex-rajá olhou para Sandokan com espanto e depois, vendo os malaios de Hussin irromperem na praça, dando gritos de morte contra ele, seguiu rapidamente Aïer-Duk, que reunira cerca de trinta homens ao seu redor.

— Eis um homem que nunca mais voltará a estas praias — disse Sandokan. — A potência do rajá James Brooke foi destruída para sempre!...[1]

---

[1] "A profecia de Sandokan se realizou: James Brooke nunca mais voltou a Sarawak. Corroído pela febre, atingido pela paralisia e empobrecido, voltou para a Inglaterra, onde teria morrido na miséria se os seus companheiros, após uma reunião onde se discutiu o seu destino, não houvessem aberto subscrições públicas que lhe renderam alguns milhares de libras esterlinas. Morreu em 1868 em Devon, praticamente esquecido, depois de ter feito com o mundo inteiro falasse dele durante o seu reinado." (Nota do Autor.)

Conclusão

NO DIA SEGUINTE, o sobrinho de Muda-Hassin se instalou, com grande pompa, no palácio de James Brooke, a antiga sede dos sultões de Sarawak.

Toda a população da cidade, que jamais perdoara ao rajá fugitivo a sua origem europeia, apesar da civilidade e dos melhoramentos introduzidos por aquele homem enérgico, corajoso e judicioso, se fraternizou com as tropas revoltosas.

O novo sultão não foi ingrato com seus aliados: ofereceu a Sandokan, a Yanez e a Tremal-Naik honrarias e riquezas, pedindo que ficassem em seu reino, mas todos recusaram.

Dois dias depois, Tremal-Naik e Ada, agora um casal feliz, embarcaram com Kammamuri no iate de Lorde James para ir à Índia, levando com eles muitos presentes; e Sandokan e Yanez embarcaram com os seus bandos para voltar à sua ilha.

— Será que vamos nos rever algum dia? — perguntaram Ada, Tremal-Naik e Lorde James ao Tigre da Malásia, antes de se separarem.

— Quem sabe — respondeu Sandokan, abraçando um após o outro. — A Índia é uma tentação para mim e pode ser que um dia o Tigre da Malásia e o Tigres dos *Sunderbunds* se encontrem nas ilhas desertas do Ganges. Suyodhana!... Eis aí um nome que faz o meu coração bater forte: esse é um homem que eu quero encontrar um dia. Adeus, meu tio; adeus amigos: esperem por mim!...

Emílio Salgari
Uma cronologia

1878-1879 — Frequenta como ouvinte o primeiro Curso Náutico no "Regio Istituto Tecnico di Marina Mercantile de Veneza.

1879-1880 — Frequenta, com sucesso, o primeiro ano do Curso para Capitães de Longo Curso.

1880-1881 — Frequenta o segundo ano do Curso para Capitães, mas é reprovado e não repete os exames. Enquanto isso, escreve contos e poesia e desenha cenas exóticas de navios, batalhas, selvas e mares.

1883 — Aos vinte anos, publica em quatro capítulos o seu primeiro conto, *"I selvaggi della Papuasia"*, no *Valigia*, um periódico de Milão. No mesmo ano, publica no jornal veronês *La Nuova Arena*, como folhetim, o seu primeiro romance curto, *Tay-See*, uma história de amor oriental, que é ampliada em 1897 e se torna *La Rosa del Dong-Giang*, romance de aventuras para crianças.

1883-1884 — O segundo romance, uma história muito original de piratas dos mares de Bornéu, *La Tigre della Malesia*, é publicado como folhetim no *Nuova Arena*; a nova elaboração deste romance, com modificações oportunas e com o título de *Le Tigri di Mompracem*, será publicada em 1900 e acaba sendo um dos seus romances mais famosos.

1884 — É contratado como redator/cronista no *Arena* de Verona.

1885 — Em setembro vence um duelo de sabres, mas passa seis dias preso.

1887 — A importante editora milanesa de viagens, Guigone, publica o primeiro romance em volume de Salgari, *La Favorita del Mahdi*, que já fora publicado como folhetim no *Nuova Arena* em 1884: aos vinte e cinco anos, a obra de Salgari sai dos confins da província. *Gli strangolatori del Gange*, que em 1895 se tornará *Os Mistérios da Selva Negra*, é publicado como folhetim, em Livorno.

1888 — Sai seu primeiro romance remodelado sobre a obra fantástica de Julio Verne, *Duemila leghe sotto l'America*.

1889 — O pai de Salgari, que sofre de depressão, se suicida.

1891 – Virginia Tedeschi Treves (aliás, Cordelia), diretora do *Giornale dei Fanciulli* (Jornal dos Jovens), de Verona, da grande editora Treves, publica como folhetim *La Scimitarra di Budda*, primeiro conto adequadamente concebido para crianças. No ano seguinte (1892), ele será publicado em volume pela mesma editora.

1892 – Casa-se com Ida Peruzzi (Aida).

1893 – *Il Giornale dei Fanciulli* publica como folhetim um romance do mar, *Il pescatori di balene*, que sairá em volume no ano seguinte, sempre pela Treves.

1894 – Estabelecido em Turim com a família, dedica-se integralmente a escrever. Saem os primeiros volumes editados nessa cidade: pela Paravia, *Il continente misterioso*, ambientado na Austrália, e pela Speirani, *Il tesoro del Presidente del Paraguay*, e uma coleção de contos do mar, *Le novelle marinaresche di Mastro Catrame*. Inicia-se então uma importante colaboração com a Speirani, que publica as obras de Salgari, curtas ou longas, em seus vários periódicos destinados aos jovens ou à leitura amena para o grande público.
 Nesse mesmo ano ele adquire o hábito de enviar uma cópia dos seus romances à Rainha Margherita.

1895 – Ano crucial para Salgari: pelas duas editoras que serão fundamentais na história editorial dos seus romances, a Donath de Gênova e a Bemporad de Florença, saem respectivamente os volumes *Os mistérios da Selva Negra* e *Un dramma nell'Oceano Pacifico*. Este último é o primeiro romance salgariano a ter uma heroína não tradicional, enérgica e independente.
 Sai também o seu primeiro romance histórico, *Il Re della Montagna*, ambientado na Pérsia dos anos 700.
 Além disso, o seu primeiro romance de fantasia futurista, *Al Polo Australe in velocipede*, antecipa a descoberta do Polo Sul.
 A família Salgari se muda para o interior, ao norte de Turim, na região de Cuorgnè, perto das montanhas do Parque Nacional Gran Paradiso.

1897 – Em abril, o Rei Umberto I lhe confere o título honorário de "Cavaleiro da Coroa da Itália". Até o final desse ano, já terá publicado vinte e um romances.

1898 – Entre o final de 1897 e o início de 1898, firma o seu primeiro contrato de exclusividade com Antonio Donath, "editor livreiro" de Gênova. Muda-se com a família para Sanpierdarena, no litoral liguriano, perto de Gênova.
 Depois de *I pirati della Malesia* (1896), inicia um novo ciclo sobre piratas, desta vez ocidentais, com *Il Corsaro Nero*.
 Il tesoro del Presidente del Paraguay (1894) é traduzido para o alemão; publicado pela Alphonsus, de Münster, Westphalia.

1899 – Pela Donath saem os primeiros romances publicados sob um pseudônimo, assinados por "E. Bertolini": *Avventure straordinarie d'un marinaio in Africa* e *Le caverne dei diamanti*, este último adaptado de uma tradução francesa do grande sucesso *As minas do rei Salomão*, de H. Rider Haggard.

Os mistérios da Selva Negra e *I Robinson italiani* são traduzidos para o francês, pela Montgrédien, Paris.

1900 – Salgari e a família voltam a Turim e ficam na cidade ou nos arredores até 1911. Sai em volume *Le Tigri di Mompracem*. Apesar da enorme estima da família real, ele corre o risco de ser processado depois de publicar as suas "notícias" sobre a viagem de exploração do Ártico do Duque de Abruzzi. Consegue evitar o processo mudando o título no ano seguinte para *La "Stella Polare" e il suo viaggio avventuroso*.

1900-1901 – Começa a passar por dificuldades econômicas, mas um novo contrato de exclusividade com a Donath, assinado em maio de 1901, dobra os seus ganhos, que chegam a três mil liras anuais por três romances originais a cada ano, durante três anos (1902/1904). Fica estipulado que Salgari está proibido de usar pseudônimos, mas ele continua a fazer isso em outras editoras. No final de 1901 começa a publicar os seus romances também na Argentina.

1903 – No verão, Aida tem de deixar a família para se tratar.

1904 – Em fevereiro sai o primeiro número do semanário fundado pela Donath, *Per Terre e Per Mare*. Jornal de aventuras e de viagens, dirigido pelo Capitão Cavaleiro Emilio Salgari, para o qual ele escrevia uma parte substancial (artigos divulgadores, novelas e romances em capítulos). Lido por milhares de crianças, o periódico não era endereçado exclusivamente a elas: no segundo ano de publicação (Ano II), de fato o subtítulo foi mudado para *Avventure e viaggi illustrati. Scienza popolare e letture amene. Giornale per tutti*.

1905 – Em julho, na revista da Donath, são mencionados os inúmeros plágios cometidos em prejuízo de Salgari.

1905-1906 – Ambientou dois romances no mundo antigo: *Le figlie dei Faraoni* e *Cartagine en fiamme*.

1906 – Firma um contrato de exclusividade para quatro romances ao ano com Enrico Bemporad, de Florença, que, no mês de junho, lança *Il Giornalino della Domenica*, com contribuições de todos os milhares de escritores da época: esse será um dos periódicos infantis mais felizes já publicados. Em julho, cessa a publicação de *Per Terre e Per Mare*. Desse momento em diante, quase todas as novidades salgarianas saem pela Bemporad, e Salgari não fará mais uso de pseudônimos.

1908 – A família Salgari se muda do centro de Turim para a periferia, perto da Madonna del Pilone, a uma pequena distância da "colina" de Turim.

1909 — Sente-se oprimido pelo trabalho e procura cuidados médicos. Publica o único livro que não fala de aventuras, *La Bohème italiana*, baseado mais no romance francês de Murger do que na ópera lírica de Puccini; uma série de anedotas humorísticas contidas nesse livro reflete alguns aspectos da sua mocidade.

1910 — Declínio da saúde de Aida e de Salgari também, que recebe o diagnóstico de uma neurastenia; primeira tentativa de suicídio.

1911 — Em abril desse ano, poucos dias depois da internação de Aida em um manicômio, Salgari se suicida na colina de Turim. Estava com 48 anos.

1912 — Em fevereiro, o corpo de Emilio Salgari faz sua última viagem, de Turim para Verona, e é definitivamente sepultado na sua cidade natal.

Emilio Salgari aos 35 anos de idade.

livros da tribo

Coleção Piratas da Malásia

Os tigres de Mompracem

Os mistérios da Selva Negra

Os piratas da Malásia

Os dois tigres

O rei dos mares

A conquista de um império

Sandokan ataca

A reconquista de Mompracem

O falso brâmane

A queda de um império

A revanche de Yanez

livros da tribo

Coleção Corsários das Antilhas

O Corsário Negro

A Rainha dos Caraíbas

Iolanda, a filha do Corsário Negro

O filho do Corsário Vermelho

Os últimos flibusteiros

livros da tribo

À PROCURA DE KADATH
H.P. Lovecraft

AS AVENTURAS DE PINÓQUIO
Carlo Collodi

CARTAS DE UM CAÇADOR
Horacio Quiroga

CLÁSSICOS DO SOBRENATURAL
H.G. Wells, Rudyard Kipling, Henry James, Edward Bulwer-Lytton, W.W. Jacobs, Charles Dickens, Edith Wharton, Bram Stoker, Joseph Sheridan Le Fanu, M.R. James, Robert Louis Stevenson, Sir Arthur Conan Doyle.

AS COISAS
Arnaldo Antunes

CONTOS DA SELVA
Horacio Quiroga

CONTOS DE FADAS
Irmãos Grimm

CONTOS E FÁBULAS
Charles Perrault

CONVERSA DE PASSARINHOS
Alice Ruiz e Maria Valéria Rezende

A COR QUE CAIU DO CÉU
H.P. Lovecraft

O CORAÇÃO DAS TREVAS
seguido de O CÚMPLICE SECRETO
Joseph Conrad

DAGON
H.P Lovecraft

DESORIENTAIS
Alice Ruiz

O ESPELHO DO MAR
seguido de UM REGISTRO PESSOAL
Joseph Conrad

O FLAUTISTA DE MANTO MALHADO EM HAMELIN
Robert Browning

HISTÓRIAS ALEGRES
Carlo Collodi

O HORROR EM RED HOOK
H.P. Lovecraft

O HORROR SOBRENATURAL NA LITERATURA
H.P. Lovecraft

A MALDIÇÃO DE SARNATH
H.P. Lovecraft

NAS MONTANHAS DA LOUCURA
H.P. Lovecraft

O TERROR
seguido de ORNAMENTOS DE JADE
Arthur Machen